Åsa Linderborg · Ich gehöre keinem

Åsa Linderborg

Ich gehöre keinem

*Aus dem Schwedischen
von Paul Berf*

btb

Die schwedische Originalausgabe erschien 2007 unter dem Titel
»Mig äger ingen« bei Bokförlaget Atlas, Stockholm

Verlagsgruppe Random House FSC-DEU-0100
Das FSC-zertifizierte Papier *EOS* für dieses Buch
liefert Salzer Papier, St. Pölten.

1. Auflage
Copyright © 2007 by Åsa Linderborg und Bokförlaget Atlas,
Stockholm
Published by agreement with Norstedts Agency
Copyright © 2009 der deutschsprachigen Ausgabe by btb Verlag
in der Verlagsgruppe Random House GmbH, München
Satz: Uhl + Massopust, Aalen
Druck und Einband: Friedrich Pustet KG, Regensburg
Printed in Germany
ISBN 978-3-442-75233-1

www.btb-verlag.de

Für Amanda und Maxim

Papas Portemonnaie ist so groß wie ein Handteller, schwarz und nach einem Leben in der Gesäßtasche leicht gekrümmt. Die Nähte geben allmählich ein wenig nach, und es ist schwer, obgleich fast leer. Im Geldscheinfach ist nichts, im Münzfach liegen achtzehn Kronen und fünfzig Öre.

Hinter seiner Krankenkarte stecken dicht gedrängt ein Scheckheft der Nordbanken und ein Mitgliedsausweis der Metallergewerkschaft, Abteilung 20. Ein zerknitterter Zeitungsausschnitt mit einer Statistik über die Bandyerfolge des Sportvereins Västerås, eine einsame Briefmarke mit dem König als Motiv.

In einem der Fächer verbirgt sich eine nagelneue Bankkarte, eingeschlagen in einen Zettel mit dem Wort »Patte« und einer Geheimzahl. Auf dem Konto sind gerade einmal neunundneunzig Kronen. Als Papa starb, waren es noch elf Tage bis zur nächsten Arbeitslosenhilfe.

Die Geldbörse beherbergt darüber hinaus ein kleines Notizheft für Bankgeschäfte, in dem Papa Telefonnummern notiert hat. In der ersten Zeile steht *Åsa*, gefolgt von meiner Privatnummer. Darunter folgt mit etwas kräftigerem Filzstift *Schnaps* und eine Telefonnummer, die er mehrfach überschrieben hat. Anschließend kommen seine ältere Schwester Majken und die anderen Geschwister, auch jene, die er niemals angerufen hätte. Seine besten Freunde Börje und Berit. Dann folgt eine lange Reihe Nummern von Dreckfink, Schädel, Buster, Schlange, Hoffa, Babben, Blümchen, Bella und Britta mit den Titten. Ebenso säuberlich festgehalten ist Mamas Schwester Nina, mit der er seit vielen Jahren keinen Kontakt mehr hatte.

Auf dem Personalausweis steht Leif Boris Andersson, geboren am 15. Februar 1941. Das Foto ist gut, ich erkenne ihn.

In den siebziger Jahren, in meiner Kindheit, war Västerås Schwedens sechstgrößte Stadt. Jeder dritte Einwohner verdiente seinen Lebensunterhalt bei Asea. Die meisten arbeiteten ihr ganzes Leben dort. Die Fabriken lagen mitten in der Stadt, riesige Backsteinbauten, von denen die Menschen verschluckt wurden. Die Mimer-Fabrik nahm einen großen Häuserblock ein, und ein Stück die Straße hinauf lag Punkt, das größte Kaufhaus der Stadt.

Jeden Nachmittag um kurz nach vier ertönte die Sirene, und die riesigen Fabriktore öffneten sich für Hunderte von Fahrrad fahrenden Metallarbeitern – der Asea-Strom. Es dauerte nur wenige Minuten, den großen Arbeitsplatz zu leeren. Dicht gedrängt leisteten sich Hunderte von Männern und ein paar Frauen mit Kopftüchern auf dem ersten Stück der Storagatan Gesellschaft, ehe sie sich zerstreuten, um sich am nächsten Morgen um sieben Uhr erneut zu begegnen. Die meisten waren gebürtige Västeråser, doch viele trugen auch Namen aus Italien, Griechenland, Jugoslawien und Finnland. Etwas später waren dann die Angestellten aus dem benachbarten großen, schönen, bläulich schimmernden Glashaus an der Reihe, sich auf ihre Räder zu schwingen.

Papa arbeitete in den Metallwerken im Stadtteil Kopparlunden. Die Metallwerke lagen ebenfalls mitten in der Stadt, bestanden jedoch aus flachen, lang gestreckten Gebäuden aus hellem Backstein und hatten Schornsteine und gezackte Dächer. Dort wurden Aluminium- und Kupferprodukte hergestellt, aber Papa war Metallvergüter und arbeitete mit

9

Stahl, der in Öfen erhitzt wurde, in denen die Temperatur mehr als tausend Grad erreichte. So etwas wie ein moderner Schmied sei er, erklärte er mir, wenn ich ihn fragte, aber ich stellte ihn mir lieber als Drachenbändiger vor. Mit List, Mut und unendlicher Geschicklichkeit wagte er es jeden Morgen, sich den Drachen in Kopparlunden zu nähern, die mit ihren Zickzackrücken dalagen und Rauch über die Stadt ächzten. Die ganze Nacht hatten sie unruhig geschlafen, und erst wenn Papa, der Drachenbändiger, kam, beruhigten sie sich und öffneten brav ihr brennendes Innere.

Sechs Minuten nach vier stempelte Papa seine Stechkarte in der Stechuhr ab und schloss sich dem Asea-Strom an. Er brauchte nur ein paar Minuten, um zur Kindertagesstätte im Stadtteil Viksäng zu radeln, wo ich ihn erwartete.

Ich freute mich, wenn ich ihn die Eingangstür öffnen und auf der Matte im Flur seine Schuhe abstreifen hörte. Keiner der anderen Eltern nahm es damit so genau. Er sagte, nur Gesindel und Leute aus der Oberschicht würden ihre Füße nicht säubern, bevor sie irgendwo eintreten. Ich lief zu ihm, schlang die Arme um seine Beine und spürte die Kühle seines grünen Nylonparkas.

»Hallo, Schnuckelchen, schön, dich zu sehen!«

Er strich mir über den Kopf, und ich sog den Schweißgeruch, den Zigarettenrauch und die Bierfahne ein. Zeigte ihm die Zeichnungen, die ich gemacht hatte – immer waren es Prinzessinnen im Hochzeitskleid mit einem Diadem und hochhackigen Schuhen.

Vor der Kita stand Papas blaues Fahrrad der Marke Crescent. Er setzte mich auf den Gepäckträger und radelte uns zu Großmutter und Großvater, die in der Küche mit ihren hellblau getönten Küchenschränken mit dem Essen auf uns warteten.

10

Der Weg führte an Viksängs flachen Mietshäusern vorbei, über eine lange, schmale Wiese mit Wäldchen und durch ein stilles Viertel mit kleineren und größeren freistehenden Häusern und sorgsam gepflegten Rhododendrengärten, in denen sich anscheinend niemand aufhalten mochte.

Großmutter und Großvater wohnten in der Björkgatan 14 im Stadtteil Södra Skiljebo. Großvater hatte den roten Backsteinkasten dank der billigen Baukredite, die die Gewerkschaft ihren Mitgliedern nach dem Krieg angeboten hatte, abends nach seinen Schichten in den Metallwerken und an den Wochenenden selbst gebaut. Ganz Västerås war voller ähnlich aussehender Kästen, wodurch die Stadt die gleiche Fläche einnahm wie Malmö, wo mehr als doppelt so viele Menschen lebten.

Im Erdgeschoss hatten Großmutter und Großvater jeweils ein Zimmer, Großvater das mit dem Fernseher. Über seinem Bett hing ein Bild mit einer Frau in einem leuchtend gelben Bikini. Sie lag im flachen Uferwasser, hatte lange schwarze Haare und lächelte den Betrachter an. Großmutter war wütend auf das Bild, aber Großvater fand, dass es ihn an sie erinnerte, als sie noch jung war. Bevor sich Bojans Titten zusammenklappen ließen, wie man Pfannkuchen zusammenklappte.

Die gute Stube beherbergte ein Büfett, Esszimmermöbel und eine Couchgarnitur. Einen Kristallleuchter mit blauen Glastropfen und Wachskerzen, die niemals angezündet wurden und von den Jahren gelblich verfärbt waren. Dort hielten

11

wir uns nur an Heiligabend und Festtagen auf. Die restliche Zeit verbrachten wir in der kleinen Küche. In der oberen Etage wohnten Olle, der ebenfalls bei den Metallwerken arbeitete, und seine Frau Märta. Unter ihren Dachschrägen hing eine gefasste Trauer wegen ihrer Kinderlosigkeit, über die keiner sprach.

In der Garage stand den Winter über Großvaters Segelboot, im Keller gab es Hunderte von Werkzeugen und Angelgerätschaften. Der große Garten bestand zur Hälfte aus Wald mit Birken und Wiesenblumen, die daran erinnerten, dass Skiljebo ein Neubaugebiet war, in dem vor gar nicht mal so langer Zeit noch Kühe geweidet hatten.

Großmutter verbrachte Stunden damit, Mahlzeiten zuzubereiten, von denen sie wusste, dass sie Papa schmecken würden. Rindfleischsuppe mit Klößchen, Gulasch, Kohlrouladen, Schweinswürste, Dillfleisch, Erbsensuppe und Pfannkuchen, gebratene Salzheringe, Strömlinge, Rindfleisch mit Meerrettichsauce, Eisbein mit Kohlrübenpüree, Griebenwurst. Zwei, drei Mal in der Woche gab es Zander oder Barsch, die Großvater aus dem Mälarsee gezogen hatte, seltener Hecht. Kartoffeln und Wurzelgemüse, niemals Salat. Das Fleisch wurde gekocht, der Fisch gebraten. Die Gewürze fanden Platz in einer kleinen Plastikschachtel: Majoran, Zimt, weißer Pfeffer und Piment. Piment benutzte Großmutter für alles. Ich weigerte mich lange, etwas von all dem zu essen, und ernährte mich ausschließlich von Makkaroni in Sahnesauce oder Pfannkuchen mit säuerlicher, kalt gerührter Preiselbeermarmelade, die Großmutter geduldig zubereitete, wenn ich über ihre Gerichte schmollend die Miene verzog.

Solange wir uns bei seinen Eltern aufhielten, war Papa mürrisch. Meistens aß er, ohne die Jacke auszuziehen – die

12

Schuhe auszuziehen, kam erst gar nicht in Frage –, um so deutlich zu machen, dass er eigentlich nicht dort sein wollte und sollte. Er saß über seinen Teller gebeugt und wischte sich Gesicht, Hals und Nacken mit einem Handtuch trocken, das ihm Großmutter reichte. Nach einem Tag an den heißen Vergütungsöfen schwitzte er noch zwei Stunden nach der Arbeit. Manchmal war der Schweiß zu schnell und tropfte ihm von Nase oder Kinn auf den Teller, was die Sauce eine Sekunde gerinnen ließ, bevor er die Salztropfen mit der Gabel untermischte.

Er schwieg. Sprachen Großmutter oder Großvater ihn an, fauchte er eine Antwort, die keiner deuten konnte. Nur wenn ich etwas sagte, blickte er auf.

»Was du nicht sagst, Schnuckelchen.«

Alles, was man hörte, war Papas Besteck, das sich über den Teller bewegte. Die Küchenuhr tickte. Der uralte Kühlschrank brummte und verbrauchte Strom. Eventuell beschwerte er sich darüber, dass die Meerrettichsauce zu lasch sei – sie sollte einem wie zwei Speere in die Nasenlöcher steigen – oder das Kohlrübenpüree zu wässrig. Das Leichtbier trank er schnell.

Großmutter saß nicht mit am Tisch, sie stand an der Spüle und behielt uns im Auge. Wenn wir fertig waren, nahm sie sich ein Stück Knäckebrot und ein Glas entrahmte Milch, die auf ihren schmalen, rotblauen Lippen einen Bart hinterließ. Ihre stäbchendünnen Beine legte sie auf einen Stuhl, auf den Füßen saßen die Flusen von Garnresten.

»Das war jetzt richtig gut«, erklärte sie und nahm sich ein Stück von meinem feuchten Pfannkuchen, der von der wässrigen Preiselbeermarmelade marmoriert war.

Jede Mahlzeit wurde mit den gleichen Feststellungen beendet: Bintje sind die besten Kartoffeln! Die leckersten Schweinswürste gibt es beim Coop. Man sollte möglichst bei der Konsumgenossenschaft einkaufen, es war nur leider so verdammt teuer geworden. Fünfundzwanzig Öre mehr für das Kilo!, verkündete Großvater, der nicht mehr die Kraft hatte, selbst Kartoffeln anzubauen, aufgebracht.

Großvater hieß Karl, wurde aber liebevoll Mordskerl Kalle genannt, weil er gerne prahlte, wenn er einem etwas erzählte. Wie an jenem Morgen, an dem er mit bloßen Händen zwanzig Zander gefischt hatte. Aus Rücksicht auf Großmutter hatte er dann allerdings bis auf einen alle wieder zurückgeworfen. Kein Mensch konnte doch so viel Fisch verarbeiten.

Ehe er zu sprechen begann, nahm er einige Sekunden Anlauf. Sein Mund öffnete und schloss sich wie bei einem Fisch auf dem Trockenen, die Zunge schmatzte leicht, der Adamsapfel hüpfte unter der rauen Haut seines schmalen Halses auf und ab. Die wachen, graublauen Augen bewegten sich hin und her, seine Stirn war leicht gerunzelt. Er überlegte. Dann kam etwas:

»Tja, weißt du, ich war Schwedens erster Fußballprofi. Ich bin so ein großartiger Torjäger gewesen, dass man mich pro Treffer bezahlt hat. Da sind viele schöne Scheinchen zusammengekommen, das kannst du mir glauben, und die hab ich dann mit den anderen in meiner Mannschaft brüderlich geteilt. Der erste schwedische Fußballprofi! Glaubst du mir etwa nicht, Mädel?«

Die Geschichte davon, was sich abgespielt hatte, als er Finanzminister Gunnar Sträng im Volksgarten die Leviten gelesen hatte, wurde mit jedem Mal verwegener. In der ersten und nicht einmal unwahrscheinlichen Version hatte Großvater etwas in Frage gestellt, das Sträng gesagt hatte, und war dafür vom übrigen Publikum mit tosendem Applaus belohnt worden. In einer späteren Variante hatte Sträng erklärt, tja, wissen Sie, Kalle Andersson, damit liegen Sie wirklich verdammt richtig! Als ich die Geschichte die letzten Male hörte, behauptete Großvater, er habe Sträng in die Enge getrieben und sei zum Helden des Volksgartens geworden – wie der böse Kater Måns habe sich der Finanzminister mit eingezogenem Schwanz seines Weges getrollt, gedemütigt und ausgelacht.

Die Geschichten über seinen Vater, dem er nie begegnet war, gab es in zwei Varianten. In der einen hatte sein Vater ganz Hubbo mit Syphilis angesteckt und war anschließend nach Stockholm gegangen, wo Großvater ihn dann später, als er erwachsen war, mit einem Schlag auf die Schnauze niedergestreckt hatte. In der anderen war er in die USA gegangen, wo er bei einer Schlägerei in einem Saloon getötet worden war.

Auf Großvaters Nachttisch lag stets ein Stapel *Bill & Ben*-Comics, die Olle im Kiosk an der Straße nach Stockholm kaufte.

Großvaters Hirngespinste hinderten ihn nicht daran, ein grundanständiger Mensch zu sein, der ganz selbstverständlich half, wenn ihn jemand darum bat. Ein pflichtbewusster, pensionierter Arbeiter mit einer Physiognomie, wie man sie in expressionistischen Holzskulpturen findet. Drahtig, mit langen Armen, großen Händen und einem leicht nach vorne gebeugten Gang. Wenn er ging, sah es aus, als wickelten seine Füße Garn auf. Das schmale Gesicht mit der kleinen, spitzen Nase hatte auffallende Ähnlichkeit mit dem des Großindustriellen Marcus Wallenberg. Als ich ihn einmal darauf ansprach, blitzten seine Greisenaugen auf. Er nahm Anlauf mit dem Mund, dachte ein paar Sekunden nach und tischte dann eine Anekdote auf, die bis dahin keiner von uns je gehört hatte:

»Dem bin ich mal begegnet!!! Er hat zu mir gesagt: Karl Andersson, Sie sind der beste Mann in den ganzen Metallwerken! Ohne Sie kommen wir nicht klar! Das hat er gesagt. Und weißt du, was ich ihm geantwortet habe? Nun, ich hab gesagt, jetzt hören Sie mir mal zu, Marcus Wallenberg, Sie sind der beste aller Kapitalisten, aber ohne Sie kommen wir hier ganz ausgezeichnet klar. Das habe ich ihm gesagt. Glaubst du mir etwa nicht, Mädel?«

»Pah!«, sagte Großmutter jedes Mal. Wenn sie überhaupt hinhörte. Die Erwachsenen hörten ihm längst nicht mehr zu, ich aber sammelte Großvaters Geschichten. Fädelte sie wie bunte Plastikperlen auf eine Gummischnur.

Großmutter hieß Ingeborg, wurde aber Bojan genannt. Sie war korpulent und hatte krause, graue Haare, Wangen, die gesprenkelt waren mit dünnen, roten Blutgefäßen, und Krampfadern so dick wie Lakritzstangen. In meinen Augen war sie wie die Eiermarzipanteilchen, die Tante Nina zu Weihnachten backte – pissgelb, süß und himmlisch gut.

Sie war selten wütend oder betrübt. Nie gestresst.

Man erzählte sich, dass Großmutter früher unwiderstehlich schön gewesen war mit ihren langen, dunklen und lockigen Haaren, die sie dem sinnlichen Wallonenblut von der Eisenhütte Skultuna zu verdanken hatte. Jetzt schlurfte sie in einem dunkelblauen Kleid, Schürze und dicken, beigen Nylonstrümpfen, die sie notdürftig mit Strumpfbändern befestigte, durchs Haus und verströmte einen vagen Uringeruch. Ihre rot unterlaufenen Augen liefen ständig, und die Nase wurde erfolglos mit Wicks Inhalator kuriert. Ihr Gebiss lag in der Messerschublade oder in einem Wasserglas auf der Spüle. Den Blümchenkaffee schlürfte sie durch ein Stück Zucker von einem Unterteller, zu den Pfannkuchen aß sie Hering. Der gleiche Jahrgang wie Großvater, geboren 1899.

Zum ersten Mal Eltern wurden sie, als sie achtzehn waren, es folgten sechs weitere Kinder. Papa war der Jüngste.

»Schmeiß ihn zwischen die anderen!«, scherzte Großmutter, als sie zum letzten Mal von der Entbindungsstation
heimkam.

In Wahrheit wurde Papa behandelt, als wäre er das Ziel
von vierundzwanzig Jahren Kinderproduktion gewesen,
auch wenn keines von ihnen geplant gewesen war. Am aller-
wenigsten er.

Jahrzehntelang hatte Großmutter geflickt und repariert,
gebacken und gewaschen, genäht und gestrickt, geputzt und
geschrubbt, gekocht und püriert, Kinder und Enkelkinder
beschäftigt und ins Bett gebracht. Eine von zehntausend
Hausfrauen, die für die unersättlichen Industriebetriebe der
Stadt die Arbeitskräfte am Leben erhielten und neue Jahr-
gänge großzogen. Ein Genie in der Kunst, den Alltag mit nur
einem Metallarbeiterlohn zu bewältigen.

Kein Mensch hat eine liebere Mutter als ich, pflegte Papa
zu sagen. Er ärgerte sich oft über Großvater, verlor jedoch
nie ein schlechtes Wort über Großmutter. Er meinte nur
manchmal, dass sie ein bisschen unterbelichtet sei. Großmutter las in ihrem ganzen Leben kein einziges Buch, und
vieles, was in der Lokalzeitung stand, war ihr bei weitem
zu kompliziert. Sie gehörte jener Generation von Frauen an,
die nie die Chance auf eine Ausbildung oder eine Erweite-
rung ihrer Kenntnisse bekam, und das merkte man. So war
sie beispielsweise unsicher, ob die Erde nun rund oder flach
war, aber wenn ich Glück hatte, erzählte sie mir von all den
Kobolden und Wichten, die sie in den Wäldern rund um ihr
Elternhaus gesehen hatte. Über Dinge dieser Art sprach sie
allerdings nicht, wenn ein Mann in der Nähe war.

Sowohl Papa als auch Großmutter behaupteten, einen
sechsten Sinn zu haben, der ihnen Vorahnungen über zukünftige Besuche, Krankheiten und Todesfälle eingab. Für
Großmutter war diese Fähigkeit nichts, was man an die

große Glocke hängen musste, für Papa dagegen war sie etwas ganz Besonderes. Großmutter habe ihm die Gabe vererbt und er sie an mich weitergeben, behauptete er, aber an keines seiner Geschwister und deren Kinder.

»Oh nein, verdammt, du verstehst schon, diesen schwachsinnigen Kesselflickern doch nicht!«

Nach dem Essen lief ich in die obere Etage, um für eine Krone zwei Zigaretten zu kaufen. Olle lag auf der Couch und sah fern, wenn ich meine Hand mit den beiden Fünfzig-Öre-Münzen ausstreckte. Märta, mit ihren kurzen Haaren, den Lücken zwischen den Zähnen und glotzäugig von der Schilddrüse, lächelte fröhlich, wenn sie mich sah, hatte aber nie etwas zu bieten. Sie fragte mich, ob ich bleiben und ein bisschen malen wolle, aber ich antwortete, Papa warte auf mich. Ich mochte sie, aber es war schwierig für sie, mit den zahlreichen anderen Frauen in unserer Verwandtschaft mitzuhalten, die sich ebenso gern um mich kümmerten.

Wenn ich wieder nach unten kam, öffnete Großvater begeistert das winzige Gefrierfach im Kühlschrank und holte ein großes Eis am Stiel heraus. Ich kletterte auf Papas Schoß, um dort das Eis zu essen, aber er war noch zu erhitzt, um mich dort ertragen zu können, und bat mich, wieder herunterzugehen. Als ich groß genug für Kartenspiele war, spielte ich mit Großvater eine Partie Casino.

»Mein Stich!«

»Welche Karte hast du gespielt? Den Bauern? Sind sieben plus sechs elf?«

»Was? Weißt du was, Mädel, ich hab gedacht, das wär ein König!«

Wenn wir die Partie beendet hatten, wollte Großvater singen: *Vedholm und der Dicke Lasse, Karl-Herman und ich – Herman und ich – spielten im Gasthaus Snuven jeden Tag, den Gott schuf – den Gott schuf.* Ich sang den Refrain

19

mit – *Schifferklavier und Klarinette müssen's sein, hollaho und sonst nichts* –, allerdings etwas unsicher, ob er nicht doch am liebsten allein auftrat. Er wollte schwungvoll losschmettern, aber seine alte, heisere Stimme konnte die Melodie nicht mehr halten, und er hatte Probleme, meiner intensiven Kinderstimme zu folgen, die sang, ohne alle Worte zu verstehen.

Papa drückte auf dem Teller seine erste Zigarette aus und zündete sich die zweite an. Er richtete sich auf seinem Stuhl auf, streckte den Rücken. Jetzt war es denkbar, dass er sich dazu aufraffte zuzuhören, wenn Großvater von den vielen Zwei-Kilo-Barschen erzählte, die er im Tagesverlauf geangelt hatte, nur um sie dankbaren Leuten zu schenken, denen er auf dem Heimweg begegnet war. Großmutter wollte wissen, wie es im Kindergarten gewesen war.

»Das heißt Kita, Großmutter!«

Sie sagte auch Overall, wie man es buchstabierte. Und pinkeln, nicht Pipi machen. Sie nannte mich ihr kleines Zuckerpusselchen, und ich krümmte mich vor Scham. Pusselchen. Kein Wort war hässlicher.

Wenn es an der Zeit war zu fahren, bekam ich ein Daim oder ein Milky Way.

»Mutter, hast du was Geld?«, flüsterte Papa.

Großmutter hatte praktisch immer einen Zehner – oder sogar einen Fünfziger – in ihrer Schürzentasche versteckt. Sie steckte ihm den Geldschein in dem Glauben zu, dass Großvater es nicht merkte. Manchmal gestikulierte Papa gereizt, dass er mehr brauche, woraufhin er noch etwas bekam. In seltenen Fällen flüsterte sie, er müsse bis Donnerstag warten, wenn ihre Altersrente kam. Sie gab mir einen Fünfer, den Papa ein wenig neidisch anglotzte, oder Großvater holte seine kleine schwarze Geldbörse und kramte ein paar Münzen heraus. Manchmal gab auch er Papa Geld, dann jedoch mit einer fordernden Miene, die ich bei Großmutter niemals sah.

»Frierst du auch nicht, Mädel«, fragten sie, wenn wir die Hand auf die Türklinke legten.

»Nein! Ich friere nicht!«

»Du musst was zum Sitzen haben, Mädel, sonst frierst du! Nimm die Zeitung!«

Vestmanlands Läns Tidning rutschte unter mir auf dem Gepäckträger herum. Ich war klein wie ein Floh und wog so wenig, dass es mir nicht gelang, sie zum Stillliegen zu bringen.

Alle Abende verliefen gleich, es sei denn, es hatte gerade Lohn gegeben. Dann brauchten wir Großmutter und Großvater ein paar Tage nicht.

Die Besuche in der Björkgatan dauerten nicht lange. Wenn wir kamen, stand das Essen bereits auf dem Tisch, und dann aßen wir zügig. Papa wollte möglichst schnell wieder weg.

Wir fuhren weiter zum Supermarkt Stjärnhallen.

Als Erstes gingen wir zu den Bierregalen. Papa überlegte eine Weile, wie viele Halbliterbüchsen mittelstarkes Bier er kaufen sollte oder konnte. Sechs oder acht? Immer Pripps Blå. Wenn wir weiter in das Geschäft hineingingen, schaute er ein ums andere Mal in den Einkaufskorb und zählte. Waren es genug? Konnte er sich mehr leisten? Reichte das Geld nicht, erkundigte er sich, wie viel ich von Großmutter bekommen hatte.

Wir kauften einen Lundiuslaib aus einer der Bäckereien in der Stadt, er war noch lauwarm, und auf der Innenseite der Plastiktüte saßen kleine Tropfen Kondenswasser. Ich legte ihn an meine Wange. Wenn Papa Lohn bekommen hatte, kauften wir ein Stück abgepackten, herzhaften Käse, den er in dicke Scheiben schnitt und noch am selben Abend aß. Auch Krabbenstreichkäse aus der Tube war ein solcher Luxus, genau wie ein Stück geräucherter Speck. Zu den Stapelwaren gehörten gesalzene Margarine, fettarme Milch, Sardinen in Tomatensauce sowie Ravioli und Tortellini in Tomatensauce für mich. Kaviar mit viel Rogen, der mir zu salzig war. Als ich älter wurde, bat ich um die knallgrünen, glänzenden Äpfel, die in Plastikverpackungen auslagen.

»Du weißt, wo die herkommen?«

»Argentinien.«

»Du weißt, was für ein Land das ist?«

»Ja, weiß ich. Die haben da eine Militärdiktatur. Die haben Dagmar Hagelin umgebracht.«

»Stimmt genau. Faschisten. Üble Schweine.«

Er legte das Obst in den Korb, schaute sich um und hatte mehr Angst davor, dass jemand hörte, was wir da redeten, als dass die Leute sahen, was wir einkauften.

Da wir bei Großmutter und Großvater aßen, kauften wir niemals Bratwurst, Fischstäbchen oder andere Dinge, mit denen man warme Mahlzeiten zubereiten konnte, aber wenn Papa gerade seinen Lohn bekommen hatte, wollte er Penne mit Hackfleischsauce kochen. Er fand Olivenöl unverschämt teuer, und für seine Sauce brauchte er viel davon. Es war das einzige Gericht, das er zubereiten konnte, und die Sauce musste drei Stunden köcheln. Essen gab es folglich erst am späten Abend, wir verdrückten in der Zwischenzeit den Käse. Papa war selten hungrig, denn das Bier füllte seinen Magen, und ich sättigte mich mit Süßigkeiten.

Papa nahm im Geschäft keinen Platz mit einem Einkaufswagen weg und wandte sich auch nie an das Personal, wenn etwas fehlte. Was wir benötigten, war in den Regalen, er wollte keine Mühe machen. Auch wenn wir nicht viel einkauften, ließ er sich doch gerne Zeit. Wir gingen umher und hatten Spaß an den Lebensmitteln, die andere kauften, und standen manchmal lange vor den Regalen und kicherten über die glänzend roten Konserven mit vergorenem Hering, den schwarzen Memma-Pudding aus finnischem Roggenmehl und die vakuumverpackten, mit Speck gefüllten, bleichen Klöße, die jeweils zu dritt zusammengezwängt waren.

Wenn wir an der Kühltheke mit den fertigen Sandwiches vorbeikamen, blieb Papa gelegentlich stehen und nahm ein Baguette mit Krabben, Schinken, Ei und Majonäse in Plastikfolie heraus. Er fand, dass es unheimlich lecker aussah, legte jedoch nie eins in unseren Korb. Außer Bier und Flusskrebsen gönnte er sich selten das, was er wirklich haben wollte. Er warf lüsterne Blicke auf die Rippchen, die in dem heißen

Grillofen hinter der Fleischtheke rotierten. An der Theke einzukaufen, war eine Art Vorführung, die Selbstvertrauen erforderte. Er hatte Angst, etwas Falsches zu sagen und dass die Frauen mit ihren weißen Stoffmützen und blauen Schürzen ihn fragen würden, wie viel Gramm er von etwas haben wollte, dessen Gewicht er nicht einschätzen konnte. Er wollte nichts bestellen, wovon er nicht vorher den Preis berechnen konnte. War es zu teuer, würde man es sich dann immerhin nicht mehr anders überlegen können.

»An den Rippchen da ist ja doch nichts dran«, überzeugte er sich selbst.

Wir kauften nur so viel, dass die Papptüte bloß zur Hälfte gefüllt war. Plastiktüten waren etwas für Leute, die keinen Stil hatten. Die aus Pappe waren außerdem ideal – sie boten den Bierbüchsen Platz, ohne verräterische Konturen zu bekommen. Auf das Bier legten wir den warmen Brotlaib.

Am Ausgang gab es einen Blumenstand, an dem eine hübsche junge Frau mit langen roggenblonden Haaren arbeitete. Papa tat, als würde er sich die Topfpflanzen anschauen, nur um ein paar Worte mit ihr, die freundlich lächelte und fröhlich plauderte, wechseln zu können. Seine Lebensgeister erwachten, und er glaubte, dass sie sich ein klein wenig für ihn interessierte, ja sogar den ganzen Tag darauf gewartet hatte, dass wir vorbeischauen würden.

»Komm jetzt, Natascha!«, sagte er, wenn es Zeit war zu gehen, und zwar so laut, dass die Blumenfrau es hörte.

»Natascha!«

Ich wurde verlegen. Natascha war mein zweiter Vorname. Er rief mich selten Åsa. Meistens nannte er mich Mücke, Schnuckelchen, Dummchen oder gab mir einen anderen Namen, der ihm gerade in den Sinn kam. Oder Goldklümpchen, wie sie mich genannt hatten, als ich noch in Mamas

Bauch gelegen hatte. Es war, als bereute er Åsa, obwohl er sich dafür lobte, den Namen ausgesucht zu haben. Für mich war Åsa der hässlichste Name der Welt. Fettwänste mit dicken Schenkeln, Zöpfen und breiten Zähnen hießen Åsa. Ich wollte Gabriella, Johanna, Josefina oder wie etwas anderes Liebliches und Mädchenhaftes heißen – viele Buchstaben, die deutlich machten, dass ich bedeutsam war.

Zu Papa sagte ich immer Papa. Nie Papi und auf gar keinen Fall Vater. Manchmal verplapperte ich mich und nannte ihn Balu – er war doch so groß und stark und lustig –, aber das gefiel ihm ganz und gar nicht. Balu war jemand, über den man lachte, ein dummer, amerikanischer Dschungelbär. Er wollte lieber mit Pippis Papa Kapitän Ephraim Langstrumpf verglichen werden – dem Muskelprotz mit den tätowierten Armen und dem unbändigen Freiheitsdrang.

Wir beteuerten uns gegenseitig, dass wir die besten Freunde und Kameraden waren.

Du und ich, wir sind die besten Freunde und Kameraden.

Am Kiosk – ein kleines Loch in der Wand – kauften wir Zigaretten, die Abendzeitung *Aftonbladet* und Süßigkeiten für ein oder zwei Kronen. Ich bekam jeden Abend etwas Süßes. Papa mochte es nicht, Süßigkeiten zu kaufen, auf die er sich nicht verstand, wie zum Beispiel Pulverstangen oder Plastikschnecken mit grünem Karamell. Die platten, harten Kaugummitüten mit Aufklebern aus Walt Disneys Robin Hood waren ihm zufolge total bescheuert, aber ich bekam immer, was ich haben wollte, und wollte ich einmal nichts haben, reagierte er beleidigt.

»Du willst nichts zum Naschen? Hier, Mentos, die sind doch so lecker, oder?«

Entschied ich mich für eine Schachtel Zig Zag, machte ihn das traurig.

»Nur eine kleine Schachtel Lutschbonbons? Willst du sonst wirklich nichts haben? Zwei Rollen Rolo?«

Lehnte ich die Süßigkeiten ab, lehnte ich ihn ab.

Dann fuhren wir nach Hause.

Wo sich der Stadtteil Viksäng als grünes und autofreies Wohnviertel mit Mietshäusern ausbreitete, war früher ein Regiment stationiert gewesen. Im Revolutionsjahr 1917 meuterten die Soldaten in einer Stadt, die angesichts schwerer Hungerkrawalle und Streiks zu den unruhigsten im ganzen Land gehörte. Davon war heute natürlich nichts mehr zu spüren, und es war auch nichts, was man uns im Heimatkundeunterricht in der Schule beibrachte. Wir erfuhren nur etwas über Västerås in der Steinzeit, den Reformationsreichstag, den Gustav Vasa auf dem Schloss abgehalten hatte, und die Gründung von Asea. Dazwischen gab es nichts. Von der Soldatenrevolte wusste ich durch Großvater, wenn er auch seltsamerweise nicht behauptete, mitgemacht zu haben. Einige Kasernen waren erhalten geblieben, und in einer von ihnen lag nun die Bibliothek mit ihren Marmortreppen, deren Stufen so abgewetzt waren, dass ich mich aus Angst, sie könnten auseinanderfallen, kaum traute, darauf zu treten. Der Rest des Geländes war in den sechziger Jahren bebaut worden.

Wir wohnten in der Rönnbergagatan 34, im zweiten Stock, in einer Eckwohnung, in die das Sonnenlicht immer leicht hineinfand. Drei Zimmer mit Küche, eine Mietswohnung. Das Haus lag auf einer Anhöhe, zusammen mit vier anderen weißen, freistehenden, fünfstöckigen Mietshäusern, die sich von den flachen, hellbraunen Mietshäusern absetzten, die um die Anhöhe gruppiert waren. Unterhalb gab es einen Spielplatz, auf dem Kinder Seilbahn fuhren, kletterten und Holzhütten und Häuschen zusammennagelten. Mit dem Fahrrad waren es nur ein paar Minuten zur Kita und zur Schule, und sowohl Skiljebo als auch das Stadtzentrum und der Mälarsee lagen ganz in der Nähe.

Im Badezimmer fehlten Seife, Shampoo und Zahnbürsten. An den Haken hingen keine Handtücher. Die Badewanne war rau und trocknete allmählich ein, weil sie nie mit Wasser gefüllt wurde.

Ich sah Papa niemals duschen, baden oder sich auch nur gründlich waschen, aber es kam bestimmt ab und zu vor, wenn ich nicht zu Hause war. Genauer nahm er es da mit der allabendlichen Rasur nach der Arbeit, und seine Haare kämmte er sich sorgfältig mit dem nassen Stahlkamm aus seiner Gesäßtasche. Die Haare ließ er sich beim Friseur im kleinen Steinhaus auf dem Parkplatz vor der Mimerfabrik schneiden. Es war der altmodischste Ort in der ganzen Stadt. Ein etwas älterer Junge, der im selben Haus wohnte wie wir, behauptete, Papa rieche nach Pisse. Ich glaubte ihm nicht.

Die Unterwäsche – Unterhosen mit hoher Taille und ein weißes Baumwollhemd, dessen Wechsel ihm nicht besonders dringlich erschien – kaufte er auf dem Markt. Die Alltagsgarderobe war bescheiden: ein paar weiße Hemden, deren Ärmel er sorgsam hochkrempelte, eine beige und eine dunkelblaue Gabardinehose. Wenn Papa Kleider kaufte, dann für »besondere Gelegenheiten«, auf die er hoffte, die jedoch niemals kamen: ein cremefarbener Anzug mit rostbraunem Taschentuch in der Brusttasche, ein marineblauer, doppelt geknöpfter Clubblazer mit vergoldeten Metallknöpfen, eine hellbeige Wildlederjacke, die im Laufe eines Winters bis zur Unkenntlichkeit verschmutzte. So sehr er auch davon träumte, er landete doch nie in besserer Gesellschaft als in der seiner bei Großmutter und Großvater an Heiligabend versammelten Geschwister, und unabhängig von seiner schicken Kleidung war er eben doch nur der Taugenichts unter ihnen.

Papa sah sich als »eleganten Typ«, als Mann mit Stil und Finesse. Das Feuerzeug war aus Silber. Am liebsten verglich er sich mit Tony Curtis in *Die Zwei* – reich, gut gekleidet und schlagfertig. In Wahrheit war er auf unbestimmbare Art altmodisch. Er kleidete sich wie ein Schlagersänger der älteren Generation und wäre im Leben nicht auf die Idee gekommen, eine Jeans oder Cordhose anzuziehen. Noch Anfang der siebziger Jahre war es für ihn eine Selbstverständlichkeit, in seiner Freizeit einen Anzug zu tragen, wie die Arbeiter es früher getan hatten. Er hätte sich gewünscht, sich etwas öfter dazu aufraffen zu können.

Als Papa jung war, ähnelte er dem Schauspieler Lars Ekborg, aber schon bald wurden seine attraktiven Gesichtszüge schwer und verbargen den Spaßvogel, der in ihm steckte. Er wirkte eher nett als schneidig, auch wenn ich nicht begreifen konnte, dass andere nicht sofort sahen, wie hübsch die Grube im Kinn, die etwas breite Nase, die wohlgeformten Ohren, die blaugrauen Augen und das leicht schiefe Lächeln mit den ebenmäßigen Zähnen waren. Der ein Meter fünfundsiebzig große, muskulöse Körper blieb lange harmonisch, wie aus einem Stück gegossen. Er war der Prototyp eines *Arbeiters* und hätte problemlos jedem sowjetischen sozialrealistischen Maler Modell stehen können.

Charakteristisch für Papa waren seine Hände. Groß, grob, krumm und voller Schwielen. Metallvergüterhände. Noch vor seinem fünfunddreißigsten Geburtstag waren sie von der Fabrikarbeit steif geworden. Abends versuchte er die Finger auszustrecken und war zugleich erschrocken und stolz, wenn es nicht ging.

»Schau her! Das sind keine Hände, das sind Fleischerhaken!«

Er bedauerte, dass er nicht fähig war, einen Siegelring zu
tragen. Wenn er sich einmal das Gesicht wusch, erinnerte er
an eine Katze, die sich wäscht – den tauben Fäusten fiel es
schwer, das Wasser fest zu halten, und so schien er Wangen
und Stirn eher zu kneten, als mit Wasser zu benetzen.

Auf seinen weißlich bleichen Oberarmen saßen zwei tä-
towierte Fregatten, auf dem linken Unterarm ein üppiges
Emblem aus einem Herz und einem Band, das mit den Jahren ein wenig grobkörnig geworden war. Manchmal fragten
mich die Kinder auf dem Hof, ob er zur See gefahren sei –
hatte er vielleicht sogar im Knast gesessen? –, aber die Tätowierungen ließ er sich machen, als er seinen Wehrdienst ab-
leistete und Heimweh hatte. Wenn er seine Muskeln spielen
ließ, fuhr der Wind in die Segel der Schiffe.

»Zeig mal deine Muskeln, Papa!«

Den Gefallen tat er einem gern.

»Solche Muckis haben nicht viele! Solche Muckis haben
nur Pippis Papa und deiner!«

Ein wesentlich größeres Problem als die Hände waren seine
schmerzenden Füße, die so platt waren wie die Arbeitsfläche
in der Küche. Er stand den ganzen Tag an den Vergütungsöfen, und seine Füße rackerten sich ab, um den Armen die
nötige Kraft zu verleihen, den Stahl zu bezwingen. Er lief in
groben Arbeitsschuhen herum, die das Werk aus Sicherheits-
gründen bereitstellte. Unter dem fuchsbraunen Leder gab es
eine Metallhülle, die ihn schützte, falls er schweres Werk-
zeug oder heißen Stahl fallen lassen sollte. Er quittierte den
Erhalt von ein oder zwei Paaren im Jahr, die er ständig trug,
auf der Arbeit und nach der Arbeit, auch im Sommer. Wenn
er die Schuhe dann schließlich auszog, verbreitete sich ein

intensiver Gestank. Er lief sich Blasen in ihnen, die so groß waren wie Zweikronenmünzen. Abends schnitt er sie mit einem Taschenmesser auf und entleerte den Inhalt auf ein Handtuch, das steif war von alter Flüssigkeit.

Wenn Papa schick sein wollte, zog er dünne, glatte, flache Schuhe an. Schlimmstenfalls stopfte er sie in ein Paar Altherrengaloschen.

Wenn Lohntag war, gingen wir zu Grimaldis. Das Schuhgeschäft lag in einer Kellergarage im Zentrum von Viksäng und war von einem benebelnden Leder- und Fellduft erfüllt. Herr Grimaldi hieß uns mit krächzender Stimme willkommen. Frau Grimaldi lächelte mit goldumrandeten Zähnen. Ihr Schwedisch war schwer verständlich.

Papa schaute und tastete, wog die Schuhe in seinen Händen. Probierte ein Paar mit dem Schuhlöffel an, wie ein Rentner, und entblößte seine löchrigen Strümpfe. Herr Grimaldi pries, wie gut der Schuh saß, Papa runzelte bekümmert die Stirn und gab ihn zurück. Herr Grimaldi kam mit einem anderen Vorschlag, demonstrierte die hervorragende Arbeit aus Italien, Papa probierte erneut und schüttelte den Kopf. Die Schuhe waren zu teuer. Er tat, als würden sie ihm nicht passen.

»Schuhjuden!!«, murrte er auf dem Fahrrad nach Hause. »Hundertdreißig Keroooonen für ein Paar Schuhe!«

Geld hieß »Patte«, aber wenn etwas teuer war, gab er den Preis in Kronen an, was er im västmanländischen Dialekt Keroooonen aussprach. Vierzehn Keroooonen für so ein Mistding von Käsestück. Warum konnte nicht alles neunneunzig kosten?

Trotzdem kaufte er Schuhe für mich. Weiße Sandalen, die ich nicht haben wollte, waren in seinen Augen eine Notwendigkeit. Ich brauchte Winterstiefel, Gummistiefel, Holzpantinen und Turnschuhe. Er kaufte italienische Sandalen.

Ich war genauso schlecht gekleidet wie Papa und unterließ es genau wie er, mich zu waschen oder mir die Zähne zu putzen, es sei denn, er wies mich an, es zu tun.

Die Unterhaltszahlungen wurden abgesehen von den drei Mal, die er mir eine Jacke kaufte, für etwas anderes ausgegeben als für Kleidung. Als ich in die Kita ging, bekam ich eine kükengelbe Jacke mit Manschetten aus synthetischem Flausch, die vom regennassen Sandkasten in kürzester Zeit schwer und braun wurde. In der Grundschule kaufte er mir eine hellgraue Wildlederjacke, die Regen und Schnee binnen kürzester Zeit ruinierten. In der sechsten Klasse zwang ich ihn, mich zu Hennes & Mauritz zu begleiten, um mir dort selbst einen Steppanorak auszusuchen. Er war nie zuvor dort gewesen und erklärte, es sei ein wirklich bescheuertes Geschäft, wenn auch erstaunlich billig. Wir waren beide zufrieden, als wir nach Hause fuhren, obwohl er sich tagelang hundeelend fühlte, nachdem er so vielen Spiegeln, hellen Lampen und übertrieben geschminkten Verkäuferinnen ausgesetzt gewesen war.

Papas ältere Schwester Majken kaufte Kleider bei Strands, dem teuren Kinderbekleidungsgeschäft in der Vasagatan. Gut verarbeitet, schwedische Markenware, aber so anders, dass ich so oder so merkwürdig aussah: schwarze Gabardinehosen mit Bügelfalte, ein Rock mit Schottenmuster, ein Matrosenanzug, braune Gummistiefel mit Absätzen. Ein Lodenmantel.

Majken kümmerte sich um die Wäsche. Wir lieferten die schmutzigen Sachen in einer Papptüte ab und bekamen sie sauber und frisch gebügelt zurück. Majken bekniete uns ständig, ihr doch mehr Wäsche zu bringen, sie fand, dass es auch Laken und Handtücher für die Kochwäsche geben müsse, aber die Kleider, die wir besaßen, hatten wir im Großen und Ganzen an, und Bettwäsche benutzten wir nicht.

Alle, die Papa nur nach seiner äußeren Erscheinung beurteilten, staunten nicht schlecht, wenn sie zu uns nach Hause kamen. Papa putzte andauernd. Er säuberte die Fenster, staubsaugte, wischte Heizungskörper ab und räumte auf. Wenn er nicht schlafen konnte, polierte er den Couchtisch. Das durfte ich niemandem erzählen.

In unserem Flur mit der dunkelroten Tapete lag ein goldbeiger Teppichboden, an der Decke hing an einer groben Messingkette eine rote Glaslaterne. Im Wohnzimmer stand viele Jahre eine moosgrüne Couchgarnitur aus weichem, breitem Cord. Ich fand sie schön, Papa sagte, sie sei hässlich. Der kleine Zweisitzer gehörte mir, der Sessel Papa. Auf der großen Couch, auf der niemand saß, war jahrelang eine Decke drapiert, nachdem Sundstedt dort eines Abends mit einer Zigarette in der Hand eingeschlafen war. Die Glut war heruntergefallen und das Schaumgummi unter dem Cord zu einem stinkenden Krater geschmolzen. Ich saß auf dem Fußboden und sah zu, während Papa in der Küche war.

Papas großer Traum war eine englische Couchgarnitur aus robustem Leder, aber er gönnte sich nur eine aus rostbraunem Samt auf Ratenzahlung. Sie war erst ein paar Wochen alt, als ich versehentlich einen rosa Hubbabubba auf eines der Sitzpolster klebte. Ein anderes Mal stützte er seinen Ellbogen auf einen Kaugummi und ruinierte so seinen Clubblazer.

An der einen Längswand hing viele Jahre ein Bild von einem Segelboot im Sonnenuntergang. Später wurde es durch ein Gemälde ersetzt, das wir von Großvaters Halbbruder geerbt hatten. Zu sehen war darauf eine Elchkuh mit Kälbern im Sonnenuntergang. Der Rahmen war aus alten Zigarrenschachteln gefertigt, und Papa erklärte, es sei wertvoll. Er glaubte, dass sich viele Dinge eines Tages als unvorstellbar wertvoll erweisen würden: die russische Blechdose mit Tee, die Manschettenknöpfe von der Eisenhütte Skultuna, der Kobold, den ich zu meinem ersten Weihnachtsfest von Onkel Jarl bekommen hatte. Wertvolle Dinge, auf die wir gut achtgeben mussten. Das Bücherregal war aus Mahagoni und hatte Messingleisten, musste bis auf wenige Titel jedoch ohne Bücher auskommen. Es erweckte nicht den Eindruck, als ob Papa sich abends dazu aufzuraffen versuchte, ein wenig zu lesen. *Nackas Show* mit einem echten Autogramm des Fußballstars Nacka Skoglund stand neben Jan Fridegårds Roman *Opferrauch* und einigen Jahresbänden zu Neuigkeiten und Sportereignissen. Bücher, die nicht schön aussahen, wurden weggeräumt. Auf den Regalbrettern fand sich stattdessen, auf kleinen, gestickten Unterlegern drapiert, Nippes. In den Unterschränken drängten sich Mamas und Papas Hochzeitsgeschenke: bunte Mokkatassen, Barzubehör, ein Eiskübel, eine rote Karaffe, die Musik spielte, wenn man sie benutzte. Ein tschechisches Service mit Goldrand. Unberührbare Gegenstände, denen keiner von uns Beachtung schenkte.

An der Decke hing ein Kristallleuchter unter einem Plafond aus Plastik, der sich durch die Hitze der Glühbirnen nach ein paar Jahren verformte und große, ausbeulende Risse bekam und ganz und gar nicht wie der Stuck aussah, von dem Papa geträumt hatte. Die Vorhänge in den Zimmern waren Maßanfertigungen aus einem Geschäft an der Apotekerbron. Im Wohnzimmerfenster fiel kräftiger, dunkelroter Samt über eine dünne, vom Nikotin gelb gefärbte Spitzengardine aus Nylon. Die kleinen Lämpchen im Fenster waren aus Kristallglas.

Papa sagte, unser Fenster sei wie das vierundzwanzigste Türchen in einem Adventskalender. Er träumte davon, dass Leute an unserem Haus vorbeigingen, zu unserer Wohnung hochsahen und sich dachten, dass dort wirklich ein tüchtiges Frauenzimmer wohnen musste.

»Deren Gesichter würde ich gerne sehen, wenn sie hören würden, dass hier gar kein Frauenzimmer wohnt, sondern der Metallvergütungsmeister Leif Andersson!«

Er war der festen Überzeugung, dass er die Nachbarinnen in den Wahnsinn trieb, weil sie nicht wussten, was sie anstellen sollten, um ihre eigenen Fenster genauso geschmackvoll zu gestalten.

Aus dem gleichen Grund bepflanzte er unseren Balkon jeden Sommer mit einer kostspieligen Blumenpracht. Abends stand er dann manchmal da und wartete darauf, dass Passanten seine Herrlichkeit bewunderten. So geschickt Papa auch mit Pflanzen umgehen mochte, in unserer Wohnung tauschte er nach und nach Blume für Blume gegen künstliche Gewächse aus Plastik oder Seide aus, die im Laufe der Zeit in der Sonne verblichen. Künstliche Pflanzen waren perfekt geformt und zuverlässig.

Die Musiktruhe war ebenfalls aus dunklem Mahagoni. In ihr standen unsere siebzehn LPs: zwei Cornelis Vreeswijk, zwei Harry Belafonte, zwei Magnus und Brasse, Evert Taube, Stefan Demert, Roffe Bengtsson, Hasse und Tage, Lill Lindfors und Simon & Garfunkel. Meine Platten waren ABBA, Baccara, die Don-Kosaken, Gösta Knutsson liest die Abenteuer des Katers Pelle Schwanzlos und Egon Kjerrmans Weihnachten. Wir legten alle auf, nur die von Simon & Garfunkel nicht, die Mama gehört hatte. Gangstermusik sei das, sagte Papa, fast so kriminell wie die Beatles – diese langhaarigen Fixer, die ihr, einfach unfassbar, ebenfalls gefallen hatten. Noch schlimmer waren ABBA – diese vier lallenden Luschen, die es nur dadurch, dass sie dämlich aussahen, zu Reichtum und Berühmtheit gebracht hatten. Nachsichtig hielt er die Waterloo-Platte in der Hand, wenn wir zur Kita radelten, begriff jedoch nie, warum wir Kinder nicht lieber zu Lill Lindfors Playback singen wollten.

Im Schlafzimmer stand ein Bett, das sich nach Mama sehnte. Als Papa Sonja kennen lernte, die möglicherweise Anita hieß, kaufte er ein neues aus schwarzem Teakholz mit Messingleisten. Das Kopfende war mit lachsrosa Velours verkleidet und hatte einen eingebauten Radiowecker. An der Wand hing die Kopie eines Gemäldes von Bruno Liljefors, ein Fuchs, der ein Huhn reißt. Papa grübelte darüber nach, ob es wertvoll war. Ich sagte ihm nicht, dass ich das gleiche Bild für ein paar Kronen im Emmaus-Laden unten am Svartån gesehen hatte.

Bei den Küchenschränken verfiel Papa auf die Idee, die Türen mit einer dunkelbraunen Mahagoniimitation aus Plastik zu verkleiden. Die Rollen waren teuer, und es erwies sich zudem als schwierig, die Bahnen aufzukleben, ohne dass sich unter ihnen Luftblasen bildeten. Er nahm sie sich in Monatsabständen jeweils einzeln vor und war immer noch nicht fertig, als die Plastikrollen aus dem Sortiment genommen wurden. Die Hälfte der Türen war neu dekoriert, während die andere Hälfte ihre grünblaue Originallackierung beibehielt. Erst die Komplettrenovierung des Vermieters fünfzehn Jahre später befreite Papa endlich von diesem Projekt.

Die Schränke waren so gut wie leer. Wir hatten keine Services in vielen Teilen, Plastikbehälter für Essensreste oder Haushaltsgeräte. In einem Schrank lagen Bücher, in einem anderen standen meine alten Saugfläschchen und ein Atlantikdampfer, den Papa aus einem Modellbausatz gebastelt hatte. Dort lagen auch zwei kleine Pornotaschenbücher mit detailliert beschriebenen Sexstellungen und ausgestellten Geschlechtsorganen. Ich verabredete mit Camilla, die Bücher in die Kita mitzunehmen. Ich steckte sie mir unter die Jacke, ohne dass Papa es merkte, aber die Erzieherinnen entdeckten das Ganze. Als Papa mich abholte, zeigten sie ihm, was sie beschlagnahmt hatten. Die Sache war für uns beide peinlich, vor allem jedoch für ihn. Daheim fragte er traurig, warum ich das getan hatte, doch ich wusste keine Antwort darauf. Erst legte er sie in den Schrank zurück, dann nahm er das eine und warf es in den Müll. Wo das andere hinkam, weiß ich nicht. So sehr ich auch danach suchte, ich fand es nie.

Mein Zimmer sah nicht aus wie das anderer Leute. Papa richtete es mit Möbeln ein, die er selbst leid war. Meine Spielkameraden hatten hübsche Schreibtische, Tagesdecken aus Volant und weiße Schmuckregale voller Puppen von den Kanarischen Inseln. An ihren Wänden hingen Poster mit Popsängern wie Björn Skifs und niedlichen kleinen Kätzchen auf einem Badehandtuch. In meinem Zimmer standen ein altes Bücherregal und ein Couchtisch, die Papa nicht wegwerfen wollte. Auf dem Fußboden lag ein handgewebter, orangefarbener Teppich. Jahrelang wurde das Zimmer von einer Bettcouch dominiert, die wir von Großvaters Halbbruder – dem mit dem Elchbild – übernehmen durften und die so schwer und grau war wie ein Panzerkreuzer. Wir schliefen zeitweise darin, als sich Papa mit seinem eigenen Bett nicht richtig verstand. Als er dann das Radioweckerbett kaufte, zersägte er das alte in zwei Teile und stellte Mamas Hälfte bei mir hinein.

Dass in meinem Zimmer ein Kind wohnte, verrieten einzig und allein die Spielsachen und die Puppenstube von

Lundby. Die Mädchen in den Häusern ringsum besaßen auch Puppenstuben, ihre hatten sogar Beleuchtung. In meiner Stube gab es weder Lampen noch Puppen, nur verschiedene Einrichtungen. Ich möblierte und möblierte um. In ihren Häusern wohnten anämische Kleinfamilien aus weichem Gummi mit Draht darunter, die nicht alleine stehen konnten. Ein Papa mit Hemd, eine Mama mit Rock, ein größerer Bruder und eine kleine Schwester. Die Mama kochte. Der Papa lag vergessen auf dem Fußboden und tat nichts.

Du gehst jetzt ins Bett!, sagte die Mama. Ich will nicht!, antworteten die Gummidrahtkinder. Putzt euch die Zähne!, sagte der Papa, der plötzlich zum Leben erwacht war. Ich will nicht!, antworteten die Kinder.

Ich begriff, dass so normale Eltern mit ihren Kindern redeten. Papa sprach so nicht mit mir. Süßigkeiten nur an Samstagen, Schlafenszeit, Taschengeld, Regenhosen, und du darfst erst spielen gehen, wenn du dein Zimmer aufgeräumt hast, waren für uns unbekannte Regeln. Er meckerte nicht, er wies mich niemals lautstark zurecht, er war selten gereizt.

In meinem Zimmer stand darüber hinaus ein Aquarium mit Black Mollys und Schwertträgern. Wir verfütterten den Fischen so viel, dass sich unser Aquarium zu einer ökologischen Katastrophe entwickelte, und wenn kein Futter mehr da war, vergaßen wir, neues zu kaufen. In regelmäßigen Abständen verschlammte es so, dass man kaum erkennen konnte, ob die Fische noch lebten oder bereits tot waren. Es machte Spaß, die Fische in der Toilette hinunterzuspülen. Ich mochte keine Tiere und hatte eine Heidenangst vor Kaninchen, Goldhamstern und Meerschweinchen. Bei meinen Freunden zog ich die Zehen unter die Füße, um nicht gebissen zu werden, und lehnte ausnahmslos ab, wenn sie mich fragten, ob ich ihre Tiere halten und streicheln wollte. Papa sagte, dies sei mit Sicherheit klug, denn solche haarigen

Monster würden nicht zögern, einem Arme und Beine abzubeißen, wenn sie nur die Chance dazu bekämen.

Ich brachte Freunde mit nach Hause, und alle, die über unsere Türschwelle traten, betrachteten mit großen Augen die Vorhänge, die Kristallleuchter und die Zierkissen. Das hätten sie meinem Papa niemals zugetraut! Aber sie wunderten sich auch über die erstarrten blassen, dünnen Spuren von Erbrochenem rund um den groblöchrigen Küchenabfluss. Und warum habt ihr keine Handtücher auf der Toilette?

Der Hof vor dem Haus war voller Eichhörnchen. Sie lebten in den Kiefern vor dem Wohnzimmerfenster und huschten pfeilschnell die raue Häuserfassade hinauf. Eines Samstagmorgens sprang ein Eichhörnchen durch das kleine Lüftungsfenster zu uns herein und begann, einen Sandkuchen anzufressen, der auf der Arbeitsfläche stand. Mit eifrigen Bewegungen mümmelte es vom sonnengelben Kuchen. Dann sprang es wieder nach draußen, ohne etwas herunterzuwerfen.

Papa war begeistert und achtete darauf, jedes Wochenende Sandkuchen im Haus zu haben. Wenn Großmutter uns keinen mitgeben konnte, kaufte er eine Kuchenmischung, verquirlte alle Zutaten und buk mit einer Präzision, als würde er ein Soufflé für ein Galadinner zubereiten. Er benahm sich wie jemand, der frisch verliebt war, stand an den Wochenenden frühmorgens auf und wartete.

Im Vormittagslicht glänzte das Eichhörnchenfell wundersam schön, in einer Farbpalette aus Kupferrot und Braun, die ich auf Papier nicht wiedererschaffen konnte, sosehr ich es auch versuchte, die es jedoch in Mamas langem Pferdeschwanz gab.

Ich fürchtete mich ein bisschen vor dem Tier. Es war ein lebendiges Wesen, das sich Zutritt zu unserem Zuhause verschafft hatte, in das sonst niemand kam, ohne ein bestimmtes Anliegen zu haben, zum Beispiel mich zu holen oder wieder abzuliefern. Ich begann zu glauben, dass dieses Eichhörnchen eine Botschaft überbrachte, dass es uns eines

Tages etwas über die Welt da draußen mitteilen würde, etwas, das wir unbedingt verstehen mussten. Meine Fantasien wurden immer lebhafter, und am Ende war ich mir sicher, eines Tages die Botschaft auf dem Küchentisch vorzufinden wie bei der Taube in den Brüdern Löwenherz, und zwar mit den Worten, dass es jetzt so weit war.

So weit für was?

Tod? Aufbruch? Umzug?

Das Eichhörnchen blieb jedes Mal nur kurz, und als es Sommer wurde, verschwand es. Papa ließ die kleine Lüftungsklappe unabhängig von der Jahreszeit offen stehen, weil er hoffte, dass es wieder auftauchen würde, aber es zeigte sich nie wieder. Er buk keine Kuchen mehr und kaufte stattdessen ein kleines Ziereichhörnchen aus Hongkong, das er auf den Nachttisch stellte.

Wenn Papa heimkam, zündete er als Erstes die Kristall-lämpchen im Fenster des großen Zimmers an, was eher für die Nachbartanten als für ihn selbst gedacht war. Er hatte es so eilig damit, dass er sich vorher nicht einmal die Schuhe auszog. Sobald er überall Licht gemacht und die Lebens-mittel in Kühl- und Vorratsschrank verstaut hatte, holte er den Rasierapparat heraus und entfernte seine rötlichen Bart-stoppel.

Den restlichen Abend verbrachten wir vor dem Fernseher. Ich beschäftigte mich selbst, er saß im Sessel und las *Afton-bladet* von hinten nach vorn. Trank Bier und rauchte.

Papa paffte täglich zwei Schachteln Gula Blend. Die Ziga-rette klemmte er weit innen zwischen Mittel- und Zeigefin-ger. Bei jedem Zug wölbte er die Hand um den Mund, beim letzten Zug hielt er die Zigarette zwischen Daumen und Mit-telfinger, und wenn er den Rauch ausblies, kniff er die Augen ein wenig zusammen – ähnlich wie Humphrey Bogart. Wenn in dem silbernen Feuerzeug kein Gas mehr war, stellte er die Zigarette senkrecht auf die Herdplatte. Sie kippte dann um. Er hob sie auf, seine Finger kamen der intensiven Wärme gefährlich nah. Die Platte wurde vor Hitze immer roter und schließlich schwarz. Die Zigarette kippte um. Er hob sie auf. So machte er weiter, bis sie Feuer fing. An der glühendhei-ßen Platte hätte sich jeder verbrannt, ich stand daneben und schrie, er solle aufhören. Er blieb ungerührt.

»Ich bin Metallvergütungsmeister, hast du das vielleicht vergessen?«

Das Bier trank er aus verkratzten Duralexgläsern. Wenn die Dose leer war, drückte er sie mit einem dumpfen Knacken zusammen, die alte Sorte harter Blechdosen zerknüllte er, als handelte es sich um leere Süßigkeitentüten. So stark war er, mein Papa. Der Stärkste in der ganzen Welt.

Ich beschäftigte mich vor dem Fernseher. Sortierte Lesezeichen und Sammelbilder, häkelte, zeichnete oder schrieb. Wenn Papa seine Zeitung gelesen hatte, war er bereit, mit mir zu spielen. Schwarzer Peter und Quartett machten ihm keinen Spaß, aber gegen Halma, Casino, Mau Mau und Roulette hatte er nichts einzuwenden. Keinem von uns war es wichtig zu gewinnen. Als ich etwas älter war, brachte er mir Schach bei und fand es ein bisschen schade, dass es mir keinen Spaß machte.

In einer Küchenschublade lag ein alter Satz Kille-Spielkarten aus der Zeit, als Mama noch zu Hause wohnte und die Wohnung sich zum geselligen Beisammensein mit Freunden gefüllt hatte. Ich bewunderte die schönen Karten mit dem Kranz, dem Gaukler und dem Adelsmann, aber wenn ich ihn bat, mir die Bedeutung der Karten zu erklären, wurde Papa verlegen. Heute Abend nicht, sagte er jedes Mal. Es wurde nie etwas daraus, das Killespiel gehörte zu einem anderen Leben.

Wenn ich Glück hatte, wollte Papa malen. Auf dem Papier tauchten magische Zeichnungen von Blumen, Elefanten, Chinesen und dem konservativen Politiker Gösta Bohman auf. Es ging blitzschnell. Wenn er zeichnete, erlangte die eigentlich so steife Hand eine Geschmeidigkeit, wie ich sie sonst selten sah. Er langweilte sich ziemlich schnell und legte den Stift schon nach ein paar Minuten wieder weg. Wenn ich ihn bat weiterzumachen, tat er, als wäre er in seine Zeitung vertieft.

Er gab gerne damit an, was für ein talentierter Zeichner er war, und zeigte mir als Beleg eine Bleistiftzeichnung, die einen Hafenarbeiter darstellte, der ein wenig abseits von seinen Arbeitskollegen stand. Er hatte die Zeichnung in den langen Nächten gemacht, in denen er sich fragte, was Mama trieb und warum sie nicht heimkam. Lautlos bohrte ich mein Gesicht in die weiche Armlehne der Cordcouch. Dann ging ich zu Papa im Sessel, setzte mich vor ihn auf den Fußboden und legte den Kopf auf seinen Schoß. Er lehnte sich vor und flüsterte in mein Haar.

»Sollen wir ein Spielchen machen?«

In der dritten Klasse wurden die Eltern gefragt, ob sie eine Zeichnung für einen Wettbewerb zu einer Kampagne gegen Schmierereien einreichen wollten.

»Mein Papa macht bestimmt eine superschöne Zeichnung«, sagte ich, »er kann nämlich supergut zeichnen.«

Meine Lehrerin hatte gewisse Erwartungen, da Papas Handschrift mit Sicherheit die schönste war, die sie je gesehen hatte. Sie war ihr auf einem Formular zu möglichen Kinderkrankheiten aufgefallen. Allerdings war es nicht Papa gewesen, der die Informationen eingetragen hatte, sondern meine Cousine Rosita. Es hatte ihn so nervös gemacht, sich womöglich zu verschreiben, dass er sie darum gebeten hatte.

Papa versprach, etwas zu zeichnen. Abend für Abend saß er mit Stift und Papier da, das Bierglas neben sich und eine Zigarette in der Hand, ohne einen Strich zu ziehen.

Ich durfte aufbleiben, solange ich wollte. Das Sandmännchen und die Nachrichten waren nicht gleichbedeutend mit Schlafenszeit. Papa hatte nicht das Bedürfnis, abends eine Weile allein zu sein, und glaubte auch nicht, dass ich mehr Schlaf brauchte als er.

Wir verbrachten die Abende damit, uns zu unterhalten. Darüber, wie es war, ein Arbeiter zu sein, wie gut ich in der Schule mitkam oder über Nacka Skoglund und den Sozialismus. Über Mama. Wichtige Dinge eben, Sachen, die nur uns etwas angingen.

Ich wollte ihm immer ganz nah sein. Im Geschäft hielt ich sein Hosenbein umklammert, auf dem Gepäckträger umarmte ich seinen Rücken, ging er auf die Toilette, folgte ich ihm. Ich schlief dicht an ihn geschmiegt.

Bevor wir zu Bett gingen, putzten wir uns weder die Zähne noch wuschen wir uns. Papa legte sich in Unterhose und häufig mit Strümpfen, ich in Unterhose ins Bett. Die Bettwäsche war sparsam bemessen. Eine Decke, kein Betttuch, oft lagen wir direkt auf der Matratze. Die Kissen waren in schmutzgraue Bezüge gesteckt, in erster Linie, damit die Federn nicht kratzten.

Bis ich zehn war, schlief ich im selben Bett wie Papa. Sein großer Körper und mein zarter teilten sich neunzig Zentimeter. Mamas Bettseite berührte keiner von uns freiwillig. Als ich eine Gehirnerschütterung hatte und viel Platz benötigte, schlief Papa im Sessel. Etwas anderes war undenkbar.

Er las mir aus Pelle Schwanzlos, Andersens Märchen und Lennart Hylands ABC-Buch vor. Ich legte die Nase auf seine Schulter und sog den Schweißgeruch ein. Schaute ich auf, konnte ich sein Gesicht kaum erkennen, so groß war die Schulter. Er streichelte mir flüchtig übers Haar.

»Gute Nacht, beste Freundin.«

»Gute Nacht, Kamerad.«

Ich hielt seinen rechten Daumen ganz fest. Unter den Arm klemmte ich Lena, eine Puppe aus hellblauem Frottee, die Papa an einer Tankstelle gekauft hatte. Sie hatte überall Löcher, hellgelbe Schaumgummistückchen fielen heraus und ließen sie immer magerer werden. Sie war übersät von Essensresten und Flecken von Großmutters verschüttetem Kaffee. Alle beschwerten sich, sie sei so alt und eklig, aber ich verteidigte sowohl sie als auch mich.

Ich schlief unruhig und trat Papa die ganze Nacht über im Schlaf. In den Bauch, in den Rücken, gegen den Oberschenkel. Warf er meine Beine zur Seite, waren sie sofort wieder da. Tritt mich diese Nacht nicht so, bat er mich Abend für Abend, ich werde so müde, wenn du mich so trittst. Nie durfte er ungestört schlafen.

Es kam uns selten jemand zu Hause besuchen, aber im Sommer schauten Ersa und Sune vorbei. Sie waren Junggesellen und wohnten im Stadtteil Kärrbo. Papa hatte sie kennen gelernt, als sie Fußball im Sportclub Skiljebo spielten. Sie schraubten ihre Flaschen auf, ohne dass sie sich wirklich etwas zu sagen gehabt hätten.

Manchmal war Lola bei uns, einer von Großvaters vielen exzentrischen Halbbrüdern. Lola war der liebste Mensch auf der Welt und immer fröhlich, selbst wenn er es im Grunde überhaupt nicht war. Er spielte Brettchenklapper mit einer wüsten Energie, die einen Außenstehenden ängstigen konnte, und wippte mit dem Körper in alle Richtungen. Unvermittelt hörte er dann auf, um stattdessen eine Auerhahnbalz zu gestalten. Erst war er das Huhn, das ein wenig kokett mit erhobenem Hinterteil durch die Küche stolzierte und so tat, als würde es nach Futter suchen. Anschließend verwandelte er sich in den Auerhahn. Sein Körper wuchs durch das imaginierte Federkleid, er legte den Kopf in den Nacken und stieß einen gutturalen Laut aus, der ihn, wie ich glaubte, ersticken würde. Die ganze Zeit hielt er die Hände über seinem Geschlecht gewölbt. Papa hatte Lola schon nach kurzer Zeit satt und ließ ihn allein in der Küche sitzen. Ich hielt mich an den Fernseher. Wenn ich auf die Toilette musste, schaute ich in die Küche, wo Lola betrübt mit dem Glas sprach, aus dem er trank. An späten Frühlingsabenden holte er uns in seinem Opel ab, der keine Tankanzeige hatte. Wir hielten Ausschau nach Elchen und Füchsen.

Wenn die Zeugen Jehovas klingelten, unterhielt sich Papa einen Moment mit ihnen und nahm den Wachturm an, ohne zu wissen, warum. Er fühlte sich von dem freundlichen Mann mit dem grauen Hut, der ihn beharrlich aufsuchte, vermutlich beachtet. Bedeutsam.

Einmal im Jahr machte die Stadtteilbücherei von Viksäng Hausbesuche, um alte Buchausleihen einzukassieren. Wir hatten jede Menge solcher Bücher, unsere komplette Sammlung der Bücher Gösta Knutssons stammte aus der Stadtteilbücherei. Papa sah die taktvolle Bibliothekarin, die ihre Liste über unsere Verfehlungen herauszog, bedauernd an.

»Hier steht, dass sie letztes Jahr den Roman *Kamerad Wacker* von Vilhelm Moberg ausgeliehen haben. Wir erlassen Ihnen die Mahngebühren, wenn Sie uns das Buch jetzt zurückgeben.«

»Soso, tatsächlich ... ich habe das Buch nur leider meinem Bruder geliehen.«

»Ihrem Bruder? Soso ... aber Ivar Lo, Jan Fridegård, Bo Balderson ...«

»Nein, tut mir leid, die hat er auch.«

»*Pippi Langstrumpf im Taka-Tuka-Land ... Pelle Schwanzlos*, vier Bände ...?«

»Nein, für die gilt dasselbe. Mein Bruder war krank und brauchte was zu lesen. Aber wenn Sie in ein paar Tagen wiederkommen, habe ich sie bestimmt zurück.«

»Na ja ... diesen Service bieten wir nur diese Woche an ... Sie werden mit den Büchern dann schon selbst kommen müssen. Am besten so schnell wie möglich, es gibt immerhin noch andere, die sie ausleihen wollen.«

»Schön, abgemacht!«

Seine Verlegenheit darüber, mit den Büchern in Verzug zu sein, ließ ihn solche Eiertänze aufführen; in Wahrheit lagen sie im Küchenschrank oder im Schlafzimmer.

Wenn ich Geburtstag hatte, kamen Großmutter und Großvater, Papas Schwestern und Schwägerinnen, Tante Nina und Onkel Guido. Es war Ende Mai, Großmutter war fein angezogen und hatte den hellblauen Mantel an, den sie auf Mamas und Papas Hochzeit getragen hatte. Es war ungewohnt, Großmutter in einer anderen Umgebung als ihrer Küche in der Björkgatan zu sehen – sie war selten außer Haus unterwegs oder bei uns. Ist das Großmutter?, dachte ich erstaunt, als sie sich von ihren schwarzen Ausgehschuhen befreite und mir einen Strauß Tulpen, Pfingstrosen und Traubenhyazinthen aus ihrem Garten schenkte, in dem ich sie nie sah.

Majken tischte eine Sahnetorte auf, die ich probieren sollte. Ich sagte, dass ich keine Torte möge.

»Dummchen, natürlich magst du Torte!«

Brave Åsa 4 Jahre stand auf dem Marzipanschild. *Brave Åsa 6 Jahre, Brave Åsa 10 Jahre … Herzlichen Glückwunsch, brave Åsa* stand auf den Geburtstagskarten mit Geld. Allen, unabhängig vom Alter, wurde mit Geld gratuliert.

Nina und Guido kamen mit selig machenden Dingen: Silberschmuck, Clogs, Uhren, Bücher, Monopoly, die Platte *Vorsicht, Kinder* von Magnus & Brasse. 1978 wurde ich zehn und bekam einen WM-Fußball. Er sei so schön und wertvoll, erklärte Papa, dass ich die Kinder auf dem Hof lieber nicht mit ihm spielen lassen sollte. Am besten rühre man ihn gar nicht an, jedenfalls nicht mit den Füßen.

Das Telefon gab selten Laute von sich, aber wenn Mama anrief, weinten wir beide. Es war für sie leichter, eine Postkarte zu schicken. Ich hatte eine große Sammlung von in Eskilstuna abgestempelten Ansichtskarten, auf vielen waren Katzen mit aufgeklebten Augen, die rollen konnten. Auf allen stand der gleiche Gruß: »Küsschen und Umarmung! Mama.«

Mama ging an einem Winterabend. Vielleicht war es ein Sonntag.

Sie war das ganze Wochenende fort gewesen, und dann hörten wir, wie sie den Schlüssel in die Wohnungstür steckte. Wir begegneten ihr im länglich schmalen Flur, aber statt Hallo zu sagen und ihren Mantel auszuziehen, zwängte sie sich an uns vorbei, um einen Koffer aus der Kleiderkammer zu holen.

Sie sagt etwas zu Papa.

Die Stimmen der beiden werden laut.

Papa hebt mich schnell hoch und setzt mich unsanft auf die Couch im Wohnzimmer. Er sagt, dass ich dort sitzen bleiben soll, weil Mama verrückt geworden ist. Vollkommen verrückt ist sie geworden.

Ich spüre die Dunkelheit vom großen Fenster hinter mir, während ich gleichzeitig Mama und Papa im Flur sehe. Sie höre.

»Und was ist mit dem Mädel?«, fragt Papa immer wieder. Das Mädel? Das Mädel!

Er packt sie, will sie zurückhalten. Sie schüttelt ihn ab, geht in die Kleiderkammer und holt Kleider heraus, die sie in den Koffer wirft, der gähnend auf dem Fußboden liegt.

Ich sitze vollkommen still, wie Papa es mir gesagt hat. Die Couch kommt mir groß vor, aber die groben Samtstreifen im moosgrünen Cordstoff sind weich. Unter dem Rock ragen meine Beine hervor, und die weiße Strumpfhose ist auf den Knien fusselig, hat ihre Form verloren und an den Zehen viel Luft.

Plötzlich stehe ich bei Mama im Flur. Sie ist in die Hocke gegangen und umarmt mich. Ihr langer, braunroter Pferdeschwanz liegt auf dem Rücken.

Sie sagt, dass sie wieder gehen muss und ich nicht mitkommen kann. Aus ihren dunklen Augen rinnen Tränen über die sommersprossigen Wangen, zu ihrem großen, roten Mund. Sie ist achtundzwanzig Jahre alt. Papa ist zwei Jahre älter, aber kaum mehr als ein Junge. Unten auf dem Hof sitzt Lasse in einem taubenblauen Saab und wartet, wie mir später klar werden wird.

Januar 1972. Das Datum stand unverrückbar wie ein stetig schmerzender Pfahl aus eiskaltem Stahl in Papas Körper, aber wir sprachen nie darüber. Ich sollte im Frühjahr vier werden, und auch wenn ich nie vergaß, wie Mama heimkam, nur um gleich wieder zu gehen, gewöhnte ich mich doch schnell daran, dass es von nun an hieß, Papa und ich. Als wäre es schon immer so gewesen.

Mit der Zeit tauchten Erinnerungen aus unserem Leben mit Mama auf. Erinnerungen, mit denen ich nicht umzugehen wusste. Ich wollte sie nicht verlieren, hatte aber auch nicht die Kraft, sie lebendig zu halten. Damit sie nicht verschwanden, zwang ich mich regelmäßig, sie eine nach der anderen durchzugehen. Ich saß in der Kita unter der Spüle, die zu einem Hüttchen umgebaut war, und zählte die Erinnerungen, wie ein Hund Schafe hütet. Als ich elf war, schrieb ich sie, manche kaum mehr als ein Fragment, in das himmelblaue Tagebuch mit der Taube auf dem Einband, das ich von Papa bekommen hatte, und nummerierte sie. Zweiundzwanzig Teile eines ungelegten Puzzles, von dem Tausende Teile fehlten. Denk nicht an sie, ermahnte ich mich, aber vergiss sie nie. Wenn du sie vergisst, stirbst du. Wenn du an sie denkst, kannst du nicht leben.

Ich erinnere mich, wie wir zu dritt etwas essen und Mama auf ihrem weißen Stuhl nach hinten wippt, um ein Messer aus der Küchenschublade hinter ihrem Rücken zu holen, woraufhin ich Angst bekomme, sie könnte nach hinten kippen und sich wehtun.

Eines Nachmittags auf dem Heimweg von der Kita will ich an Mamas Hand gehen, aber beide Hände sind von Lebensmitteltüten besetzt. Sie ist auf dem ganzen Weg von Trumpeten, dem kleinen, ungepflegten Kaufladen im Viertel, der bald zumachen wird, stumm geblieben und hat beharrlich zu Boden geblickt. Ich frage sie, ob sie traurig ist, sie antwortet, dass sie bloß so schwer tragen muss. Ich glaube ihr nicht.

Papa und ich sitzen im Sessel und hören Mama in der Küche kochen. Er raucht, und wir albern und kichern so viel, dass keiner von uns mehr ordentlich reden kann. Er sagt, dass er zum Kiosk geht, und möchte wissen, ob ich etwas haben will. Ich sage, dass ich Schokolade haben will, auf der Vögel sind. Er begreift nicht, was ich meine, und ich erkläre es ihm noch einmal. Das Papier ist gelb und die Schokolade darin kariert, und auf jedem Stück sitzt ein dicker Vogel. Wir sind beide erleichtert, als er endlich versteht, was ich meine.

Eines Abends sitze ich auf Papas Arm und heule hysterisch, weil ich Zigarettenkippen aus dem Aschenbecher gegessen habe, und jetzt ist mein ganzer Mund voll bitterer Zigarettenasche. Mama weint auch, schimpft und streichelt, sagt, du weißt doch, dass man das nicht tun darf. Papa sagt nichts, sein weißer Hemdkragen ist mit grauschwarzer Asche und Rotz beschmiert. Ich klammere mich an ihn auf seinem Arm, entdecke ein Bild im Flur, das ich vorher noch nie gesehen habe, und spüre, dass es ihm gefällt, mich zu trösten, wenn Mama aufgebracht ist.

Was Papa von diesen Jahren in Erinnerung geblieben ist, behielt er am liebsten für sich. Er antwortete auf alles, was ich wissen wollte, aber als ich groß genug war, um die Antworten zu verstehen, hörte ich auf, die wichtigsten Fragen zu stellen. Ich wollte nicht wirklich wissen, wie viel er von all dem, was ihn hartnäckig daran erinnerte, einmal ein glücklicher Mann gewesen zu sein, im Gedächtnis behalten wollte oder zu behalten ertrug.

Als Mama ging, nahm sie außer ein paar Kleidern nichts mit. Die Wohnung war voller Spuren von ihr. Im Schlafzimmer stand ein weißer Frisiertisch für Schmuck und Parfüm. Jetzt war er ein totes Möbelstück, das einfach nur seltsam aussah. Ihren früheren Bettplatz berührten und beachteten wir nicht, aber ich erinnere mich, dass sie und ich dort immer gelegen und Geschichten über den Hund Pollux gelesen hatten.

An einem Haken in der Küche hing Papas Trauring. Das Gewürzregal verriet, dass hier vor kurzem noch jemand gewohnt hatte, der kochen konnte.

Auf dem Kühlschrank stand ein altes Paket Kelloggs Cornflakes mit dem fröhlichen Hahn. Das Paket tauchte auf, als wir nach etwas völlig anderem suchten und zufällig die Schranktür öffneten – ein Relikt aus einer Zeit, in der jemand Frühstück machte. Papa konnte sich nicht überwinden, das Paket wegzuwerfen, so wie er auch Mamas Christrose stehen ließ. Er sagte, sie sei so hässlich und langweilig, sie sei ein Hohn für alles Lebendige auf der Erde. Von Zeit zu Zeit nahm er sich vor, sie vertrocknen zu lassen, nur um Schuldgefühle zu bekommen und in letzter Sekunde mit der Wasserkanne hinzulaufen. Vielleicht wollte er sie stattdessen ersäufen.

»Zum Teufel noch mal, willst du nicht endlich eingehen, du verdammte Blume!«

Am Ende resignierte er und ließ sie in der Ecke stehen, in die Mama sie einst gestellt hatte.

Schandfleck. Altar.

Im Bücherregal – dem Schmuckregal – stand ein Fotoalbum mit Bildern von ihrer Hochzeit und Ehe, unter anderem eine Aufnahme, auf der die beiden gerade aus dem Standesamt kommen und Papa stolz die Heiratsurkunde in seine Jackentasche steckt. Man schreibt das Jahr 1967, und Mama, vor kurzem vierundzwanzig geworden, hält einen Strauß gelber Rosen in der Hand.

Als junger Mann hatte Papa mit seinem Charme ganz Skiljebo unsicher gemacht, Mama hatte sich endlos lange in Geduld geübt, bis er schließlich auf sie aufmerksam wurde. Er war zwei Jahre älter und durfte zur Rotunde im Volksgarten gehen, als sie noch daheim bleiben musste. Sie wusste, dass er an ihrem Haus vorbeikommen würde, und hielt Ausschau nach ihm, nur um erleben zu müssen, wie er in Begleitung einer anderen jungen Frau vorbeiging und Hallo sagte. Sie gingen ein paar Jahre miteinander, bevor sie heirateten. Ich war ein Wunschkind, ehelich geboren. Nun hing das Hochzeitskleid, ein klassisches, kurzes Modell, in unserem Keller.

Die quadratischen Fotos in dem traurigen Album waren mit einer schwarzen Kodak gemacht worden, die jetzt in einer Küchenschublade lag. Es war eine Filmrolle darin, die Papa nicht entwickeln lassen wollte, höchstwahrscheinlich, weil sie Bilder von Mama verbarg. Er hatte nichts dagegen, dass ich mit ihr spielte. Als ich ihn fragte, ob ich sie ins Aquarium halten durfte, um die Fische zu fotografieren, meinte er, das werde wohl kaum klappen, aber klar, probier's einfach aus.

Nichts erinnerte ihn so sehr an Mama wie ich. Ich war unleugbar ihre Tochter und sah aus wie sie. Die feuerroten Haare, die Sommersprossen, die kräftigen Waden, der große, rote Mund, die braunen Augen und das laute Lachen. Abgesehen von einem abstehenden rechten Ohr, das meine Verwandtschaft mit Großvater zeigte, war ich eine Kopie von ihr. Ich ging sogar wie sie, mit den Händen auf dem Rücken. Wenn jemand darauf hinwies, dass ich Tanja ähnlich sähe, erwiderte Papa, das sei anders gewesen, als ich noch ganz klein gewesen sei.

»Da haben alle gesagt, das Mädel und ich wären uns so ähnlich!«

Eines Abends holte Mama eine kleine Korbtruhe für Bettwäsche, die in ihrem Elternhaus gestanden hatte. Sie hatte Lasse dabei, der sie tragen sollte. Es war das einzige Mal, dass er unsere Wohnung betrat, sonst wartete er immer unten im Auto. Papa und Lasse begrüßten sich zum ersten Mal. Der Besuch dauerte nur wenige Sekunden. Papa wollte seinen guten Willen zeigen und behilflich sein, aber die Kiste war zu klein, um dies sinnvoll zu bewerkstelligen, und so konnte er nichts anderes tun, als dabeistehen und zusehen. Ich hielt mich ein wenig ängstlich im Hintergrund, wollte mit allen dreien reden, blieb aber Papa gegenüber loyal und sagte nichts. Als alles erledigt war, wandte sich Mama dem russischen Bild mit den Mädchen und Jungen zu, die Fisch sortieren.

»Das gehört mir. Kann ich es mitnehmen?«

»Ja, natürlich«, antwortete Papa und nahm das Bild herunter.

Die löwengelbe Enzyklopädie in russischer Sprache über die planetare Atomenergie und andere naturwissenschaftliche Phänomene, die den Sowjetsozialismus bestätigten, hütete Papa dagegen wie einen Schatz, obwohl sie Mama gehörte und er kein Wort Russisch verstand. Mama wollte mit mir nie über die Jahre mit Papa sprechen, aber von Zeit zu Zeit erkundigte sie sich nach dem Nachschlagewerk, das er ihr verweigerte.

Er kaufte ein neues Bild, das streitende Elstern darstellte.

Es gefiel mir. Auf den Platz der Truhe stellte er eine neue Kommode im Empirestil, die er in Raten bezahlte. Wenn er an der Kommode vorbeikam, ließ er seine Finger über die kühle Marmorplatte streichen. In die oberste Schublade legte er einige Fußballmedaillen, die superwertvollen Manschettenknöpfe, einen Zeitungsausschnitt aus der *Vestmanlands Läns Tidning*, in dem er sein selbstgebautes Mahagoniboot zu Wasser lässt, und einen Ausschnitt über Olof Palmes Besuch bei Fidel Castro.

Jeden Abend öffnete er irgendwann die widerstandslos aufgehende Schublade, nur um die kunstvolle Schreinerarbeit zu bewundern.

Wir sprachen zwar viel über Mama, allerdings nicht darüber, warum sie uns verlassen hatte. Wir hatten beschlossen, dass es geschah, weil sie Lasse kennen gelernt hatte, wir befassten uns nie mit Papas eigenem Anteil daran. Vielleicht wusste er auch nicht wirklich, was passiert war. Wahrscheinlich wollte er nicht mehr begreifen – die Antwort hätte auf ihn selbst gedeutet. Sie hatten sich nach jenem Januarabend, an dem sie ihren Koffer packte und ging, nie ausgesprochen.

Ich fühlte mich für ihr Tun verantwortlich und wollte sie entschuldigen. Eines Abends fiel mir ein Teller mit Hackfleischsauce und Penne auf den Boden, aber statt es aufzuheben, setzte ich mich in die Sauce und die Scherben.

»Entschuldige!«

Das Weinen vermischte sich mit halb erstickten Schreien.

»Entschuldige! Entschuldige!«

Ich schrie nicht wegen eines zerbrochenen Tellers, ich schrie die Worte, die Papa aus Mamas Mund hören wollte. Nicht ich saß dort auf dem Fußboden, sondern sie. Mama. Tanja.

Papa sah das und lehnte sich zurück, stützte sich mit dem Unterarm auf die Spüle und beobachtete mich. Eine Ewigkeit blieb er so stehen.

»Entschuldige«, bat ich ein weiteres Mal, ehe ich mich zwischen Porzellan und Hackfleischsauce legte. Entschuldige.

Ich fürchtete mich vor meinem eigenen Verhalten. Fürchtete mich vor Papa.

Er kam zu mir und ging in die Hocke.

»Das macht doch nichts, Schnuckelchen.«

Ich war wieder Åsa.

Als Mama an jenem Januarabend die Tür hinter sich schloss, rief Papa Majken an, seine achtzehn Jahre ältere Schwester. Ich glaube, sie und Alexej holten uns in ihrem grauen Käfer ab. Die Nacht verbrachten wir vermutlich in dem großen, gelben Backsteinkasten, in dem Papa immer herumrannte, als wäre er das Kind im Haus. Ich weiß es nicht, denn ich erinnere mich nicht, und keiner hat jemals mit mir darüber gesprochen. Aber ich entsinne mich, wie wir ein paar Tage später in der Küche in der Björkgatan sitzen – Großmutter, Majken und ich – und sie sich über etwas Ernstes unterhalten, das mir und Papa passiert ist und mit Mama zu tun hat. Sie sehen mich an, Großmutter schüttelt betrübt den Kopf, und Majken sagt, dass ich ein braves Mädchen bin.

Großvater und Papas Geschwister gaben zornig Mama die Schuld.

Es war ihr Fehler.

Keiner von ihnen wollte hören, dass Papa sein Geld und seine Ehe mit seinen alten Fußballkumpanen und den Männern im Bootshafen versoffen hatte, dass Mama nicht einmal das nötige Geld geblieben war, um mir ein Paar Schuhe zu kaufen.

In Papas Familie waren Scheidungen ein unbekanntes Phänomen. Scheitern war Schande.

Auf Mamas Seite war das anders. Als Mama uns verließ, wiederholte sie nur, was Frauen ihrer Familie seit Generationen getan hatten, wenn sie spürten, dass die Zeit für einen Aufbruch gekommen war. Als Vera, meine Großmutter mütterlicherseits, Julius kennen lernte und nach Polen zog, blieben Mama und Nina bei ihrem Vater Rune. Auf gleiche Art waren Vera und ihr Bruder von ihrer Mutter getrennt worden und in der Obhut von ihrem Vater Peter geblieben.

Starke Frauen. Starke Männer.

Mama, die bis zu diesem Zeitpunkt wegen ihres Humors und ihres Charmes geliebt worden war, wurde jetzt über Nacht zu einer Person, deren Namen nicht mehr genannt werden durfte. Insbesondere, wenn Großvater anwesend war.

Manchmal war Großmutter unbedacht und redete, als wäre Mama eine Freundin, die viel zu früh von uns gegangen war.

»Die war lustig, die Tanja. Richtig lustig war sie.«

Großmutter vermisste Mama. Das taten wir alle, aber nur Papa erkundigte sich, wie es Mama ging.

Bei der ersten Begegnung nach ihrem Aufbruch, an die ich mich erinnern kann, war Lasse dabei, und der Schnee schmolz.

»Lange her, dass wir uns gesehen haben, du und ich«, sagt sie und hilft mir auf den Rücksitz des Saab.

In der Hand halte ich ein Röhrchen voller großer, runder Kaugummis in schönen Farben. Wir sind in Eskilstuna im Supermarkt einkaufen gewesen. Dort wohnen sie jetzt, beide arbeiten auf dem Arbeitsamt. Bald wird der Bauch unter Mamas Dufflecoat wieder prächtig anwachsen. Eine Woche nach meinem fünften Geburtstag wurde Kajsa geboren. Papa schickte Blumen.

Bei Mama und Lasse stand Kindershampoo auf dem Badewannenrand, an der Wand hing Che, auf dem Plattenspieler drehten sich die Politrocker Hoola Bandoola, und im Radio spielten sie »Au, au, au, es klopft und pocht«. Mama sang mit, und ich begriff, dass sie verliebt war, was mich freute. Wir lasen politisch korrekte Kinderbücher, legten Puzzle und spielten *Fang den Hut*. Gingen ins Kino. Und wir protestierten gegen den Krieg in Vietnam und die Militärdiktatur in Chile, für Kindergartenplätze für alle und den Sechsstundentag. So etwas taten Papa und ich nicht.

Ich war jedes zweite Wochenende bei Mama und Lasse und darüber hinaus, wenn sie Urlaub hatten, und in den Weihnachts- und Osterferien. Bevor Mama mich Freitagabend abholte, wischte Großvater mir mit einem Lappen durchs Gesicht und schabte den Dreck unter den Fingernägeln mit einem Tranchiermesser fort.

Es war quälend, Mama und Papa in der Küche reden zu hören, als wäre nichts passiert. Sie setzten sich nie – sie standen an der Spüle und warteten darauf, dass ich Lena einpackte – und erzählten sich lustige Geschichten. Einmal umarmte er Mama und hielt sie fest. Presste er sein Geschlecht gegen sie? Sie lachte gezwungen, und ich sah, dass sie sich freimachen wollte.

Wenn wir wegfuhren, stand Papa am Küchenfenster und duckte sich hinter der Hängeblume aus Nylon. Er winkte. Weinte. Ich auch. Nach ein paar hundert Metern vergaß ich, dass es ihn überhaupt gab.

Bei der Rückkehr am Sonntagabend heulte ich herzzerreißend und klammerte mich an Mamas Arme. Papa stand an der Spüle und wusste nicht, was er tun sollte. Er hob mich hoch und hielt mich fest, bis die Tränen versiegten. Ich hörte Mama die Tür schließen. Papa fragte, wie es gewesen sei.

Als ich sieben war, zogen Mama, Lasse und Kajsa nach Västerås, in den Stadtteil Råbykorset, eine Gegend mit staatlich geförderten Mietskasernen, die bekannt war für ihre sozialen Probleme. Ein Gangsterloch, erklärte Papa, ein Ort für Alkis und Finnen. Er war beim Errichten der dreistöckigen, granitgrauen Mietshäuser dabei gewesen, als er zwischendurch auf dem Bau gearbeitet hatte. Das Viertel lag auf der anderen Seite der Stadt, und ich ging immer noch jedes zweite Wochenende zu ihnen.

Mama mochte weder Samtsofas noch Lundiuslaibe und Ravioli aus der Dose. Eine Radioserie, die Papa und ich immer hörten, stempelte sie als frauenfeindlich ab, außerdem gab es bei ihr feste Regeln fürs Zähneputzen und Schlafengehen.

»Du bist deinem Papa manchmal so ähnlich«, sagte sie.

»Ich weiß«, erwiderte ich.

Ich kannte sonst keinen, der allein bei seinem Papa lebte. Es gab viele Scheidungskinder in den umliegenden Häusern, in der Kita, im Hort und in der Schule, aber alle wohnten bei ihrer Mutter. Viele hatten nicht einmal Kontakt zu ihren Vätern. Sie taten mir leid. Sie wiederum bedauerten mich. Sie meinten, das mit Papa und mir sei so seltsam. So vollkommen anders.

»Hast du keine Mama? Ist sie tot?«

Ich fragte Mama, warum ich an jenem Abend nicht hatte mitgehen dürfen. Nicht, weil ich es gewollt hätte, sondern um den Grund zu erfahren.

Sie gab mir immer die gleiche Antwort.

Papa tat ihr so leid, dass sie ihm das Schönste schenkte, was sie hatte.

Papa hatte ein Boot. Ein Motorboot aus Holz mit einer Kajüte und einer blauen Plane. Robust, aber schlank. Es hieß Åsa, und er hatte es größtenteils selbst gebaut. Im Frühling schliff er es in Handarbeit ab und lackierte es so, dass das dunkle Mahagoni glänzte wie Ahornsirup. Es schimmerte vor Schönheit. Keiner hat so ein tolles Boot wie wir!, erklärte Papa, und es wurde in der Tat von allen im Hafen bewundert.

»Ein verdammt feines Boot hast du da, Leffe!«

Es zu Wasser zu lassen, kostete Geld. Jahr für Jahr war die Situation so, dass sein tolles Boot anscheinend niemals ins Wasser kommen würde. Die Åsa stand mutterseelenallein zwischen Löwenzahn, der anfing, seine Samen zu streuen, an Land, während alle anderen Boote im Wasser lagen und einnehmende Glucker- und Quietschgeräusche von sich gaben.

»Leffe, willst du das Boot nicht zu Wasser lassen?«, erkundigten sich die Leute. »Sollen wir dir helfen, das Boot in den See zu bekommen, Leffe?«

Schließlich bezahlte Großvater die Gebühr. Er genoss es, Anweisungen zu geben, als das Boot ein wenig feierlich unter dem Geschrei der Sturmmöwen in den schon bald badewarmen Mälarsee hinabgelassen wurde.

Mit dem Fahrrad brauchten wir fünf Minuten bis zum See. Unterwegs kamen wir an einer BP-Tankstelle vorbei, wo wir den Benzinkanister des Boots füllten, am Altersheim Södergården, der Soldatenkirche und einem verlassenen Tennisplatz. Entlang des Schotterwegs wuchsen Haselsträucher, Gänseblümchen und Walderdbeeren. Im Hintergrund sah man den Himlabacken. Wir hielten an und pflückten Huflattich.

Im Hafen roch es nach verschütteter Farbe, sonnenwarmer Persenning und frisch erwachtem Mälarseefrühling. Der grobe Kies knirschte schneidend und behäbig.

Wenn wir ankamen, pinkelte Papa am Zaun zum See. Es spielte keine Rolle, ob er auf Toilette gegangen war, bevor wir aufbrachen; sobald er zum Hafen kam, stellte er sich hinter den Zaun und grüßte die anderen, die ebenfalls dort standen.

»Tag, Tag, Hallo, Hallo!«

Er zog den Reißverschluss auf und ließ den Urin mit dem Rücken zum Wasser gegen den Bretterzaun plätschern.

Der Hafen war eine Männerwelt. Die Frauen waren herzlich dazu eingeladen, mit ihren Kühltaschen für Gemütlichkeit zu sorgen, sobald es an der Zeit war, in See zu stechen.

Wenn Papa gepinkelt hatte, gingen wir in den Bauwagen des Bootsclubs, wo man Getränke zum Selbstkostenpreis erwerben konnte. Bananenlimonade, Bier in Flaschen. Die Limo kitzelte in der Nase und kratzte im Hals. Ich benutzte sie, um die Kieselsteine und das Katzengold, das ich fand, abzuwaschen.

Es war langweilig, ihm zuzuschauen, wie er Abend für Abend, Woche für Woche, das Boot abschliff. Es gab nichts zu essen oder zu tun. Außer auf den harten Steinen konnte man nirgendwo sitzen. Ich quengelte, dass wir nach Hause gehen sollten.

Onkel kamen zu mir und meinten, ich sei ein tüchtiges Mädchen, das seinem Papa bei der Arbeit am Boot helfe. Sie boten mir Brote mit zu viel Butter darauf an. Ich lehnte dankend ab und fuhr fort, Wundschorf von meinen Knien abzukratzen.

Wir fuhren nur selten mit dem Boot hinaus, aber gelegentlich machten wir einen Ausflug zur Insel Granskär. Dann war Papa guter Dinge. Ich durfte steuern, er stand hinter mir und lobte mich. Er wollte singen.

Schiff ahoi, Schiff ahoi, klingeling klingeling. Mit dem Mahagoniboot geht's auf den See, ringeling, ringeling.

Auf Granskär gab es Akkordeonmusik und fröhliche Menschen. Papa trank nichts, er hatte Respekt vor der See.

Einmal jeden Sommer musste er am FKK-Strand auf Östraholmen vorbeifahren, in erster Linie, um sich ein bisschen zu amüsieren. Er drosselte den Motor und tuckerte in so großer Entfernung langsam vorbei, dass wir kaum etwas sahen. Es reichte aus, damit er gute Laune bekam. Ich wollte irgendwo haltmachen, um schwimmen zu gehen, aber Papa meinte, das gehe nicht. Ihm fehlte auch die nötige Ruhe zum Angeln, er war ganz anders als Großvater.

Möglicherweise war Papa der Letzte, der sein Boot zu Wasser ließ, weil es ihm im Grunde gar nicht so viel Spaß machte, damit hinauszufahren. Wenn ich nach vier Wochen Sommerferien bei Mama und Lasse zurückkam, erkundigte ich mich, ob er mit der Åsa hinausgefahren war. Daraus ist nicht viel geworden, das Wetter war so verdammt schlecht, antwortete er mit schöner Regelmäßigkeit, ganz gleich, wie das Wetter gewesen war. Er sah verloren aus, wenn er über sein Boot und den Urlaub sprach.

Wenn die Blätter fielen und der Mälarsee dunkelgrau und windig wurde, fragte jeder Papa, ob er Hilfe benötige, um das Boot aus dem Wasser zu holen. Als Letztes hinein und als Letztes heraus, Jahr für Jahr.

Wenn Papa mit den Nerven am Ende war, unternahmen

wir mitten in der Woche einen Ausflug. Eines späten Abends waren wir allein auf dem See, alle anderen hatten den Wetterbericht gehört. Es frischte zu einem Gewitter und einem Wolkenbruch auf. Die Wellen schlugen über uns zusammen. Papa schwieg und hatte Angst, die Åsa würde auf Grund laufen oder zerschellen. Er schrie mir zu, ich solle in die Kajüte gehen, ich weigerte mich. Ich wollte sein, wo er war. Am Ende schloss er mich ein.

Zu Hause zog er völlig aufgelöst eine nasse Zigarettenschachtel aus seiner Hemdtasche. Es war das einzige Mal, dass ich ihn ängstlich sah, er dachte, wir würden sterben.

»Erzähl das bloß nicht deinem Großvater! Und sag verdammt noch mal den Tanten in der Kita nichts davon.«

Am Tag darauf konnte man in der Zeitung über das ungewöhnlich heftige Gewitter lesen – es hatte Dächer abgedeckt und Bäume entwurzelt –, und die Erzieherinnen unterhielten sich im Gesprächskreis mit uns darüber.

Statt mit dem Boot hinauszufahren, radelten wir nach Irsta, einige Kilometer draußen auf dem Land. Dort wohnte Kryllan, den Papa aus der Zeit kannte, als er im Sportverein Skiljebo Fußball gespielt hatte.

Kryllan hauste in einer erbärmlichen Bruchbude am Rande eines Ackers. Der Gestank im Inneren des Holzhauses war mit Händen zu greifen. Unter einem Bett mit Rosshaarmatratze und Pferdedecke stand ein Transistorradio. Zahllose Katzen liefen herum und schrien vor Hunger. Immer neue Würfe, die Kryllan in einen Sack steckte und erschlug oder ertränkte.

Auf dem Dachboden wohnte ein fast erwachsener Junge, und Papa und ich begriffen nie wirklich, wo er eigentlich herkam. Wenn wir dort waren, stand er in der Küche und sagte nichts. Eines Tages fiel er aus einem Boot und ertrank.

Immer wieder suchte die Polizei mit dem Draggen erfolglos den Mälarsee ab. Ich erzählte niemandem, dass Papa und ich den ertrunkenen Jüngling aus den Schlagzeilen der Tageszeitung kannten.

Hat sich der arme Junge umgebracht?, fragte Papa. Denke schon, erwiderte Kryllan.

Der Junge, der stumm vom Dachboden herunterkam und anschließend eine Weile mit den Händen in den Hosentaschen in der Küche stand, um dies dann nie wieder zu tun, war unheimlich. Eines Abends nach seinem Tod ging Kryllan auf den Dachboden hinauf und holte das Briefmarkenalbum des Jungen mit Marken aus allen Erdteilen herunter. Er schenkte es mir, ohne das Recht dazu zu haben, denn immerhin mussten irgendwo noch die Eltern des Jungen leben. Ein anderes Mal bekam ich seine teure Märklin-Eisenbahn.

An der Briefmarkensammlung hatten wir jahrelang Freude. Viele Abende brachten wir damit zu, sie in der Hoffnung, einen unentdeckten Schatz zu heben, mit dem Katalog zu vergleichen. Die Sammlung war nichts wert, aber Papa glaubte trotz allem, dass einige der ausländischen Marken Raritäten waren, besonders große Hoffnungen setzte er in die afrikanischen mit verschiedenen Boxern. Es gab auch eine deutsche Briefmarke mit Hitler, bei der wir nicht recht wussten, was wir mit ihr machen sollten.

»Der verdammte Wahnsinnige, soll der wirklich dazugehören dürfen?«

Er spielte mit dem Gedanken, den Führer herauszuholen und irgendwo anders hinzustecken.

»Sollen wir den Irren vielleicht in eine Schachtel mit den ganzen anderen Idioten stopfen? General Franco, Königin Elizabeth, Suharto, die Heilige Birgitta, Eisenhower, Gustav V...?«

Dann überlegte er es sich wieder anders: Was, wenn wir die Marke verschluderten? Es bestand immerhin die Möglichkeit, dass sie von unschätzbarem Wert war.

Meine Großmutter Vera half, die Sammlung mit sowjetischen Briefmarken aufzupeppen, die vor Farben und Schönheit sprühten. Abgebildet waren Lenin, der Panzerkreuzer Potemkin, Schriftsteller, Komponisten und Wissenschaftler. Eine Briefmarke maß vierzehn mal sechs Zentimeter und zeigte Jurij Gagarin auf dem ersten Flug ins All. Papa gab mir gute Ratschläge, wie ich sie einordnen sollte, damit Nuancen, Farbe und Form ihre volle Wirkung entfalteten.

Einmal im Quartal zeigte er sich immer besonders interessiert, dann nähmlich wenn er die Stromrechnung nicht bezahlt hatte und an den Abenden alles abgeschaltet und dunkel war. Keine Lampen, kein Herd, ein Kühlschrank, der langsam wärmer wurde. Kein Fernsehen, kein Radio. Dann zündeten wir Kerzen an, zogen jede einzelne Marke heraus und legten sie auf Haufen: Magyar Posta, Suomi, Helvetia, France... Wir diskutierten, bis wir eine praktikable Systematik gefunden hatten, scheiterten jedoch stets an Deutschland mit seinen verschiedenen Epochen und Teilungen. Es sei einfach nicht richtig, erklärte Papa, Walter Ulbricht in eine Reihe mit Hindenburg und Konrad Adenauer zu stecken, aber egal, ein verdammter Deutscher sei wie der andere.

Ansonsten hatte Papa die Situation unter Kontrolle. Die Briefmarkenhaufen auf dem Couchtisch waren überschaubar und ließen sich im Gegensatz zu allem anderen, was ständig Ärger machte, in den Griff bekommen.

Wenn Papa Lohn bekam, ging er zur Bank und hob das ganze Geld auf einen Schlag ab. Er zählte die Geldscheine zwei Mal, bevor er sie ins Portemonnaie steckte, und ermahnte mich, niemandem zu sagen, wie viel es war. Nicht Großmutter und Großvater, nicht Majken und Alexej, niemandem. Er wusste selbst, dass er gut verdiente, wollte aber nicht, dass andere erfuhren, wie gut, denn dann lief er Gefahr, dass seine Gläubiger wissen wollten, wohin das Geld verschwand, und womöglich sogar zurückforderten, was er ihnen schuldete. Es war ihm jedes Mal aufs Neue unangenehm, wenn er Alexej, der sich um seine Steuererklärung kümmerte, sein Einkommen offenlegen musste. Wies ihn jemand darauf hin, dass er über einen passablen Lohn hinaus Wohngeld, Kindergeld und Unterhalt von Mama bezog, wurde er wütend und sagte, er bezahle immerhin alle Rechnungen, die sich Verheiratete ansonsten teilten. Das stimmte zwar, erklärte jedoch nicht, warum sein Portemonnaie leer war.

Wenn andere über Papas Einkünfte sprachen, fühlte er sich bloßgestellt. Sie begriffen nicht, wie viel Arbeit ihn sein Lohn kostete.

Er fand, dass die Zeit zwischen den Lohnzahlungen endlos lang war, und seine Unfähigkeit, das Geld zusammenzuhalten, verwechselte er mit Armut. Er war Arbeiter, und Arbeiter waren per Definition arm, er sah seine Situation so, wie Jack London und Ivar Lo-Johansson sie geschildert hatten. Armut, sagte er, ist ein Verbrechen, das mit lebenslänglicher Arbeit bestraft wird.

Gleichzeitig schockierten ihn die Bilder in den Nachrichten von den hungernden afrikanischen Kindern mit den aufgeblähten Bäuchen, die so schwach waren, dass ihnen die Kraft fehlte, die Fliegen aus ihrem Gesicht zu verjagen. Als die Lutherhilfe eine Pappsparbüchse in den Briefkasten warf, packte er sie sorgsam aus und plante, seinen Beitrag für die betroffenen Kinder zu leisten. Als der Lohn aufgebraucht war, starrte er das kleine Kästchen an.

»Hast du Hunger, Mücke?«

»Ein bisschen vielleicht.«

»Den Hunger ausrotten, steht hier. Tja, warum nicht?«

Schnell brach er den Karton auf. Armut, erläuterte er, lässt sich durch christliche Barmherzigkeit nicht ausrotten. Man musste die ganze Ausbeutergesellschaft abschaffen!

Auf der Arbeitsplatte in der Küche stand mein Sparschwein in Form eines Mietshauses aus durchsichtigem rotem Plastik. Er plünderte es regelmäßig, indem er ein Küchenmesser durch den Münzeinwurf steckte und die Fünfundzwanzigöremünzen auf der Schneide herausrutschen ließ, auf den Tisch und in seine Hosentasche.

»Nächste Woche bekommst du sie zurück«, sagte er unbekümmert.

Mangelte es Papa an Bargeld, bezahlte er mit Scheck. Das war jedes Mal aufs Neue mit Furcht verbunden. Er war stolz auf seine Handschrift und wollte, dass der Scheck perfekt ausgestellt war, aber wenn er einmal die Chance bekam, seine Schreibkünste zu demonstrieren, wollte ihm die Hand nicht gehorchen.

Als Erstes mussten wir einen Stift auftreiben. Er durfte unter gar keinen Umständen mit roter Tinte schreiben.

»Sonst kommen die Leute noch auf die Idee, dass wir Kommunisten sind!«

»Aber wir sind doch Kommunisten.«

»Ja, aber das brauchen ja nicht alle zu wissen!«

»Warum soll die Kassiererin das glauben, nur weil du deinen Namen mit einem roten Stift schreibst?«

»Die Leute bilden sich alles Mögliche ein. Außerdem gibt es überhaupt keinen Grund, hier demonstrativ Politik zu betreiben.«

Rote Tinte konnte die Leute im Übrigen auch veranlassen, uns für Bohemiens zu halten. Irgendwie abweichend zu finden. Anders als die anderen.

Verbissen schrieb er »dreihundert Kronen« in das Feld für den Auszahlbetrag, nur um zu entdecken, dass er über die Buchstaben gestolpert war und sich verschrieben hatte. Er stellte noch einen und danach noch einen aus. Scheck auf Scheck zerknüllte er mit gereizter Grimasse.

Die Kassiererin interessierte sich natürlich weder für die Ausführung noch für die Farbe der Unterschrift, sie verglich den Namen nur mit Papas Ausweis, was ihn auf dem Heimweg fauchen ließ, es sei wirklich zum Kotzen, was für unfreundliche Schabracken dort arbeiteten. Immer wieder hoffte er, sie würden sagen, was haben Sie doch für eine schöne Handschrift.

Papas Leben wäre bedeutend einfacher gewesen, wenn er nicht die unmöglichsten Dinge erwartet hätte.

Am Zahltag kam Papa mit einer weißen Kaufhaustüte in die Kita oder den Hort, die *Meisterdetektiv Kalle Blomquist*, *Die Abenteuer des Huckleberry Finn* oder die roten Buchrücken von Wahlströms Kinderbuchreihe enthielten. Jetzt brechen neue Zeiten an!, dachte er. Das Geld wird bis zum nächsten Zahltag reichen. Es wird sogar etwas übrig bleiben, ich werde zurückzahlen, was ich mir geliehen habe, ich werde sparen, neue Kleider kaufen, etwas Schönes anschaffen, mir einen Sattelwärmer für das Fahrrad gönnen, Åsa etwas schenken, das sie sich wünscht. Schluss mit den Abendessen bei Mutter und Vater!

An diesem Tag kauften wir im Einkaufszentrum von Viksäng ein. Als Erstes gingen wir zur Bank und hoben den Lohn ab, dann zur Post, wo wir die wichtigsten Rechnungen beglichen. Anschließend betraten wir das stickige Blumengeschäft, von dem aus eine Treppe zum Supermarkt hinaufführte. Ich wollte den altmodischen, runden Aufzug mit seinem ganz speziellen Duft nehmen, aber Papa sagte, nur Kesselflicker und Leute aus der Oberschicht könnten sich nicht dazu aufraffen, Treppen zu steigen.

Am Eingang zum Supermarkt stand ein Korb mit Sammelbilderpäckchen, die mit Aufnahmen von Abba und aus den Aristocats lockten. Papa meinte, davon hätte ich doch schon Hunderte, was richtig war, aber ich wollte trotzdem noch mehr haben, ohne deshalb nach einem bestimmten Sammelbild zu suchen. Widerwillig kaufte er mir zwei Päckchen zu fünfzig Öre das Stück, wenn ich sie mir nicht selbst von dem Geld kaufte, das ich in Skiljebo bekommen hatte.

Wenn Papa Lust auf ein Tuborg statt Pripps Blå hatte, gingen wir in den Konsum, der menschenleer war und langweilige Süßigkeiten anbot. Die Bierdosen waren lustig bemalt und zeigten einen großen und einen kleinen Mann in Lumpen. In Sprechblasen stand etwas auf Dänisch, und ich wollte wissen, was sie zueinander sagten.

»Der eine Mann fragt: Bei welcher Gelegenheit schmeckt ein Tuborg am besten? Darauf antwortet der andere: Bei jeder Gelegenheit.«

Ich verstand den Witz nicht, freute mich aber, dass Papa die schönen Dosen kaufte.

Meistens gingen wir im Supermarkt Stjärnhallen einkaufen, der näher an unserer Wohnung in der Rönnbergagatan gelegen war. An anderen Tagen ging Papa schmutzig und verschwitzt dorthin, aber wenn er Geld hatte, holte er den Anzug heraus. Er fühlte sich reich und wollte entsprechend gekleidet sein. Es brechen neue Zeiten an!, dachte er. An solchen Tagen kam es überhaupt nicht in Frage, das Rad zu nehmen, wir mussten langsam flanieren, damit uns jeder sehen konnte.

Ich bekam alles, was ich haben wollte – Krabbenstreich-käse, Collegeblöcke, Filzstifte –, aber es waren keine Tage für Albereien, wir drehten nicht unsere übliche Runde zu den speckgefüllten Klößen und vergorenen Heringen. Wenn er Geld hatte, war er nicht so witzig wie sonst. Er war ernst, arrogant. Ein Mann mit Stil und Würde. An solchen Tagen wollte er auch nicht über Politik sprechen, und tat er es doch, stellte er sich auf einen Standpunkt, der rechts von den Ansichten lag, die er sonst vertrat. Vor die Wahl gestellt, eine Million im Lotto zu gewinnen oder den Sozialismus für alle einzuführen, zögerte er nicht, sich für das Geld zu entscheiden. Nur wenn er pleite war, träumte er von einer anderen Gesellschaftsordnung.

Er gönnte sich eine Blume bei der hübschen jungen Frau und ließ sich viel Zeit, sie auszusuchen.

»Komm jetzt, Natascha!«, sagte er, wenn er fertig war. »Wir haben heute noch einiges zu erledigen!«

Langsam schlenderten wir nach Hause und aßen vor dem Fernseher unseren Käse.

Das Geld war schnell ausgegeben. Wir radelten erneut zu Großmutter und Großvater, aßen bei ihnen und pumpten uns Patte von ihnen. Als er in einem Sommer völlig abgebrannt war, verkaufte er mein blaues Fahrrad, das ich zu meinem fünften Geburtstag von Mama und Lasse geschenkt bekommen hatte. Ich war zwar mittlerweile zu groß dafür, hatte jedoch kein anderes, aber vor allem gehörte es mir. Das Fahrrad brachte fünfzig Kronen ein, mit denen er ins staatliche Alkoholgeschäft ging. Ein anderes Mal verkaufte er Lola meine Kuckucksuhr und reagierte verständnislos, als ich Anspruch auf das Geld erhob.

Er war im Grunde keine gewissenlose Person und wollte niemanden betrügen oder ausnutzen, aber er war oft so klamm, dass er sich nicht richtig verhielt. Wenn er sich Geld lieh, hatte er stets den Ehrgeiz, es schon bald zurückzuzahlen, tat es letzten Endes jedoch nie.

Großmutter und Großvater griffen uns unter die Arme. Papa zeigte sich dafür wenig dankbar. Er schmollte die meiste Zeit, ließ seinen Frust über seine gesamte Lebenssituation an ihnen aus.

Eines Abends saß er im Sessel und bemitleidete sich selbst, nachdem Großvater sich geweigert hatte, ihm Geld zu geben.

»Ich bitte ihn nie um etwas, und wenn ich ihn dann ausnahmsweise einmal frage, ob er mir helfen kann, lässt er mich im Stich.«

Als es langsam Zeit wurde, ins Bett zu gehen, sagte er, wir würden noch einmal rausgehen. Er beorderte mich mit zwei zusammengefalteten Papptüten auf den Gepäckständer. Ich fragte ihn, wohin wir wollten und was wir vorhätten, aber er tat, als würde er mich nicht hören. Als wir zur Björkgatan kamen, lehnte er das Fahrrad an den niedrigen Eisenzaun und kletterte hinüber.

Es war ein stiller Herbstabend, ganz Skiljebo schien zu schlafen. Papa drehte eine Runde um das Haus, um sicherzugehen, dass nirgendwo Licht brannte. Er spähte zu Olles und Märtas Fenster in der oberen Etage hinauf. Ich presste mich an die Hauswand und hatte solche Angst, dass meine Hände ganz kalt wurden. Ich glaubte, dass Papa einen Einbruch in sein eigenes Elternhaus vorbereitete. Stattdessen kletterte er in den Apfelbaum vor Großmutters guter Stube.

Er schüttelte den Baum.

Die Äpfel fielen mit dumpfem Knall auf die Erde, jeweils zehn auf einmal. Es klang wie Kanonenfeuer auf einem Schlachtfeld. Wenn Großvater jetzt herauskommt, dachte ich, bekommt Papa eine Tracht Prügel.

Wir fuhren mit zwei schweren Papptüten voller Äpfel nach Hause.

Weder er noch ich bissen herzhaft in diese Früchte. Ich mochte nur die Dagmar-Hagelin-Äpfel, und Papa aß kein Obst außer Pflaumen, und auch diese stets begleitet von kichernden Fantasien über bevorstehenden Dünnpfiff.

Am nächsten Abend erzählte Großvater verbittert, dass ihm nichtsnutzige Jugendliche Äpfel geklaut und er den ganzen Tag gutes Obst eingesammelt hatte, das sie einfach auf der Erde hatten liegen lassen.

»Tatsächlich«, sagte Papa. »Das ist ja ein Ding.«

Auch Mama wuchs in Skiljebo auf, zwei Häuserblocks von Papa entfernt in einem schwedisch-russischen Elternhaus mit einer Familie und einem Freundeskreis, die so weit verzweigt waren wie die Personengalerie in einem Roman von Leo Tolstoi. In dem Eternithaus im funktionalistischen Stil, das der Funkisgatan ihren Namen gegeben hatte, wohnten Vera und Rune sowie Runes Eltern Bertil und Lisa. Rune war Schweißer, und Vera fräste Motoren, beide arbeiteten bei Asea. Bertil war Gießer in den Metallwerken, Lisa Krankenschwester im Sanatorium. Es gab drei Kinder im Haus: Nina, Janne, Tanja.

Als informeller Versammlungsort der Kommunistischen Partei wimmelte es dort ständig von Leuten. Die Polizei fand mühelos ihren Weg, wenn wieder einmal eine politische Razzia anstand. Die umfassendste wurde Mittsommer 1941 durchgeführt, als auf Geheiß des sozialdemokratischen Sozialministers Gustav Möller jeder einzelne Kommunist im Land daheim aufgesucht werden sollte. Meistens kamen die Polizisten nur kurz herein und machten gleich wieder kehrt, nahmen sich die Birnen, die in der Küche lagen, und erklärten, sie würden bald wiederkommen. Trotzdem versteckte man in der oberen Etage polnische Juden – die in Schweden nicht willkommen waren. Die Parteibücher und die kommunistische Zeitung *Ny Dag*, Neuer Tag, legte man unter die Matratzen der Kinder. Als sich an der Ostfront abzeichnete, dass der Krieg sich wenden würde, wurden die Besuche der Polizei seltener, auch wenn die Familie weiterhin unter Beobachtung stand. Jeder von ihnen hatte bei der Sicherheitspolizei eine eigene Akte.

Wohl wissend, dass das historische Gedächtnis die eigenen Vorfahren betreffend kurz und die offizielle Geschichtsschreibung verlogen war, füllten sie meine Kindheit mit Legenden über die Funkisgatan. Die Vergangenheit wurde
erzählt, um die Toten zu ehren, aber auch um kommende Generationen zur gleichen Zivilcourage zu erziehen. Eine der
Geschichten handelte davon, dass Mamas Großvater Bertil
in einem ungewöhnlich frostigen Jahr des Kalten Kriegs die
Demonstration zum 1. Mai organisiert hatte. Etwa zehn Personen hatten sich am Treffpunkt auf dem Marktplatz eingefunden, der in Frühjahrssonne getaucht war. Die meisten waren Verwandte.

»Die Zeit zum Abmarsch ist gekommen, Genossen! Stellt
euch einzeln und mit fünf Metern Abstand zwischen euch
auf!«

Alle lachten, aber die ernst gemeinte Botschaft entging
uns nicht – schämen sollten sich allein jene, die niemals Stellung bezogen. Man muss kämpfen, muss organisieren, ganz
gleich, wie allein und dumm man sich dabei auch fühlen, wie
hoffnungslos einem alles erscheinen mag.

Vorwärts, Genossen! Vorwärts und nicht vergessen!

Während des Kriegs radelten Vera und Rune auf einem
Tandem die achtzig Kilometer hin und zurück nach Enköping, um sich dort die Zeitung *Ny Dag* zu besorgen, die
mit einem Transportverbot belegt worden war und nun in
anonymen Taschen im Zug aus Stockholm lag. Sie steckten
die Zeitungen in ihre Stiefelschäfte und verkauften sie heimlich an ihre Kollegen, unter anderem auch an meinen Großvater. Man erzählte mir, wie Sigges Cousin im Arbeitslager
in Storsien landete, obwohl er überhaupt nicht politisch aktiv war, sie erwischten einfach die falsche Person. Als er zu-

rückkam, war er nicht mehr der Alte. Großmutter wurde von Asea entlassen, weil sie Delegierte der Metallergewerkschaft auf einer Gewerkschaftskonferenz in Warschau gewesen war. Stina wurde als Verkäuferin im Kurzwarengeschäft Lindberg & Hellberg gefeuert, weil sie Kommunistin war – ein Kunde hatte sich geweigert, sich von ihr bedienen zu lassen. Stina zog nach Spånga. Bevor sie die Stadt verließ, bekam sie von der Partei den ehrenvollen Auftrag, bei der Gedenkfeier im Volksgarten den Nachruf auf Stalin zu verlesen. Als alte Frau lachte sie über ihre eigene Dummheit. Sie begrüßte C. H. Hermanssons neuen politischen Kurs, seine Distanzierung vom Sowjetkommunismus und seine Bereitschaft, auch mit den Sozialdemokraten zusammenzuarbeiten, Großmutter und Großvater zeigten sich dagegen besorgt. Sie fanden, dass der neue Parteivorsitzende es mit den sozialistischen Grundprinzipien beunruhigend wenig genau nahm. Und die zweiundzwanzig Millionen Sowjetbürger, die ihr Leben im Kampf gegen den Nationalsozialismus geopfert hatten – bedeuteten sie plötzlich nichts mehr?

Es ist der Antifaschismus, der die Menschen voneinander unterscheidet, lernte ich. Bist du kein Antifaschist, hast du auch nicht das Recht, über Freiheit und Demokratie zu sprechen. Begreifst du nicht, dass der Faschismus seiner Wesensart nach bürgerlich ist und nur von einer unerschütterlichen Volksfront zerschlagen werden kann, trägst du zum Sieg der Reaktion bei. Hörst du jetzt nicht zu, wenn wir es dir erzählen, wird es dir wahrscheinlich niemals zu Ohren kommen. Du kannst noch so viele Jahre in die Schule gehen, hierüber wird man kein einziges Wort verlieren.

Und vergiss niemals, dass du, Åsa, am 20. Mai 1968 geboren worden bist. Das war der Tag, an dem Bertil starb, und der Tag, an dem die Arbeiter in Paris gemeinsame Sache mit den Studenten machten.

Als ich groß genug war, um zu verstehen, mit welchen Ereignissen mein Geburtstag verbunden war und welche Verpflichtung dies mit sich brachte, schauderte es mir angesichts meiner eigenen Bedeutung. Das konnte kein Zufall sein, ich war auserwählt. Na ja, sagte Papa, das mit den Oberschichtrotzlöffeln ist nun wirklich kein Grund, das Maul so aufzureißen. Dagegen ist der 20. Mai auch der Tag, an dem die Kubaner ihren Nationalfeiertag feiern, und das, Natascha, ist nun wirklich ein Grund zum Feiern!

Meine Großmutter Vera wurde im Revolutionsherbst 1917 in Russland geboren und wuchs in Jaroslawl auf, zweihundert Kilometer nordöstlich von Moskau. Veras Vater arbeitete bei Asea, bis die Firma 1932 ihre Produktion nach Västerås verlegte, als Stalin alle ausländischen Unternehmen aufkaufen wollte. Asea bot seinen Angestellten an, nach Schweden mitzukommen, und Peter nahm das Angebot an. Es war zwar ein dramatischer Schritt, der jedoch nicht völlig unerwartet kam, da Peters Vater ein schwedischer Emigrant gewesen war, der in den achtziger Jahren des 19. Jahrhunderts im Osten Arbeit gesucht hatte, statt das Schiff nach Amerika zu nehmen. Schwedische Wurzeln gab es also bereits. Peters Frau Olga zog erst nach dem Krieg nach Schweden, und da hatte Peter bereits eine neue Familie.

Vera war fünfzehn, als sie mit ihrem Vater und ihrem Bruder Alexej nach Schweden kam. Es war das Jahr, in dem die schwedischen Sozialdemokraten ihre einzigartige Regierungsära einleiteten, aber die faschistischen Machtergreifungen auf dem Kontinent veranlassten sie, Mitglied der Kommunistischen Partei Schwedens zu werden. Als Russin genoss sie in der Partei einen gewissen Status, gleichzeitig war sie auch für die Russen wertvoll. Sie konnte ungehindert zwischen den beiden Ländern hin- und herreisen. In den fünfziger Jahren fuhr Mama zu einem Pionierlager in der Sowjetunion und wurde wie ein Nachkomme der russischen Parteielite behandelt.

Als Vera dann später Rune verließ und Julius heiratete, zogen sie erst nach Polen und zwei Jahre später, 1958, in die Sowjetunion. Die Schweden, die in den fünfziger Jahren Kurzwellenradio hörten, konnten Großmutters Stimme empfangen, von der die Nachrichtensendungen des Moskauer Rundfunks mit den klaren Worten »Hier spricht Moskau« eingeleitet wurden. Wenn es eine jüngere, schnellere Stimme war, saß Mama am Mikrofon. Sie wohnte zwei Jahre in Moskau und schwankte in ihrer Meinung in Bezug auf den Widerspruch zwischen den Privilegien der Partei-Nomenklatur und der Tatsache, dass die Sowjetbürger keine Reisefreiheit genossen. Ihre Kritikpunkte wurden von den Älteren, nachsichtig und beschwichtigend lachend, als jugendliche Verirrungen abgetan.

Auf Moskau folgten in Schweden Tyresö, Karlstad und Vara, aber Großmutter und Großvater blieben felsenfest von der Überlegenheit des real existierenden Sozialismus überzeugt. Zu den Weihnachtsfesten gehörte unweigerlich eine lautstarke Diskussion über die Sowjetunion, in deren Verlauf Mama sie dazu zwingen wollte, die Fehler und Mängel des Systems zuzugeben. Großmutter und Großvater – Rune starb jung, für mich war Julius mein Großvater – zählten mehr Argumente für den Einmarsch der Russen in Afghanistan auf als Breschnew, während Mama mit erregter Stimme erklärte, es könne verdammt noch mal nicht richtig sein, andere Völker und Länder zu überfallen und zu unterdrücken.

»Tanjuschka, liebe kleine Tanjuschka«, flehte Großvater, als er erkannte, dass sie nicht einsehen wollte, wie großartig es doch war, dass die afghanischen Frauen eine Ausbildung bekamen und den Schleier loswurden.

»Bist du nicht Mitglied der Linken Frauen für den Frieden?«, fragte Mama und wandte sich an Großmutter.

»Doch, das bin ich. Das bin ich immer gewesen.«

»Ah ja?«

»Ja, ich finde, dass man sich für Frieden und Abrüstung einsetzen soll.«

»Ah ja?«

»Ja, das finde ich. Das habe ich immer schon gefunden.«

Daheim in der Rönnbergagatan gab Papa sich alle Mühe, die Russen zu verstehen, aber manchmal fiel es ihm schwer. Ich tröstete ihn mit all dem, was ich Großmutter und Großvater hatte sagen hören.

»Afghanistan ist nur ein regionaler Konflikt. Eine interne Angelegenheit! Etwas, das sie ohne Einmischung von außen lösen müssen.«

Er gab sich mit dieser Antwort nicht zufrieden und meinte, die Russen müssten schon bessere Gründe vorweisen können, um unschuldige Menschen niederzuwalzen.

Papa und Großvater waren politisch einer Meinung, dennoch wurde er aus Julius nicht schlau. Er machte sich gerne lustig über Großvater Julius' Gemälde und seine endlosen Monologe über Diderot, Stanislawski und Sara Lidman. Großvater vertrat die Auffassung, dass die Kunst, die Literatur, das Theater und die Musik der Arbeiterklasse nicht nur etwas zu sagen hatten – er verlangte darüber hinaus, dass die Arbeiterklasse hier und jetzt Stellung zu ihr bezog, beim Weihnachtsessen, zum Mittsommerschnaps. Aufgabe der Kultur war es, zu befreien, aufzuklären, zu mobilisieren.

Die Bourgeoisie erschafft sich eine Gesellschaft nach ihrem Abbild, schreiben Marx und Engels, finden wir dafür ein paar gute aktuelle Beispiele? Warum können wir sagen, dass Strindbergs Romanfigur Arvid Falk zwar radikal, aber kein

Revolutionär ist? Ist *Der Kirschgarten* eine Komödie oder eine Tragödie?

Großvater – der ziemlich an Saltkrokans Onkel Melker erinnerte – betrieb Erwachsenenbildung in Wolljackett und Polohemd in einer Familie, die nicht unbedingt Lust hatte, sich auf Erwachsenenbildung einzulassen. Weck mich, wenn Julle fertig ist, flüsterte Alexej, der durch Heirat Großvaters und Papas Schwager in einer Person war.

Großvater liebte die Arbeiterklasse, was Papa beleidigend fand. Großvater setzte voraus, dass Arbeiter auf eine besondere Art sein und bestimmte Dinge denken sollten, weil sie Arbeiter waren. Taten sie das nicht, war er enttäuscht. Julle, der ein Schüler des Malers Sven X-et Erixson an der Stockholmer Kunstakademie gewesen war, in Prag als Theaterpädagoge herumgekaspert hatte und jetzt in der Provinz Skaraborg als Ratgeber für Erwachsenenbildung hinter einem Schreibtisch saß – mit welchem Recht redete der über die Wirklichkeit in der Fabrikhalle?, wollte Papa wissen.

»Wozu benutzt Julle verdammt noch mal seine Hände? Um mit Wasserfarbe zu malen! Um Schreibmaschine zu schreiben! Schau dir meine Fleischerhaken an, aber Julle, der labert darüber, wie es war, als dieser Dichter Göran Palm bei LM Ericsson gejobbt hat.«

Ihn würde es nicht einmal interessieren, wenn dieser Tschechow aus seinem Grab steigen und sich zwei Wochen in den Metallwerken herumtreiben würde.

Es machte mich traurig, wenn Papa so redete, auf meine Liebe zu Großvater Julius sollten keine Schatten fallen. Er füllte meine Sommer zwischen Blaubeersträuchern und Kreuzottern mit Spielen, später kam er mit Büchern und verlangte mir eine sofortige Lektüre ab, damit wir anfangen konnten, uns darüber zu unterhalten. Trotzdem lachte ich und stimmte zu, wenn Papa spottete.

Irgendwann hatte sich Großvater verächtlich über Papas Mahagonibücherregal geäußert, was Papa ihm niemals verzieh. Umgekehrt war Papa der Ansicht, dass Großmutter und Großvater empörend stillos eingerichtet waren, während ich fand, dass es das schönste Zuhause der Welt war. Schlichte, von Bruno Mathson entworfene Möbel, Textilien aus Borås, Stringregale, Großmutters Vorhänge aus Stoffresten und gehäkelte Decken. Großvaters farbenfrohe Gemälde und russische Avantgarde an den Wänden. Überall Bücher und der Duft von Espresso, Pelmeni, Hähnchen-Tabaká und Borschtsch. Zimmer, erfüllt von Wyssozkij und Violetta Parra, von Gesprächen über Balzac und Strindberg. Trotz der unumstößlichen Meinung zur Sowjetunion gab es dort genügend Raum für alle Gedanken.

Papa sagte, dort sehe es nun wirklich zum Kotzen aus.

Wahrscheinlich waren es Großvaters Worte von der Arbeiterklasse als Avantgarde der Revolution, die Papa am meisten störten. Wenn Großvater Papa auffordernd ansah und sagte, die Arbeiterklasse werde das Land in den Sozialismus führen, fand Papa, dass die Anforderungen, die an ihn gestellt wurden, übermenschlich waren.

Sie hatten jedoch kein Problem, sich auf eine Diskussion über Ingmar Bergman einzulassen. Eine verdammte Uhr zu filmen, die tickt, oder einen verdammten Kerl Angst zeigen zu lassen, wenn er eine nackte Madame sieht, sagte Papa, wie zum Henker kann man das nur als großes Werk und Weltklasse bezeichnen? Schon klar, dass die Leute ins Kino gehen – wer zum Teufel will nicht Harriet Anderssons Titten sehen? Großvater meinte, Bergman sei ein bürgerlicher Querulant, der sich zwar nicht vor Kot, aber vor Politik fürchte. Stimmt, sagte Papa, von Scheiße versteht der Meisterregisseur eine Menge. Und von Titten.

Papa ärgerte sich auch über Großmutter Vera, hatte aber gleichzeitig riesigen Respekt vor ihr, da sie in der Sowjetunion geboren war und für alle möglichen berühmten Russen dolmetschte, die Schweden besuchten. Er erzählte von allen, mit denen sie gearbeitet und sich angefreundet hatte: Jurij Gagarin, Chatschaturjan, Balletttänzer, Wissenschaftler, Zirkusgesellschaften und am bedeutendsten von allen – jedenfalls ihm zufolge – die sowjetische Eishockeynationalmannschaft mit ihrem Kapitän Tarassow. Er hoffte, dass etwas von ihrem Ruhm auch auf ihn abstrahlen würde. Großmutter kehrte von ihren Reisen mit russischen Handwerksarbeiten, Puppen, Briefmarken, Porzellan zurück. Ich zeigte die Geschenke Papa, der sie anfasste, als wären sie Kostbarkeiten aus Tutanchamuns Grabkammer.

Einmal kam Großmutter mit einem Ballettensemble nach Västerås. Die Tänzer wohnten im Stadthotel, und Papa und ich besuchten sie. Es war für uns beide ein Erlebnis, den dicken Teppich in dem pompösen Steingebäude hinaufzugehen, das eine komplette Seite des Marktplatzes einnahm und ansonsten vor allem wie eine uneinnehmbare Festung wirkte. Wir besuchten zwar regelmäßig das *Hinterstübchen* – vielleicht hieß die Gaststätte damals aber auch noch *Bauernkeller* –, die Kneipe an der Ecke des Hauses, aber hier waren wir noch nie gewesen. Papa träumte davon, eines Tages eine bessere Mahlzeit im schönen Speisesaal des Hotels zu sich zu nehmen, so wie er eines Tages das vornehme Restaurant *Gyldene Freden* in der Stockholmer Altstadt besuchen wollte. Dort würden wir dann sitzen, er und ich, und in der Nähe von Prominenten wie Evert Taube und Cornelis Vreeswijk Hackbraten mit Zwiebeln essen.

Großmutter, klein und rundlich in einer farbenfrohen Tunika und mit einer Tjubetejka auf den kurzgeschnittenen Haaren, nahm uns in der Hotelsuite fröhlich in Empfang.

Sie nannte mich Åsik – kleine Åsa auf Russisch. Sie sprach so schön. Sanft, melodisch.

In Papas Armen lag ein großer Strauß roter Rosen und raschelte feucht. Er überreichte Großmutter die Blumen und schlug die Wassertropfen weg, die vom Stoff seines Anzuges abperlten. Er war angespannt. Sie waren sich nach der Scheidung nur wenige Male begegnet, und möglicherweise hatte etwas im Zusammenhang mit der Trennung Papas Groll geweckt. Das Gespräch wurde erst ungezwungener, als die russischen Stars ihre Köpfe zur Tür hereinsteckten und uns begrüßten. Wollte er einen Kurzen haben? Papa schielte zu Großmutter hinüber. Ja, danke, spasiba. Das wollte er.

»Sie ist ja trotz allem ein verdammt bemerkenswertes Weibsbild«, sagte er, als wir gingen, »aber es ist doch wirklich zum Kotzen, wie viel Patte die Blumen gekostet haben.«

Sowohl Mama als auch Papa wuchsen unter klassenbewussten Metallarbeitern mit hoher Arbeitsmoral auf, die alle für demokratische Reformen und die Rechte der Arbeiterklasse gekämpft hatten. Mamas revolutionäres Elternhaus in der Funkisgatan unterschied sich jedoch grundlegend von Papas eher reformorientierten in der Björkgatan.

In der Funkisgatan organisierten sie sich, diskutierten, lasen Bücher und feierten Feste, sobald sie dazu auch nur den geringsten Anlass sahen. Dort vereinte man das Ideal vom strebsamen Arbeiter mit der Boheme und einem lebendigen Traum vom Sozialismus. In Papas Elternhaus wurde weder gelesen noch gefeiert. Dort war es eine Todsünde, viel Aufhebens von sich zu machen, und wenn man etwas Geld übrig hatte, sparte man für einen Kristallleuchter. In Mamas Zuhause arbeiteten die Frauen und verdienten eigenes Geld. Papas Mutter war Hausfrau, ihre Welt lief über Großvater.

Großvater sah das alles jedoch anders, wenn er über seine verwegenen Kämpfe sprach. Politisch radikalisiert wurde Großvater, als er in den zwanziger Jahren zur Notstandsarbeit als Eisenbahnbauer in Nordschweden gezwungen wurde. Eine Eisenbahn zu bauen war Knochenarbeit, die zu einem politischen Bewusstsein führte, mehrere seiner Arbeitskollegen waren Syndikalisten. Damals wurde er auch zum Antialkoholiker, denn jede Woche gab es jemanden, der seinen Lohn versoff. Dann mussten die anderen zusammenlegen, damit es etwas gab, was man der Hunger leidenden Familie daheim schicken konnte. Als Bahnarbeiter musste man sich auch mit denen solidarisieren, die es nicht unbedingt verdient hatten, sagte er, es war der einzige Weg zu überleben. Ein Kamerad hatte mit einem Dorfmädchen geschlafen und ihren Unterleib völlig zerfetzt, da er im Schritt wie ein Hengst und im Kopf wie ein Esel beschaffen war. Er wurde zu einer Geldstrafe verurteilt, die seine Bahnarbeiterkameraden beglichen, nachdem sie ihn halb totgeschlagen hatten.

Ebenso oft erzählte Großvater von den Schwarzen Listen nach dem Metallarbeiterstreik 1945–46.

»Hätte ich nicht gejagt und geangelt, wären wir verhungert, Mädel, nur weil wir für fünfzehn Öre Lohnerhöhung gestreikt haben! Ich habe illegal Flusskrebse im Svartån gefischt, die ich im Stadthotel für eine Krone pro zwanzig Stück verkauft habe.«

Großvater bekam schon bald seine Stelle zurück. Die Erfahrung reichte ihm jedoch, vor allem seit Ministerpräsident Tage Erlander erklärt hatte, die Sozialdemokraten würden jeden Kommunisten an jedem Arbeitsplatz in die Knie zwingen. Er revanchierte sich in seinen Augen, indem er sich als gewerkschaftlicher Vertrauensmann ohne kommunistisches oder sozialdemokratisches Parteibuch hocharbeitete. Im Register der Sicherheitspolizei würde sein Name allerdings für alle Zeiten stehen bleiben.

Er unterhielt sich mit mir gern über den Sozialismus. Das erste Gespräch über das Fantastische, was uns in der Zukunft erwartete, führten wir, als ich die Windpocken hatte und zwei Wochen zu Hause bleiben musste. Großvater spielte den Babysitter und war mehr als gelangweilt. Vormittags gingen wir zum Eisfischen auf das Eis des Mälarsees, nachmittags spielten wir Karten und hörten die Evert-Taube-Platte. Eines Tages gingen ihm ein wenig überraschend die Geschichten aus. Trotzdem wollte er etwas erzählen.

»Jetzt, Mädel, werde ich dir mal was sagen, was seltsam

klingen mag, aber wirklich wahr ist. Es ist nämlich so, dass es etwas gibt, das man Sozialismus nennt...«

»Ich weiß.«

»Aha... soso...«

Für einen kurzen Moment verlor er den Faden, fasste sich dann aber wieder und begann so zu reden, wie seine Bahnarbeiterkameraden es früher getan hatten. Arbeiterräte sollen die Fabriken kooperativ besitzen, betreiben und leiten. Die Arbeiter sollen ihre Vorarbeiter durch Wahl bestimmen, die Gewinne dazu benutzt werden, die Arbeit menschlich zu gestalten und Wohlstand für alle zu schaffen. Es soll nicht so werden wie in der Sowjetunion – der Sozialismus hat nichts mit Staat und Partei zu tun. Das Volk soll selbst die Macht über die Produktionsstätten und den Produktionsüberschuss haben.

»Keiner, und damit meine ich *keiner*, Mädel, soll Geld mit der Arbeit anderer verdienen!«

Wenn der Sozialismus eine Chance haben sollte, musste die Revolution in Nävv Jork anfangen. Das würde dauern.

»Ich werde das nicht mehr erleben, aber du schon, Mädel, das ist mal sicher!«

Wenn ich Großvater in seinen letzten Jahren besuchte, holte er beflissen die Kristallvase aus dem Regal herunter, die er von den Gewerkschaftern der Metallwerke bekommen hatte und auf der sein Name eingraviert war. Ich sollte die Vase halten, wenn er darüber sprach, wie er in den Metallwerken im Mittelpunkt des Kampfgeschehens gestanden hatte – zwischen den Kommunisten, den rechten Sozis und den Chefs.

»Alle wollten, dass das Kriegsbeil ausgegraben wird, aber außer mir hat sich keiner getraut, es auch in die Hand zu nehmen!«

Er bat mich, die Vase in meinen Händen zu wiegen, es

war ein gediegenes Stück Glas, das seine Bedeutung dadurch erhielt, dass Kalle Andersson und kein anderer dabei gewesen war, das Land und die schwedische Industrie aufzubauen. Nicht ganz allein, das natürlich nicht, aber seinen Beitrag hatte er schon geleistet. Er maß die Entwicklung an der Holzhütte, die er verlassen, und an dem Haus, das er selbst gebaut hatte, daran, dass aus einem Zwölfstunden- ein Achtstundentag geworden war und sich fünf Tage Urlaub zu fünf Wochen entwickelt hatten. Allgemeines und gleiches Stimmrecht, Volksrente, freie zahnärztliche Versorgung und Altenpflege. Arbeit für alle. Warum sollte der Fortschritt jemals enden?

Papa schüttelte den Kopf, aber nur, wenn Großvater es nicht sah. Mein Alter hat doch im Grunde nicht viel getan, meinte er, jedenfalls nicht im Vergleich zu denen auf Tanjas Seite. Für jede demokratische Reform in diesem Land haben die Kommunisten in der Funkisgatan gekämpft. Scheiße, was haben die gegen Nazis, Kapitalisten und rechte Sozis und andere Gangster gekämpft!

»Da hast du was, worauf du stolz sein kannst, Natascha. Vergiss nie – *niemals* –, dass du auch eine Linderborg bist.«

Papa lebte in einer geographisch kleinen Welt – das Fahrrad rollte zwischen den Metallwerken, Viksäng, Skiljebo, dem Bootshafen, der Haupteinkaufsstraße und gelegentlich Irsta –, aber seine Träume waren groß. Er sehnte sich nach dem Kommunismus. Das war unser Geheimnis, ich durfte niemandem davon erzählen. Die Sehnsucht war immer dann am stärksten, wenn Papa pleite war und sich bettelarm fühlte.

Kommunismus, sagte Papa, ist eine Gesellschaft, in der es keine Klassen und deshalb auch weder Geld noch Krieg gibt. Die Geschäfte sind Warenlager, man geht einfach rein, nimmt sich, was man braucht, und lässt etwas da, das für andere nützlich sein kann. Ein Paar Schuhe gegen einen Teppich, ein Fahrrad gegen eine Waschmaschine. Alle Menschen leben bunt durcheinandergewürfelt – Schwarze, Weiße, Juden, Finnen, Russen, Schonen, Amerikaner – es gibt keine Nationalitäten mehr, nur noch Menschen. Keiner ist arm oder reich, allen geht es gleich gut. Alle sprechen dieselbe Sprache, alle helfen sich gegenseitig. Im Kommunismus konkurriert man nicht, man arbeitet zusammen und teilt gerecht. Man produziert nur das Nötigste und kein sinnloses Mistzeug, das nur die Umwelt kaputt macht. Niemand braucht sein Leben lang einen harten und schweren Job machen, alle wechseln sich ab. Wer krank ist, muss nicht arbeiten. Die Wohnviertel sind kleine Kollektive, in denen man sich trifft – auf den Höfen stehen lange Tische, die mit Gerichten gedeckt sind, bei deren Zubereitung alle mitgeholfen haben. Alle sind willkommen, keiner wird allein gelassen.

Im Kommunismus braucht sich niemand einsam zu fühlen.

Mitten in einem Schweden, in dem angeblich alle an einem Strang zogen, saß Papa und sehnte sich nach wahrer Zusammenarbeit. Keine Klassen, kein Krieg.

»Du wirst sehen, das wird toll, das wird richtig toll.«

Er hatte Ideen zu allem, von der Müllentsorgung bis zu Entscheidungsprozessen, schwieg sich allerdings darüber aus, wie er sich die Organisation des Familienlebens vorstellte. Entweder reichte seine Fantasie dafür nicht aus, oder aber es gehörte zu den vielen Dingen, über die er lieber nicht nachdachte. Dinge, die ihn nichts mehr angingen.

Der Kommunismus, von dem Papa sprach, hatte gewisse Ähnlichkeiten mit seinen Vorstellungen von Kuba. Er dachte sich, dass es dem Menschen im Kommunismus gelingen sollte, es so einzurichten, dass der Winter eine Jahreszeit war, die es nicht mehr gab. Kommunismus bedeutete kubanische Sonne und Wärme, nicht Schnee, Kälte und Treibeis. Papa hatte keine Lust, die Welt zu sehen – Reisen machte den Menschen beschränkt –, aber er wollte nach Kuba. Er versuchte uns beiden einzureden, dass wir jederzeit hinfahren könnten, und ging in die Küche und holte ein braunes Postsparbuch, das Onkel Elis mir bei meiner Geburt geschenkt hatte. Er saß mit dem Sparbuch in der Hand im Sessel und sagte, es sei voller Geld für die Reisekasse. Ich hatte es längst aufgegeben, ihn darauf hinzuweisen, dass null Kronen darauf waren. Ich wollte seinen Selbstbetrug nicht aufdecken.

Sein zweiter Traum war ein rotes Schwedenhäuschen mit weißen Giebeln, einem Beet mit wohlriechenden Platterbsen und einem Rosenspalier. Dort würde er in seiner Laube sitzen und Radio hören. Das erschien uns beiden unglaublich kühn. Der Kommunismus wirkte im Vergleich dazu weniger fern.

Papa hatte keine provisorischen Ziele. Er strebte nichts Realistisches an, etwas, das zwischen dem nächsten Lohn und einer anderen Gesellschaft lag. Er wartete das ganze Jahr auf die vierwöchigen Betriebsferien, aber nicht, weil wir dann eine Menge Dinge unternehmen würden. Es ging ihm nur darum, nicht malochen zu müssen.

Aus den Sommern machte er nichts.

Mama lieferte mich eines Morgens bei Papa ab, als sein Urlaub gerade begonnen hatte. Er öffnete verschlafen die Tür, die Nacht hatte er im Sessel verbracht. Er war noch immer betrunken, ging zum Sessel zurück und schlief wieder ein. Die Morgensonne brannte auf dem Parkett. Ich saß eine Weile auf der Couch und betrachtete seinen reglosen Körper. Vier Wochen würde er dort sitzen. Wenn dann die Zeit gekommen war, wieder arbeiten zu gehen, war er maßlos enttäuscht.

Papa war kein Parteimitglied. Für ihn war *die Partei* – dieser übergeordnete, lebendige Organismus auf Mamas Seite – nicht einmal ein Begriff. Er hatte keinen marxistischen Studienzirkel besucht, der einem Lohn, Preis, Profit erklärte.

»Drei Minuten nach sieben stemple ich meine Stechkarte in der Stechuhr ab und arbeite bis sechs Minuten nach vier. Acht Stunden lang rackere ich wie ein Blöder und werde für vier bezahlt. Den Rest stopft sich dieses Bonzenschwein Wallenberg in die eigene Tasche. Komplizierter ist das nicht.«

Papas Glaube an Solidarität und Gerechtigkeit war so kompromisslos wie sein Kampf gegen den Stahl. Trotzdem hatte er eine Heidenangst, seine radikalen Ansichten könnten entdeckt werden. Deshalb mussten die Bankschecks

mit blauem Kugelschreiber ausgestellt werden. Als ich erfuhr, dass er wegen seiner Sympathien für die Linke sein
ganzes Leben in den Registern der Sicherheitspolizei gestanden hatte, wagte ich nicht, ihm davon zu erzählen.

Den ersten Vermerk in Mamas Akte machte die Sicherheitspolizei in dem Jahr, in dem sie zwölf wurde – sie hatte
am Weltjugendfestival in Warschau teilgenommen. Die Auf-
zeichnungen betrafen Demonstrationen und Parteiversammlungen, bei denen sie dabei gewesen war. Man archivierte
ein Foto, auf dem sie während eines Kongresses mit C. H.
Hermansson tanzt. Dem Fotografen war es nur gelungen,
ein Ohr von ihr einzufangen, aber er hatte ausgesagt, dass
es Tanja Linderborg war, die da mit dem Vorsitzenden der
Kommunistischen Partei ein Tänzchen wagte. 1967 hielt
man fest, dass sie Leif Andersson geheiratet hatte. Wer der
Denunziant gewesen war, blieb ein Geheimnis. So wurde
Papa, der nie etwas Politischeres getan hatte, als sie zu heira-
ten und von seinem Wahlrecht Gebrauch zu machen, ebenfalls registriert.

Mama und Papa waren auf unterschiedliche Art links.
Papa fühlte sich unterdrückt – auch wenn er das Wort im
Zusammenhang mit sich selbst niemals in den Mund genommen hätte, da er es als demütigend empfand –, aber er
kämpfte nicht. Mama fühlte sich nicht unterdrückt und war
es auch nicht sonderlich, kämpfte jedoch für all jene, die es
waren. Einig waren sie sich in der Notwendigkeit einer pro-
gressiven Verteilungspolitik, aber während Papa von Arbeitern an der Macht träumte, sang Mama, wir Frauen müssten
unsere Stimmen erheben, um gehört zu werden. Er wollte
höhere Löhne, sie den Sechsstundentag. Mama glaubte an
einen humanen Strafvollzug und wünschte sich für Homosexuelle die gleichen Rechte wie für alle anderen. Papa forderte
härtere Strafen; Pädophilie sollte mindestens zur Hinrich-

tung führen. Über Homosexuelle äußerte er sich allerdings nicht, die Frage interessierte ihn einfach nicht. Schwulenwitze waren selten komisch.

Mama beteiligte sich aktiv an der Bürgerbewegung gegen Atomenergie, und das in einer Stadt, in der Asea Atom seinen Firmensitz hatte. Papa stimmte bei der Volksabstimmung für den sofortigen Ausstieg aus der Atomenergie, um Mama und die Partei nicht im Stich zu lassen. Anschließend war er allerdings erleichtert über das Ergebnis, das einen langsamen Ausstieg mit langen Laufzeiten vorsah. Da hatte man doch noch einmal verdammtes Schwein gehabt, seinen Job nicht zu verlieren!

»Man hätte das ganze Land dicht machen können, wenn diese verdammten Müslifresser gewonnen hätten, die sich einbilden, dass die Sonne auf Bestellung scheint.«

Nach der Scheidung beabsichtigte Papa, für Olof Palme zu stimmen. Der Wahlkampf 1973. Er meinte, dass ich Großvater nichts davon sagen dürfe, wohl aber Mama – er wollte meine Unterstützung, um der Frau, die ihn verlassen hatte, seine Selbständigkeit zu demonstrieren. Als er schließlich seinen Wahlzettel in den Umschlag steckte, hatte er dann doch wieder Linkspartei/Die Kommunisten angekreuzt.

Als Mama 1979 bei den Kommunalwahlen kandidierte, schwitzte er hinter dem grünen Wandschirm im Speisesaal der Viksängsschule. Behutsam tastete er den Wahlzettel mit ihrem Namen ab, als striche er ihr über die Wange. Fein angezogen, ein bisschen traurig und fassungslos, dass sie es wagte, ihre Ansichten vor allen Leuten zu proklamieren. Als sie in den neunziger Jahren für das Parlament kandidierte, kreuzte er ihren Namen an, obwohl sie ohnehin den Spitzenplatz auf der Liste hatte.

Der Machtwechsel 1976, ich schlief ein, bevor das Wahlergebnis feststand.

»Wer hat gewonnen?«, fragte ich, als wir im Halbdunkel des Septembermorgens das Fahrrad aufschlossen.

»Die Bürgerlichen. Du wirst sehen, jetzt geht alles den Bach runter!«

Uns erwarteten Ausbeuterzeiten in einer Ausbeutergesellschaft, erklärte Papa genauso furchtsam wie die Krösa-Maja, die sich vor dem Kometen ängstigte. Das würde die Arbeiter teuer zu stehen kommen.

Wir waren alle geschockt.

»Das ist doch nun wirklich ärgerlich«, meinte Großmutter, die für Lars Werner, den Parteivorsitzenden der Linkspartei gestimmt hatte, weil Großvater ihr das gesagt hatte.

Konnte Palme nicht irgendwie bleiben?, erkundigte sie sich. Ließ sich denn da wirklich gar nichts machen? Sie war froh, dass der alte König tot war und dies nicht mehr erleben musste. Großmutter konnte sich nicht vorstellen, dass er, der ein so feiner und kluger Mann gewesen war, etwas anderes als ein Sozialdemokrat gewesen sein sollte.

»Warum zum Teufel soll denn der König ein Sozi sein?«, fragte Papa.

»Sind das nicht alle?«, fragte sie erstaunt zurück.

»Mutter, du redest zu viel über Dinge, von denen du nichts verstehst!«, sagte Großvater.

Wenn Papa und Großvater sich über Politik unterhielten, wurde von Großmutter erwartet, dass sie schwieg, denn sonst musste sie sich anhören, dass sie mehr von Kohlrouladen als von Stahlwerk 80 verstand. Ich dagegen durfte mitreden, meinen Ansichten schenkten sie immer Gehör. Großvater lachte glucksend.

»Du bist aus dem richtigen Holz geschnitzt, Mädel! Da gibt es kein Vertun!«

Ich war wie besessen von dieser verdammten bürgerlichen Dreiparteienregierung und schrieb Theaterstücke, Romane und Gedichte in karierte A5-Blöcke, die Papas Ansicht nach überarbeitet werden mussten, ehe sie jemandem gezeigt werden konnten. Vor allem durfte ich sie keinem in der Schule zu lesen geben, denn das konnte übel ausgehen.

Am Wochenende schlief Papa lange, es sei denn, er fand wegen Entzugserscheinungen keine Ruhe. An verkaterten Sonntagen erwachte er nicht selten, nur um festzustellen, dass die Flaschen leer waren. Dann warf er oft seinen Bruder Rolf aus dem Bett, der mit uns zur Tankstelle in Irsta fahren musste, wo Papa jemanden kannte, der rund um die Uhr Bier verkaufte. Papa saß auf dem Beifahrersitz und zitterte.

»Wie geht es dir, Leffe?«

»Geht schon, fahr einfach.«

Ich war am Wochenende immer früh wach, lief in mein Zimmer und holte mir etwas zum Spielen – die russischen Puppen, die Schaffnertasche, die Malsachen –, womit ich mich für eine Weile bei Papa beschäftigte. Er schlief tief und fest. Dann holte ich mir noch ein Spielzeug, immer noch in der Unterhose. Die dunkle Wohnung, in der nur ich wach war, machte mir Angst. Nach einer Weile waren so viele Dinge im Bett, dass ich sie auf ihm ablegen musste.

Es herrschte kompakte Stille, man hörte nur Papas Atemzüge und das Geräusch von Dingen, die zu Boden fielen, wenn er sich bewegte.

Die Füße lugten heraus. Hatte er die Strümpfe ausgezogen, sah man trotz des fahlen Lichts den Dreck. Es sah aus, als wäre er durch altes Blumenwasser gewatet. Ich setzte mich vors Bett und betrachtete sie. Legte meine Hand an die platten Fußsohlen und berührte die rissigen Zehennägel. Sie waren gelb. Schwarz. Ich legte die Nase an die Zehen und sog den süßsauren Gestank ein.

Legte mich wieder ins Bett, war aber schon bald zurück und roch. Studierte die dreckigen Ränder.

Rannte zum Spiegel im Flur. Stellte mich auf die Zehen, sah mir so tief in die Augen, wie ich nur konnte, und bekam vor mir selber Angst.

Ich floh vor meinem Spiegelbild und lief erneut zu Papa hinein, kletterte über ihn. Legte mich neben ihn und schaute zu seiner Schulter hinauf.

Papa hatte sich in der ganzen Woche danach gesehnt, frei zu haben, nun erwachte er trotzdem ohne größere Lust auf irgendetwas. Ich quengelte, er solle aufstehen. Er blieb noch etwas liegen.

Ich aß ein Brot mit Sardinen in Tomatensauce. Als ich größer wurde, öffnete ich eine Dose Spaghetti oder eine der zahlreichen Büchsen weißer Bohnen von Heinz, die rätselhafterweise im Vorratsschrank standen. Papa meinte, er habe nicht die geringste Ahnung, woher sie kämen. Ich aß sie direkt aus der Konserve.

Wir hörten Radio. Der Frühstücksclub mit Moderator Sigge Fürst, wenn wir so früh schon auf den Beinen waren, das Morgenmagazin und die Wunschmelodie. Durch die Küche schallten schwedische Lieder und Schlager von Burt Bacharach.

Papa stand an die Spüle gelehnt und machte nichts Besonderes. Lachte über die Moderatoren, rauchte eine Zigarette, lächelte begeistert, wenn Lasse Berghagen von dem alten Mann sang, der mit durchgedrücktem Kreuz sein Jackett auszog und beide Schuhe abstreifte. Er war froh, dass Wochenende war, und ich durfte auf seinen Füßen über den PVC-Boden gehen. Ich lachte, und er kicherte, bis es ihm zu wehtat.

Papa kicherte sein Hihi oftmals so, dass ihm die Tränen herunterliefen. Ich lachte so laut wie Mama.

Gegen zehn nahmen wir den Bus in die Stadt. Es war der gleiche Weg wie zu den Metallwerken, aber am Wochenende war es undenkbar, das Fahrrad zu nehmen.

In Västerås hat man alles Wichtige in die Höhe gebaut. In der Nähe des Bahnhofs steht der Aseaturm aus dunklem Backstein. Als Kind erzählte man mir, dass die wichtigsten Entscheidungen für Asea – und damit für jeden Västeråser – hoch oben unter der grünspanfarbenen Kupferkuppel getroffen wurden. Großvater sagte, dass sich die mächtigsten Männer in der Mitte des Raums um einen Tisch in der Form eines Hakenkreuzes versammelten. Dort standen sie und studierten die Diagramme über unser aller Zukunft.

»Ja, verdammt, so läuft das«, sagte Papa. »Genauso geht es zu in dieser Drecksausbeuterstadt.«

Unweit des Stadtzentrums stand Villa Asea. Nur wenige konnten einem jedoch den genauen Standort zeigen, Papa wusste nur, dass es den Kasten gab und er sich irgendwo hinter Oxbacken befand. Dort, erklärte er, feiern die Chefs von Asea rauschende Feste mit live aufspielenden Orchestern, Kellnern und Kellnerinnen mit gestärkten weißen Schürzen, Zigarrenrauch und Getränkebüffet. Männer, die einander Brüder nannten, und Luxusprostituierte, die per Schiff aus Stockholm herangekarrt wurden, vielleicht sogar mit Ivar Kreugers alter Jacht Loris. Scheiße, was für ein Boot!

Dort aßen sie Rinderfilet und russischen Kaviar. Jeden Tag. Berge schwedischer Flusskrebse.

»Es ist doch zum Kotzen, dass solche Menschen, die nicht einmal wissen, wie man Krebse isst, so viele davon verspachteln dürfen, wie sie wollen. Ich gehe jede Wette ein, dass die nur die Schwänze essen und den Rest wegwerfen.«

Krebse, sagte Papa, haben ein Geheimnis, das nur wenige kennen, aber wenn man es kennt, schenken sie einem ein Geschmackserlebnis, das sich mit nichts vergleichen lässt. Er war in dieses Mysterium der schwarzroten Tiere eingeweiht, und das sei ich auch, beteuerte er, wenn ich besorgt nachfragte. Andere essen sie nur einmal im Jahr und dann auch nur, weil es Tradition ist. Im Grunde sind sie für die meisten nur ein Vorwand, um Schnaps zu trinken.

Für eine Packung türkischer Flusskrebse aus dem Tiefkühlregal hatten wir immer Geld, in der Saison ab August aßen wir mehrmals in der Woche Flusskrebse. Er kochte einen eigenen Sud und stand mit dem Zollstock bereit, um die größten zu messen, die immer ich bekommen sollte. Anschließend saßen wir vor dem Fernseher, jeder mit einem Handtuch auf dem Schoß, und schlürften, knackten und schälten. Papa sorgte dafür, dass mein Schalenhaufen genauso groß war wie seiner. Wenn ich Glück hatte, schlüpfte er eine Weile in die Rolle des Gastgebers der Villa Asea, mit Frack und gräflichem R:

»Darrrf es für das Frrräulein noch ein Krrrebs sein? Ach, lieber nicht? Darrrf ich Sie dann möglicherrrweise mit einer Zigarrrre oder einem Drrrink in Verrrsuchung führen?«

Oder er hob das Kinn, schloss halb die Augen und spreizte feminin den kleinen Finger ab. Die Vokale zog er in die Länge, und jedes I sprach er mit der Zunge weit vorn im Gaumen, so dass es surrte:

»Ich und mein Maaann Noppe von Pavianarsch, wir haben uns vor ein paar Taaagen eine heeerrliche Wooohnung im Diplomaaatenviertel angesehen. Hiiier, habe ich gesagt, haben wir Plaaatz für Hitlers Baaadewanne, den Gesellschaaaftsliliputaaaner und unseren Hausneeeger. Hiiier ist genug Platz, um donnernd zu fuuurzen... dooonnernd... oh je, hoppla!«

Er hob eine Pobacke an und ließ einen fahren, während er gleichzeitig so tat, als würde er seine Frisur richten. Es kam nicht immer ein Geräusch, sondern oft nur ein süßlich schwüler Gestank, der ihn ganz besonders aufkratzte.

»Ein Meuchelmörder! Was du alles kaaannst, Noppe!«

Ich lachte dermaßen, dass ich mich auf der Couch zusammenkrümmte.

»Noch mal! Mach noch mal die Gräfin!«

Er war seine kleine Vorstellung lange vor mir leid.

Wenn wir in die Stadt kamen, zählte ich so viele Türme, wie ich konnte. Das hochkant stehende Rechteck des Gewerkschaftsgebäudes und der Glockenturm des Rathauses aus grauem Granit symbolisierten die Arbeiterschaft, die seit 1917 in einem engen, einvernehmlichen Kontakt mit Asea, den Metallwerken, ICA, den Hakonwerken und anderen großen Arbeitgebern die Geschicke der Stadt bestimmt hatte. In den Jahrzehnten um 1900 war Västerås eine turbulente Stadt mit einer radikalen und bunt gemischten Arbeiterbewegung gewesen, mittlerweile wollte niemand mehr in Frage stellen, dass die Zusammenarbeit über Klassengrenzen hinweg das übergeordnete Prinzip war und die Aufgabe der Arbeiterschaft darin bestand, neue Arbeitskräfte bereitzustellen. Kindergarten- und Hortplätze für alle, breite Fahrradwege, günstige Metallarbeitersiedlungen. Es verlief eine gerade Linie vom Rathaus zu Großmutters Rindfleisch mit Meerrettichsauce. Kommentiert wurde das Ganze von der liberalen *Vestmanlands Läns Tidning*, die ein Bürohochhaus auf der anderen Seite des Svartån hatte.

Die Türme des Doms waren aus lebkuchenfarbenen Ziegelsteinen. Am Hafen stand das Heizkraftwerk mit einem Schornstein, der an seinem oberen Rand von einer roten Lichterkrone umsäumt wurde. Sie zog mich Abend für

Abend in ihren Bann, ich saß auf der Couch und sah aus dem Fenster in die Richtung, in der Mama und Lasse wohnten.

Über all dem kreiste lange Zeit das Flugwaffengeschwader F1. Samstags paradierte die Militärblaskapelle mit ihrer Mädchengarde in roten Uniformen. Sie ließen sich viel Zeit, angeführt von ihrem selbstsicheren Tambourmajor, der die Bläser über die Vasagatan führte. Ich fragte mich, woher sie wohl kamen, diese hübschen Mädchen in den kurzen Röcken und den weißen Stiefeletten, die so kunstvoll mit ihren Stäben umgingen. Ich wollte wissen, wo sie wohnten. Jedenfalls nicht in Viksäng, so viel war klar, ebenso sicher war, dass ich niemals eine von ihnen würde werden können. Waren sie möglicherweise in Talltorp und Hamre zu Hause, jenen Vierteln neben Viksäng, die voller hübscher Reihenhäuser und freistehender Backsteinhäuser waren?

Papa stand neben mir und schnaubte. Er verabscheute alles, was mit dem Militär zu tun hatte. Er sah sich nie einen Kriegsfilm an, las keine Kriegsberichte und interessierte sich nicht für Waffen. Seinen Wehrdienst leistete er auf Gotland ab – Schwedens größtem Drecksloch, wie er seitdem meinte –, bis er aus irgendeinem Grund, den er mir nicht richtig erklären konnte, vorzeitig entlassen wurde.

Sich den Wehrdienst ersparen zu können, muss eine Erleichterung gewesen sein. Dennoch nagte die Freistellung an seinem Selbstbewusstsein als Mann. Das Thema war ihm peinlich. Das Einzige, was man ihm über seine Zeit als Wehrpflichtiger entlocken konnte, war die Episode, bei der es in einem Flugzeugmotor brannte, während er sich über der Ostsee befand. Das war so typisch für diese verdammte Insel! Manchmal ahmte er den gotländischen Dialekt nach.

»Doo büüs än Muuldia mit longe longe Ohn. Weißt du, was das bedeutet? Das bedeutet ›Du bist ein Maultier mit langen, langen Ohren‹. Du verstehst schon, wie bescheuert die auf dieser gottverdammten Insel sind. Da gibt es nicht einen, der noch alle Tassen im Schrank hat.«

Man muss nicht in einer Uniform herumlaufen, um ein Mann zu sein, erklärte er mir. Dagegen konnte ein Mann keine Stirntolle haben – ein richtiger Kerl lief doch nicht mit Haaren in der Stirn herum.

Als Erstes gingen wir zum Marktplatz. War es Sommer, kauften wir dort Gurken und Blumen für den Balkon. Wenn wir fertig waren, besuchte Papa das Pissoir unter dem linken Flügel des Stadthotels. Er musste nicht besonders dringend, mochte jedoch irgendwie die Atmosphäre dort, die so weit von seinen Zierkissen und Gardinen entfernt war, wie man es sich nur vorstellen konnte. Nachdem er Petunien gekauft hatte, schien er das dringende Bedürfnis zu haben, dort hinunterzugehen, um sich in Erinnerung zu rufen, dass er trotz allem ein Mann war.

Der üble Geruch stach in der Nase. Ich stand daneben und betrachtete die Männer, die breitbeinig auf das herablaufende Wasser in den rostfreien Rinnen zielten.

»Tag, Tag, hallo, hallo!«

Der Fußboden war nass. Ich sah mich nach einer Stelle um, an der meine weißen Holzschuhe nicht feucht werden würden, wollte mich zwischen den vielen Männern mit offenen Hosenställen aber auch nicht zu viel bewegen. Das mit Urin vermischte Wasser drang in die Absätze. Ich hielt die Luft an, um nicht zu ersticken. Papa brauchte lange, um etwas herauszupressen, und konnte ihn erst nach einer ganzen Weile ausschütteln. Niemand wusch sich die Hände.

Genauso pisste er gelegentlich in den Küchenausguss. Fasziniert sah ich, wie bräunlich gelbes, konzentriertes Pipi in einem kräftigen Strahl und mit einem beißenden Geruch gegen den grob gelöcherten Abfluss schlug. Ich fand, dass sein

Urin dampfte, es war, als brächten die heißen Öfen in den Metallwerken seinen Metallvergüterkörper zum Kochen.

Wenn wir aus dem Pissoir nach oben kamen, suchte ich nach einer Pfütze, in der ich mit meinen Holzschuhen für einen Moment stehen bleiben konnte. Oder ich schob die Winterschuhe energisch in den Schnee und blieb einige Sekunden so stehen. Er wollte wissen, was ich da trieb.

Wir gingen in Ericssons Obst- und Käsegeschäft, nur damit Papa griesgrämig feststellen konnte, dass dort alles zu teuer war; es reichte gerade mal für ein Stück Käse. Wir besuchten die Abteilung für Glaswaren und Einrichtungsgegenstände im Kaufhaus Sigma. Papa wollte das meiste haben, kaufte aber nur selten etwas. Wenn überhaupt, entschied er sich nach langem Hin und Her für einen mundgeblasenen Delfin oder einen Kerzenständer. Schmuckgegenstände, keine Gebrauchsartikel.

Im Möbelgeschäft Fjugesta saßen wir auf den Ledercouchs Probe und strichen mit dem Finger über die Messingleisten. Am liebsten hätten wir alles gekauft.

In der Köpmangatan gab es ein Geschäft mit richtiger Kunst. Papa durchstreifte es mit Kennermiene und betrachtete ausdruckslos Gemälde und Motive, die in seinen Augen so idiotisch waren, dass sowohl der Pinsler als auch sein Galerist des Landes verwiesen werden sollten – war nicht zu erkennen, was das Bild darstellen sollte, konnte man es unmöglich als Kunst bezeichnen. Warum waren nicht alle Künstler wie Anders Zorn und Bruno Liljefors?

Ich durfte in Zetterlunds Spielzeuggeschäft gehen, wo Papa so nervös wurde, dass ihm der Schweiß ausbrach. All meine Vorschläge waren entweder zu teuer oder ähnelten etwas, das ich schon hatte, oder würden nur herumliegen und Staub ansetzen, wenn wir heimkamen. Er fand, wir sollten lieber ins Kaufhaus gehen und stattdessen ein Buch kaufen oder Briefmarken, die weniger kosteten. Ich quengelte nie so lange, bis ich etwas bekam.

Das Tanzlokal Monaco in der Smedjegatan hatte eine Würstchenbude, in der ich die weltgrößte Portion Brühwürstchen mit richtigem Kartoffelpüree bestellte. Ich aß vier oder fünf Bissen. Papa hatte Appetit, meinte jedoch, er könne nicht probieren, denn nur Kinder und Kesselflicker dürften im Freien essen.

Papa trank sein Mittagessen im *Hinterstübchen*. Ein großes Bier, ich bekam Saft. Ein paar Männer lasen einsam am Tisch die Zeitung oder saßen einfach nur da und schauten ins Leere.

Papa nahm sich viel Zeit und war vollkommen auf sein Bierglas konzentriert, das er nur losließ, um sich eine Zigarette anzuzünden. Den Bierschaum auf der Oberlippe fing er mit der Unterlippe auf. Wir unterhielten uns nicht, wie wir es zu Hause taten. Er war schweigsam, trank aus und bestellte noch eins. Und noch eins. Hatte ich etwas aus dem Spielzeuggeschäft dabei, beschäftigte ich mich damit ein wenig.

Nach kurzer Zeit wurde mir sterbenslangweilig. Ich saß mit krummem Rücken und ließ die Beine baumeln, lieh mir von der Kellnerin einen Stift und zeichnete auf die Servietten. Flocht Schärpen und Halsketten aus langen Himbeerriemen, bekam ein paar Fünfundzwanzigöremünzen, um mit ihnen am einarmigen Banditen zu spielen. Den Arm bekam ich nur heruntergezogen, wenn ich mich an die große schwarze Kugel hängte, aber ich wusste immerhin, wie das Spiel funktionierte. Was ich gewann, verspielte ich sofort wieder. Wenn wir dann endlich gingen, war ich so froh, dass ich hüpfte.

Von der Kneipe aus liefen wir, solange es an den Samsta-

gen noch geöffnet hatte, zum Alkoholgeschäft in der Vasagatan. Die langen Schlangen wurden rasch kürzer. Papa kaufte
zwei Flaschen billigen ungarischen Rotwein und eine Flasche
Wodka der Marke Explorer oder anderen Schnaps.

Wir stellten uns mit der »Hände weg vom Alkohol«-Tüte
an die Taxirufsäule und Papa ärgerte sich darüber, wie lange
er kurbeln musste, bis er einen Wagen rufen konnte. Wenn
er in das schwarze Auto stieg, rückte Papa vorher seinen
Clubblazer zurecht. Er hatte ein Gefühl von Stil und Raf-
finesse. Ich fand die Taxifahrten peinlich. Irgendwie prole-
tenhaft.

Vor unserem Hauseingang suchte er ein paar Zehner zum
Bezahlen heraus, und ich bat ihn, mich mit dem Fahrrad
zu einer der Frauen in Skiljebo zu bringen. Tante Majken,
Tante Nina, Cousine Rosita, Großmutter… am Besten nicht
zu Großmutter, sie war ja so alt, und wir sahen uns ohnehin
dauernd.

Papa klopfte an die kleine Glasscheibe, und Majken öffnete die Tür zu dem gepflegten, gelben Backsteinbau.

»Åsa-Mücke, du bist's!«

»Kann das Mädel ein paar Stunden bei euch bleiben?«

»Aberja, aberja. Komm rein!«

Majken war viel älter als Papa und eher seine Mutter als seine ältere Schwester. Als Papa geboren wurde, war sie schon mit Alexej zusammen, dem Bruder meiner Großmutter Vera. Als Mama und Papa sich scheiden ließen, blieben ihre Familien also weiter in Kontakt. Die Beziehung war auch noch in anderer Hinsicht kompliziert.

Auch Majken und Alexej wohnten in Skiljebo, hundert Meter von Großmutter und Großvater entfernt. Majken, fröhlich, schick, schlank, fast schon hager, mit lockigen, rabenschwarzen Haaren, arbeitete als Sekretärin bei der Baugewerkschaft. Alexej, graduierter Ingenieur bei Asea, war ebenfalls eine elegante Erscheinung, etwas rundlicher, immer zu Scherzen aufgelegt und aufbrausend. Wer das Glück hatte, einmal von ihm gelobt zu werden, vergaß es nie.

Das Haus, bei dessen Bau Großvater geholfen hatte, war mit grünen Samttapeten, Chippendalemöbeln, Esszimmertischen, Kristallleuchtern und einem Steinwayflügel dekoriert, auf dem niemand spielte. Die Teppichfransen waren gekämmt. In der Kellergarage stand ein Mercedes, der Außenstehende leicht zu dem Glauben verleitete, dass die Besitzer eine bürgerliche Partei wählten.

In der oberen Etage wohnte meine Cousine Rosita, die

achtzehn war und ein bisschen an die Schauspielerin Lena Nyman erinnerte, vor allem, wenn sie lächelte. Sie arbeitete in der Lungenklinik und rauchte eine Schachtel Zigaretten pro Tag. Sie nahm sich Zeit für mich und war die Einzige, die Mama nicht verurteilte. Ich wollte so werden wie sie.

In der winzigen Küche buk Majken und kochte Wirsing mit Speck, während sie gleichzeitig für ihre Familie, Papa, Großmutter und Großvater und sicher auch noch ein paar andere wusch und bügelte. Fieberhaft mit tausenderlei Dingen beschäftigt, die alle erledigt werden mussten, hatte sie es immer eilig. Sie war genauso schlagfertig wie alle Geschwister Papas, hatte aber nie die Zeit, sich hinzusetzen und zu unterhalten, nicht einmal beim Sonntagsbraten und dem anschließenden Bienenstich. *Aberneinaberneinabernein*, antwortete sie auf alles. Oder *aberjaaberjaaberja*. Sie hatte keine Ahnung, worauf sie antwortete, da ihr die Zeit fehlte zuzuhören.

Sie nannte mich Åsa-Mücke oder Dummchen. Dummerle. Alexej nannte mich Familienmonster, aber Majken erklärte, so etwas dürfe er nicht sagen.

Ich weiß im Grunde nicht, was ich machte, wenn ich bei ihnen war, aber ich blieb, solange ich konnte, und übernachtete, wenn ich durfte. Majken war mit ihren Hausarbeiten beschäftigt, und ich blieb immer in ihrer Nähe, ohne dass wir etwas Spezielles miteinander gemacht hätten. Wir sangen zu Tore Skogman *Das kleine süße Fräulein vom See Fryken, wurd Miss Värmland dieses Jahr* – und ich sagte, dass ich ihr eine schöne Gesangsstimme kaufen würde, wenn ich groß wäre. Sie lachte.

Im Flur stand das Kobratelefon auf einer Kommode mit Schubladen voller Schminkutensilien. Rosita brachte mir bei, mir die Wimpern zu tuschen. Ich spuckte auf die trockene Fläche und zog fest und schnell mit der Bürste darüber, so dass sie weich und zähflüssig wurde. Alte Schminke durfte ich mit nach Hause nehmen. Als ich sieben war, fing ich an, mich regelmäßig zu schminken. Mama und meine Lehrerin Margit waren entsetzt. Wurden meine Wangen von Tränen schwarz gestreift, wischte ich sie an den Hemdsärmeln ab.

Sonntags badete ich in dem kleinen Badezimmer mit den weinroten Kacheln. Die Wanne füllte sich mit Wasser und Badeschaum mit Kiefernadelduft. Der Schmutz verschwand von meinem spindeldürren Körper. Majken holte den heißen Lockenstab, die Locken steckte sie dann mit Haarnadeln fest, damit ich am Montag mit dünnen, kupferroten Korkenzieherlocken in die Schule gehen konnte. Am Abend lieferte sie mich mit einer Papptüte frisch gewaschener Kleider bei Papa ab.

Ebenso oft war ich bei Mamas älterer Schwester Nina und ihrem Mann Guido. Sie wohnte ebenfalls in Skiljebo, in Mamas Elternhaus in der Funkisgatan. Västerås war eine große Stadt, aber Papas und meine Welt glich einem kleinen Dorf mit wenigen Straßen.

Das Haus war quadratisch, hatte eine Fassade aus grauen Eternitplatten und stand in der Ecke eines großen Gartens, der zum Glück für alle, die nicht die Verantwortung für ihn hatten, sein eigenes Leben führte. In ihm gediehen Leberblümchen, Astern, Schlüsselblumen, Himbeersträucher mit Beeren so groß wie Wichtelmützen und Herzkirschenbäume, die an die Sterne rührten. In einem Gewächshaus mit zerbrochenen Scheiben veredelte Guido Zucchini und Bohnenpflanzen zu Gemüse, mit dem er süditalienische Mahlzeiten zubereitete.

In der Küche mit ihren grünblauen Schränken dufteten die Wände süßlich von den Hunderten Liter Olivenöl, die im Laufe all der Jahre in den Töpfen auf dem Herd ohne Dunstabzugshaube geköchelt hatten. Auf der Arbeitsfläche standen eine Schneidemaschine für Prosciutto und ein Haufen selbstgebackene helle Brötchen mit braungebrannter Kruste. Hier bereitete Guido Focaccia, Cannelloni und gratinierte Muscheln zu. Sonntags holte Nina oft die Nudelmaschine heraus, und kurz darauf war die ganze Küche voller Besenstiele und Gardinenstangen, die auf Stuhlrücken lagen und über die wir die Tagliatelle zum Trocknen hingen. Aus der oberen Etage schallten Marianne Faithfull und Ulf Lundell herab. Dort oben wohnte mein Cousin Andrea, dreizehn Jahre älter als ich. Er paukte nachts und schlief tagsüber. Intelligent, unruhig. Ein Anarchist. Er wartete darauf, dass ich groß genug sein würde, um John Dos Passos lesen zu können.

Im großen Zimmer stand ein klobiges Regal voller Bücher und Onkel Elis' alte Tretorgel, auf der niemand spielte. Elis, seit ein paar Jahren tot, war der Bruder von Ninas und Mamas Großmutter Lisa gewesen. Ein Einsiedler, der auf seine Hände gepinkelt hatte, um seine Ekzeme zu behandeln, und mit seinem eigentümlichen Benehmen Anekdoten schuf, die liebevoll weitergegeben wurden. Im Vergleich zu ihm wirkte jeder andere völlig normal.

Im Keller roch es nach feuchtem Zement. Dort standen der große Heizkessel, der gerne einmal kaputtging, und die altmodische Toilette, die dauernd lief. Die Türen waren schwer und quietschten laut, die Farbe auf den Türrahmen war vergilbt und blätterte ab. Das Haus war in jeder Hinsicht vernachlässigt, aber alle, die jemals in diesem merkwürdigen Bau waren, liebten es und seine Geschichte und die Menschen, die es bewohnten.

Nina las lieber ein Buch und löste Kreuzworträtsel, als die Speisekammer zu putzen. Auf dem Küchentisch lagen stapelweise Bücher, Illustrierte und Bridgezeitschriften. Sie war fünf Jahre älter als Mama, bezaubernd üppig und sah größer aus, als sie war, mit ihrem großen schwarzen Dutt mitten auf dem Kopf, der wie eine halbe Grapefruit aussah. Sie war technische Zeichnerin bei Asea und engagierte sich in der Schwedischen Angestelltengewerkschaft. Großzügig mit ihrer Zeit umgehend beschäftigte sie mich das ganze Wochenende. Nähte, zeichnete Papierpuppen und spielte Spiele, unterhielt sich aber vor allem mit mir. Die trivialsten Themen bekamen Bedeutung, und es wurde möglich, auch über heikle Dinge zu sprechen. Sie hatte es niemals eilig und verstand Menschen jeden Alters. Sie war witzig, radikal, völlig vorurteilsfrei und ohne moralischen Zeigefinger.

Sie nannte mich Knirpschen. Oder Mümmelchen.

Guido war in Taranto geboren und kam 1947 nach Schweden, als Asea händeringend Arbeitskräfte suchte und Italien zerbombt war. Seine Eltern hatten ein vornehmeres Restaurant besessen, aber dann hatte Mussolini befohlen, Kupfertöpfe und andere Küchengerätschaften zu Munition einzuschmelzen. Das wäre für jeden ein harter Schlag gewesen, ganz besonders jedoch für sie, die Sozialisten waren. Trotzdem war es natürlich keine Erklärung dafür, dass sein Vater gleichzeitig alles versoff, was sie besaßen.

Onkel Guido war klein und untersetzt, sein Körper von schwarzen, gekräuselten Haaren bedeckt. Er schien niemals zu frieren und lief praktisch immer nur in Unterhose oder blauen Shorts herum. Es war schwierig, nicht den Klößchennabel und seine große, wohlgeformte Nase zu bemerken. Im Mundwinkel hing eine John Silver, die er eigentlich gar nicht rauchte. Von Zeit zu Zeit verlor sie ihre Asche, die in den Pelz auf seinem Brustkorb fiel, in dem sich auch eine Goldkette mit Kruzifix ihren Weg bahnte. Er wusch sich an einem Waschbecken neben der Küche, rasierte sich mit einem Messer und wollte hinterher einen Rasurkuss haben. Warf er sich in Schale, war er Aufsehen erregend elegant. Ein Zauberer auf der Tanzfläche. Kinderlieb.

In der Funkisgatan drehte sich alles ums Essen. Jede Mahlzeit beendete Guido mit der offenherzigen Feststellung, dass er in seinem Leben noch nie so lecker gegessen hatte, um sich anschließend zu erkundigen, was wir beim nächsten Mal essen wollten, in vier Stunden. Er saß über seinen Teller gebeugt und ging mit der Gabel auf das Essen los, kaute schnell und gründlich und saugte die Tomatensauce oder die Minestrone mit Brot auf. Solange er aß, blieb er stumm, manchmal legte er jedoch die Gabel ab, um die Finger zu zwei Tulpenknospen zu formen, die er in kleinen Kreisen bewegte, wenn er etwas zu erklären versuchte. Er konnte den Mund nicht aufmachen, ohne dass wir lachten, bis wir keine Luft mehr bekamen. Beleidigt bat er Nina zu übersetzen.

Am meisten lachte Papa. Er machte sich über Guido lustig, um sich selbst stärker zu fühlen.

Papa hatte einen Sommer in Taranto verbracht und nicht die Absicht, dies zu wiederholen. Italien – dieser stinkende Morast aus unsortierten Ruinen – wurde von arbeitsscheuen Hysterikern bevölkert. Die Kanalisation führte ins Meer.

»Wer da schwimmen gegangen ist, hat einen Scheißhaufen in den Mund bekommen. Nichts hat funktioniert, alles war kaputt. Du verstehst schon, was für ein Land das ist.«

Guido seinerseits fand, dass Papa für das Ganze, was er in sich hineinkippte, eine Ohrfeige verdient hätte. Er selbst trank mit Augenmaß.

Amore mio, sagte Onkel Guido und nannte mich seinen ersten Lieblinge. Wenn ich ihn einfach nur Guido nannte, war er tödlich beleidigt.

»Ich binne deine Onkel! Onkel Guido ich heiße, sonste nichts. Verdammte Teufel in Hölle, du, meine erste Lieblinge, darfst nie mehr vergessen«, sagte er und zeigte mit dem Rest seines Zeigefingers auf mich, mit dem er bei Asea einmal in einer Presse hängen geblieben war.

Irgendwie schaffte er es immer, für Konfusion zu sorgen, er landete am falschen Ort, schloss aus Versehen jemanden ein, vergaß seinen Pass, brach sich an Heiligabend das Schlüsselbein, verlor seine Badehose im Schwimmbecken, oder es passierte irgendetwas anderes, was er lachend mit den Worten abtat, dass es für Nina jedenfalls nie langweilig sein würde, mit ihm verheiratet zu sein.

Guido war abwechselnd Vorsitzender oder Schatzmeister oder etwas anderes von Bedeutung und Gewicht im Italienischen Verein. Am Küchentisch in der Funkisgatan, an dem in den vierziger und fünfziger Jahren Mitglieder der kommunistischen Partei gesessen hatten, hockten nun stets ein oder zwei Italiener und tranken Kaffee, rauchten, lachten heiser und diskutierten. Die Küchentür ging auf, und jemand, der gerade nach Italien und wieder zurück gefahren war, stolperte mit einem Kanister Olivenöl, frischem Parmesan, Granatäpfeln und einer Holzkiste voller Zitrusfrüchte herein. Wer einen runden Geburtstag feierte, bekam einen lebenden Hahn, der geköpft und zubereitet wurde. Die Italiener stritten sich und hielten zusammen. So war auch das Leben in der Funkisgatan. Viel Streit, viel Liebe. In der einen Sekunde lachte Nina so, dass sie sich fast in die Hose machte, in der nächsten kanzelte sie Guido dermaßen ab, dass ihr bezauberndes Doppelkinn rollte.

Ich versuchte bis Sonntagabend wegzubleiben. Papa hatte das ganze Wochenende geschlafen, sich nur manchmal mit zerknautschtem Gesicht aufgerappelt und die Tür zum Vorratsschrank geöffnet, in dem die Flaschen standen und ihren Inhalt verloren. Den Mund öffnete er nur, um zu sagen, Mist, jetzt geht's bald wieder los. Bald heißt es wieder arbeiten gehen.

Großvater rief uns jeden Morgen um Viertel nach sechs an, er hatte Angst, wir könnten verschlafen. Er konnte unmöglich akzeptieren, dass seine Zeit in den Metallwerken vorbei war, und so lief er als Rentner immer noch wie ein Wachhund herum und sorgte dafür, dass alles funktionierte und seine Söhne an ihrem Platz in der Fabrik waren. Manchmal kam er mit seinem Zweitschlüssel in unsere Wohnung, wenn wir noch schliefen, setzte sich auf einen Stuhl neben dem Bett und wartete, bis es Zeit wurde, uns zu wecken. Er lehnte sich vor und stieß Papa mit einem sehnigen Arm an.

»Aufwachen, Leffe! Leffe! Zeit, zur Arbeit zu gehen, Leffe! Steh auf, Mädel!«

Es war unheimlich, im Dunkeln von dem alten Mann aus dem Schlaf gerissen zu werden. Papa, zunächst erschrocken und anschließend gekränkt, schoss in Unterhose in die Höhe und begann zu schimpfen. Großvater stellte ungerührt den Stuhl auf seinen Platz und fuhr zu Großmutter zurück, nur um das Gleiche ein paar Tage später zu wiederholen.

Wenn Papa auf dem rechten Ohr schlief, lief er Gefahr, den Wecker zu überhören, da er auf dem linken fast taub war. Das wusste Großvater.

Drei Minuten nach sieben steckte Papa seine Stechkarte in die Stechuhr. Vorher lieferte er mich in der Kita ab und ein paar Jahre später im Hort. Er musste mich mehrmals wecken und auf die Schnelle heraussuchen, was an Kleidern da war. Das ging flott, wir wuschen uns auch jetzt nicht und frühstückten nicht.

Das Einzige, was ein wenig Zeit in Anspruch nahm, war Papas allmorgendliches Erbrechen.

Er stand leicht vorgebeugt, auf den linken Unterarm gelehnt, über dem Küchenausguss. Der rechte Arm lag gegen die Spüle gepresst, der Daumen rieb über den Zeigefinger. Er würgte inhaltslosen, dünnen Schleim, gelb vom Bier des Vortags, aus sich heraus. Schaute beherrscht auf und zum Fenster hinaus, würgte noch etwas. Der Daumen streichelte den Zeigefinger, jetzt langsamer. Wenn wir gehen wollten, musste er sich erneut übergeben. Ich wartete im Flur, hörte, wie er kurz Wasser in das Becken laufen ließ, ohne es richtig sauber zu machen.

»Das sind die Nerven«, sagte er.

Dann ging's aufs Fahrrad, ich auf den Gepäckträger.

Ich kann mich nicht erinnern, jemals irgendeinem begegnet zu sein. Alle anderen saßen beim Frühstück. Lasen Zeitung, hörten Radio, machten das Bett, suchten saubere Kleider aus dem Schrank.

Ich war immer das erste Kind in der Kita. Hatte Papa auf der Arbeit viel zu tun, war ich da, bevor sie überhaupt aufmachten.

»Es kommt bald jemand«, sagte er und setzte mich vor der Eingangstür ab.

Ich stand vor dem abgeschlossenen, zweistöckigen Gebäude aus weißen Backsteinen alleine in der Dunkelheit und sah zu den Mietshäusern hinauf, in denen eine nach der anderen die Küchenlampen angingen. Spuckte gelben Rotz in den Schnee, zog die Hände in die Jackenärmel. Trat auf der Stelle, um die Kälte und die Angst in Schach zu halten. Ich wartete darauf, dass unsere Köchin Gun zwischen den Häusern auftauchen würde.

»Bist du das, Åsa?«, fragte sie und ließ mich in die große Küche. Gun tischte heißen Kakao und Kekse mit Butter auf. Wenn die Erzieherinnen kamen und entdeckten, dass ich schon da war, sagte Gun stets, sie und ich seien gleichzeitig gekommen. Ich hatte mit vielen Erwachsenen Geheimnisse.

»Wie konntest du das nur tun?«, fragte ich Papa, wenn er mich abholte. »Ich hatte Angst, es war dunkel!«

Seine Antwort lautete immer gleich.

»Was sollte ich denn sonst tun?«

Manchmal machte er so etwas auch, obwohl es überhaupt nicht nötig war. Stand auf wie üblich, brachte mich zur geschlossenen Kita oder dem Hort, sagte mir, dass bald jemand kommen werde, und radelte weiter. Ein paar Minuten später holte er mich wieder ab und fuhr heim, legte sich ins Bett und schlief wieder ein. Er hatte die ganze Zeit gewusst, dass Sonntag war, und nur das Gefühl auskosten wollen, auf halbem Weg umkehren zu können: Ich scheiß auf das Ganze, ich fahr lieber wieder nach Hause und leg mich schlafen!

Wenn ich nicht zu den Metallwerken gehe, läuft da gar nichts mehr, sagte Papa. Einmal hatte er einen Hexenschuss und konnte nicht arbeiten gehen, ein anderes Mal war er wegen eines gebrochenen Schlüsselbeins krankgeschrieben. An allen anderen Tagen ging er zur Arbeit.

Die Krankenversicherung lag gegenüber vom Arbeitsamt, sie teilten sich dieselbe Rolltreppe. Als Papa wegen des Schlüsselbeins zu Hause bleiben musste, waren wir dort, um das Krankengeld abzuholen. Wir nahmen die lange Rolltreppe nach oben und gingen nach links. Ich drehte den Kopf und sah durch die Glastüren des Arbeitsamts, wie Mama einem Arbeitslosen beim Ausfüllen eines Formulars half. Ich wäre niemals auf die Idee gekommen, Papa zu fragen, ob wir hineingehen und Guten Tag sagen könnten. Keiner von beiden hätte das gewollt.

Bei der Krankenversicherung brach Papa vor lauter Angst der Schweiß aus, er fürchtete, es würde Probleme mit dem Attest oder etwas anderem geben. Hinterher war er erleichtert. Wir gingen ins Sigma und kauften eine Keramiksparbüchse, die wie Gunnar Sträng geformt war.

Papa hatte überall Schmerzen, sein Körper tat ständig weh. Den geschundenen Rücken und die verspannten, geschwollenen Schultern versuchte er zu lockern, indem er sich überall, wo er hinkam, mit geballten Fäusten schlug. An manchen Abenden war seine Müdigkeit so groß, dass er fürchtete, das Bewusstsein zu verlieren.

»Wenn ich ohnmächtig werde, musst du bei Eldéns klingeln.«

»Wie ist man, wenn man ohnmächtig wird?«

»Du merkst schon, wenn ich ohnmächtig werde.«

Es gab eine Räumlichkeit in der Nähe der Metallwerke, in der Männer in Reihen auf Pritschen lagen und wegen ihrer Rückenbeschwerden von einer Frau in einem weißen Kittel mit Wärme behandelt wurden. Der Raum hatte eine hohe Decke und einen Holzfußboden, und die Türen waren groß und schwer. Altmodisch, wie aus einem Schwarzweißfilm. Ich wurde gebeten, mich hinzusetzen und auf einem Stuhl zu warten, lief aber immer wieder zu Papa, um mit ihm zu reden. Er wirkte bedrückt.

Auch ich war nur selten krank, eine Schachtel Aspirin reichte für meine gesamte Kindheit. Wenn ich ausnahmsweise doch einmal Fieber hatte, zwang Papa mich, trotzdem in die Kita zu gehen. Wenn es mir zu schlecht ging, wollte das Personal der Kita ihn anrufen. Ich flehte sie an, es sein zu lassen.

»Das geht nicht! Papa ist Metallvergütungsmeister, wenn er weg ist, kann keiner den Stahl machen.«

Konnte ich trotz allem nicht in die Kita gehen, kam Großvater angetrottet. Er setzte mich auf den Gepäckträger
und fuhr uns zum See, wo wir Enten fütterten oder eisan-
gelten. Majken oder Onkel Olles Märta gingen mit mir zur
Kinderambulanz, Papa erklärte, er müsse arbeiten. Doktor
Swahn war Kinderarzt in Viksäng und sah aus wie Onkel
Blau aus dem Kinderbuch mit silberweißen Haaren. Mit trockenen, kühlen Händen tastete er Bauch und Hals ab. Er
zog das Gummiband aus der Unterhose, um nachzusehen,
ob es sauber war. Er fragte mich, ob ich in einem eigenen
Bett schlief, sagte, ich sei ein braves Mädchen.

Für seine Umgebung war Papa voller Widersprüche. Seine
Geschwister bewunderten ihn dafür, dass er so hart arbeitete, Lob, das er auch aus den Metallwerken gewöhnt war,
gleichzeitig schimpften sie über ihn, weil er solch ein Taugenichts war.

Er selbst fühlte sich wie ein Arbeitstier, das allen egal war.
Ausgenutzt, ausgebeutet und unterlegen, ohne Stellung und
Position in der Gesellschaft, auch wenn er es nie so formu-
lierte. Stattdessen erklärte er, dass er der beste Metallvergüter in ganz Schweden war. Er habe gehört, dass es irgendwo
im Land noch jemanden gebe, der fast genauso geschickt sei
wie er, aber eben nur fast. Er sei die Nummer eins.

»Wenn du mich mal auf der Arbeit anrufen musst, bit-
test du darum, mit Metallvergütungsmeister Leif Andersson
sprechen zu dürfen!«

Er wurde zum Vorarbeiter der Metallvergütung befördert.
In der Werkszeitung der Metallwerke erschien eine Repor-
tage über seine Abteilung. Das Foto der Arbeiter war das
Einzige, was ich von seinen Arbeitskollegen je zu sehen be-
kam. In der Bildunterschrift wurde er als »Vorarbeiter Leif
Andersson« vorgestellt.

»Siehst du, was da steht? Vorarbeiter Leif Andersson!
Und wer ist das? Tja, das bin ich!«

Er verwahrte die Zeitung in der Küchenschublade auf und
holte sie ab und zu heraus, um sich selbst zu bewundern.

Papas gesamtes Selbstwertgefühl basierte auf seinen beruflichen Fähigkeiten, trotzdem hasste er es, arbeiten zu
gehen. Die Metallwerke nannte er Mentalkerker, aber das
durfte ich niemandem erzählen.

Die Metallwerke schrieben schwarze Zahlen, phasenweise
war die Auftragslage sogar so gut, dass Papa auch am späten
Abend oder mitten in der Nacht arbeiten musste. Ich musste
mitkommen. Hin und zurück, hin und zurück, brachte er
uns zu den Mentalkerkern und wieder heim. Meldete uns
beim Wachmann an den Werkstoren an, stempelte seine
Stechkarte in der Stechuhr ab, zündete sich eine Zigarette
an. Holte Sachen aus dem Ofen – »die Dinger« nannte er sie,
wenn ich fragte, was es war –, bearbeitete sie, legte sie zurück oder legte neue hinein. Ich sah nur seinen Rücken und
wie sich seine Arme routiniert und entschlossen hoben und
senkten. Er machte eine Pause, zog an seiner Zigarette und
strich sich mit der Hand durchs Haar.

Er machte nur in dem Raum, in dem er arbeitete, das
Licht an. Ringsum gab es flache Wasserbecken, in die die
heißen Gegenstände schnell geworfen werden konnten. Ich
hatte Angst, das Gleichgewicht zu verlieren und ins Wasser
zu fallen. Er sagte, es sei für mich zu gefährlich, mich im selben Raum aufzuhalten wie er, also blieb ich in dem größeren
dunklen und schaute zu ihm hinüber, während er an einem
anderen Ende der Welt schwitzte. Wir waren ganz allein, in
seiner Abteilung arbeitete man nicht in Schichten.

Ich begriff nie, was er da machte oder was der Sinn seiner
Arbeit war. Er erklärte mir, sie stellten Spezialteile her, unter
anderem für Volvo, aber das reichte nicht, um mich davon

abzubringen, in den Metallwerken einen stockfinsteren Ort zu sehen, an dem unverständliche Dinge geschahen.

Es ging schnell. Er nahm seine Stempelkarte und zündete sich eine Zigarette an, während er darauf wartete, dass die Stechuhr auf die volle Minute umschlug. Es dauerte eine Ewigkeit.

»Drecksding!«, sagte er einmal und versetzte der Uhr mit harter Faust einen Schlag.

Sie reagierte nicht. Er bekam Angst.

»Verdammt, erzähl das bloß keinem, was ich da gerade getan habe! Das könnte übel ausgehen, verstehst du.«

Wenn er uns durch die Nacht radelte, hatte ich Mitleid mit uns beiden. Nie erschien mir die Pilgatan so endlos lang und wirkten die roten Ampeln an der Kreuzung Björnövägen so wütend. Fahr nach Hause, Åsa!, schrien sie. Du darfst nicht hier sein! Warum liegst du nicht im Bett und schläfst?

Die Neonreklame an der geschlossenen Imbissbude leuchtete, und ich war mir unsicher, ob ich wirklich lesen konnte. Tropical, was sollte das bedeuten? Warum stand da nicht Tropen-Kalle?

Papa schien unter der nächtlichen Arbeit nicht zu leiden. Er wusste, dass ihn der Werkmeister loben würde. Er taugte zu etwas.

»Jetzt haben wir viel Patte zusammenbekommen«, sagte er jedes Mal, »aber erzähl den Tanten in der Kita bloß nicht, dass wir heute Nacht gearbeitet haben, das geht die nichts an.«

Es gab vieles, was ich nicht erzählen durfte. Zum Beispiel, dass er die Heizkörper entlüftet und den ganzen Küchenfußboden unter Wasser gesetzt hatte. Stundenlang wischten wir mit allem, was wir zur Hand hatten. Jedes einzelne Laken wurde aus den Schränken geholt, und es knirschte wie Harsch, als wir die alten, gemangelten Stoffbahnen auseinanderfalteten. Schließlich schlief ich auf dem Teppichboden im Flur ein, den Kopf Papa zugewandt, der jammerte, dass wir keine Hausratsversicherung hätten und es eine verdammte Scheißkatastrophe wäre, wenn das Haus einen Wasserschaden abbekommen würde.

»Erzähl den Tanten in der Kita nichts davon! Und sag um Himmels willen Großvater nichts!«

Wenn Papa zur Kita kam, blieb er im Eingangsflur stehen. Ich zog mich schnell an. Die Erzieherinnen sagten ein paar freundliche Worte, und Papa antwortete schüchtern. Seine Dankbarkeit für die Kinderbetreuung und alle, die dort arbeiteten, kannte keine Grenzen. Es gab nichts zu kritisieren, nichts, worüber er sich geärgert hätte. Das lag auch an einer gewissen Furcht. Für ihn verkörperte das Personal der Kita die Behörde, es war der verlängerte Arm der Obrigkeit.

Einmal kam er zu einer Art Elternkaffee. Er war unübersehbar nervös, entspannte sich aber, als er begriff, dass er der einzige Mann unter all den Müttern und Erzieherinnen war. Er begann zu scherzen und fühlte sich vom Lachen der Frauen ermutigt.

Er kannte unzählige lustige Anekdoten.

Am Ende stand er wie in Trance auf und erzählte einen Witz nach dem anderen. Er spulte sie gleichsam mit einem sanften und lockeren rechten Arm ab, wie er es sich bei dem Komiker Roffe Bengtsson abgeguckt hatte. Er wollte überhaupt nicht mehr aufhören, nicht einmal, als sie das Porzellan zusammenstellten, fand er ein Ende.

»Verdammt, haben die gelacht!«, kicherte er, als wir heimkamen. »So viel Spaß haben die Tanten da noch nie gehabt, darauf kannst du einen lassen!«

Ich fand es peinlich, dass er einen Witz erzählt hatte, der auf unserer Platte mit Magnus und Brasse war, bei dem die empört vorgetragene Pointe des einen Komikers etwas mit »Beischlaf auf der Toilette« zu tun hatte. Papa fand das urkomisch, jedes Mal hob er den Tonarm an, um die Nadel kurz vor dem Höhepunkt wieder aufzusetzen:

… Beischlaf auf der Toilette … Beischlaf auf der Toilette …
Er konnte von diesem Witz – von diesem Wort – nie genug bekommen, und jetzt hatte er ihn auch noch vor all den Erzieherinnen und Müttern erzählt, die so lachten, dass ihnen die Luft wegblieb.

Nach diesem Abend fühlte sich Papa jedes Mal, wenn er mich abholte, aufgefordert, lustig zu sein. Das quälte ihn. Das Schlimmste, was es überhaupt gebe, sagte er, seien Menschen, die an Charmedurchfall litten – sie waren unzuverlässig, es fehlte ihnen an Integrität –, und nun lief er Gefahr, als solch ein Mensch wahrgenommen zu werden.

Papa ging zu keinen Elternabenden mehr, und das war auch gut so. Er wurde sich selbst bei solchen Anlässen nicht gerecht. Aber er kam zur Schulabschlussfeier am Ende des fünften Schuljahrs. Mama und er saßen nebeneinander in der Aula der Viksängsschule, ich weiß nicht, was sie veranlasst hatte zu kommen. Sie sahen gut aus zusammen. Der Rektor wünschte allen einen schönen Sommer, und Mama hetzte weiter zur Arbeit. Papa hatte sich den ganzen Tag freigenommen und hatte es nicht eilig, nach Hause zu kommen. Er war meiner Lehrerin Ingeborg noch nie begegnet, und sie fragte ihn, ob er das Klassenzimmer sehen wolle.

Er schaute sich um. Im Raum, der vor den Sommerferien geputzt worden war, hingen die Dünste vom Alkohol. Man hatte die Zeichnungen von den Wänden genommen, die Pulte gewischt.

»Und hier reden sie dann über Axel von Fersen und so was, nicht wahr.«

»Na ja, nun ja, im Herbst fangen wir mit der französischen Revolution an.«

»Ja, ja, natürlich. Das klingt doch toll.«

Als wir heimgingen, fragte er mich, ob ich mich an die zweite Hälfte von diesem Alphabetvers erinnern könne, den wir tausend Mal gelesen hatten.

»Du weißt schon, von diesem verrückten Hellsing. ›Ingeborg, Ingeborg, dein Korb ist aus Kork.‹ Ich musste die ganze Zeit an den Vers denken und bin einfach nicht auf die Fortsetzung gekommen.«

»Das war vielleicht auch gut so.«

»Stimmt, das war sicher ein Glück.«

Er sagte, Ingeborg sei ein schöner Name. Seine Mutter heiße zum Beispiel so.

»Das ist eine verdammt gute Lehrerin, was?«

»Sie ist supergut.«

»Kann ich mir denken. Aber wie geht jetzt dieser Reim?«

Mama ging zu den Elternabenden, von denen sie erfuhr. In den ersten Klassen stellte sie in Frage, dass wir morgens immer das Vaterunser sprachen und geistliche Lieder sangen. Dass man uns zwang, Gott zu bitten, unser Essen zu segnen und Gott für das Essen zu danken, Amen. Lehrerin Margit entgegnete, es sei gut, die geistlichen Lieder im Falle zukünftiger Kirchenbesuche als Erwachsener zu lernen. Wenn das so ist, sagte Mama, sollten die Kinder dann nicht auch im Falle zukünftiger Kundgebungen am 1. Mai die »Internationale« lernen? Sie wollte wissen, warum das Klassenzimmer eine Schandecke hatte. Und warum mussten die Kinder am Lehrerpult knicksen und einen Diener machen?

»Die Schule soll ausbilden, nicht erziehen! Die Schüler sollen Demokraten werden, für Gleichberechtigung eintreten.«

Die anderen Eltern schwiegen.

Mama hatte etwas gegen das Notensystem. Lehrerin Margit hatte etwas gegen Mama. Antiautoritärer Unterricht in einem Sitzkreis auf dem Fußboden, damit sollten sich andere befassen.

Schule und Hort lagen getrennt, Papa wechselte täglich ein paar Worte mit den Erzieherinnen dort, meiner Lehrerin begegnete er dagegen nur selten. Ich erzählte ihm von »Ehre sei Gott in der Höhe«, und er meinte, es sei ein Skandal, dass solche alten Schabracken Kinder unterrichten dürften.

Zu Hause, wo ihn außer mir keiner hörte, hatte Papa ein bissiges Mundwerk. Im Kontakt mit anderen hörte ich ihn nie etwas Unfreundliches sagen.

Wenn er beim Elternsprechtag Margits Klassenzimmer betrat, gingen die Schultern hoch, und seine Füße suchten Kontakt zueinander. Er hatte Angst, selbst benotet zu werden.

Margit zeigte ihm meine Schulbücher.

»Åsa ist sehr gut in der Schule. Sehr gut in allen Fächern.«

Papa entspannte sich und tastete mit der Hand nach der Zigarettenschachtel, hielt jedoch inne. Margit zeigte ihm eine Zeichnung des barmherzigen Samariters und sagte, dass ich mich offenbar ganz besonders für Religion interessiere.

»Ja, oh ja, das tut Åsa! So was ist ja interessant. Und auch wichtig.«

Sie holte ein Formular heraus, das Papa unterzeichnen sollte. Er wurde wieder nervös. Sein Mundwinkel zuckte, als er konzentriert und schweigend seinen Namen schrieb. Leif Andersson. Die Buchstaben f und A verband er schnörkelig. Wir verabschiedeten uns, und Margit stellte sich ans Fenster und musterte im Licht der Abendsonne seine Unterschrift.

»Leif!«, rief sie. »Leif, Sie haben eine wirklich schöne Handschrift!«

Als wir gingen, war Papa gut gelaunt. Die verdammte Schabracke war ja in Wahrheit eine verdammt gute Schabracke. Aber sie hatte einen breiten Arsch, die gute Frau! Gott musste zu Scherzen aufgelegt gewesen sein, als er diese Hinterfront schuf.

Lehrerin Margit sagte, ich sei die Klassenbeste, mit selbstverständlicher Autorität sortierte sie und stellte Ranglisten auf. Trotzdem bekam ich in den drei Jahren bei ihr keinen einzigen Goldsternaufkleber. Sie schien sich nicht dazu durchringen zu können, ein Schreibheft zu vergolden, das einem derart schmutzigen und seltsamen Kind gehörte, sie begnügte sich damit, mit blauem Kugelschreiber hastig einen Stern zu malen. Einmal bekam ich einen roten, und Papa war entsetzt. Die Tante musste herausgefunden haben, dass wir Bolschewisten waren.

In der vierten Klasse wurde Helene meine beste Freundin, die Einzige in unserer Klasse, die nicht in einer Wohnung lebte. Helenes Mutter arbeitete halbtags bei der Post und ihr Vater in dem Computerunternehmen Telub. Sie war süß, hatte lange dicke Haare und trug teure Kleider. Es wunderte mich, dass sie meine Freundin werden wollte, aber Vorurteile waren ihr vollkommen fremd. Sie war großzügig, lustig, ehrlich. Hätte ich sie nicht gehabt, hätte ich wahrscheinlich niemanden gehabt. Ich mochte sie so sehr, dass es körperlich wehtat, und ich wünschte mir, dass sie eines Tages in eine Situation geraten würde, in der ich sie verteidigen durfte statt umgekehrt.

Wir blieben bis zum Ende des Gymnasiums beste Freundinnen. Papa war begeistert. Beeindruckend fand er nicht zuletzt, dass sie niemals zu schwitzen schien und in weißen Schuhen herumlaufen konnte, ohne dass diese auch nur ansatzweise schmutzig wurden.

Über das Universum konnte Papa berichten, dass die Sonne ein Stern war und die meisten Sterne größer waren als die Erde. Er wusste, dass die Hauptstadt der USA Washington war und nicht New York, wie viele glaubten. Genauso wusste er, dass Afrika ein aus mehreren Ländern bestehender Kontinent war. Außerdem gab es nichts, was Amerika hieß – es musste Nordamerika und Südamerika heißen. Obwohl die Banditen im Weißen Haus natürlich dachten, ihnen würde alles gehören.

Papa war sechs Jahre in die Volksschule gegangen und hatte weiß Gott keine gute Allgemeinbildung. Aber er war ein denkender und kritisch argumentierender Mensch. Das Problem war nur, dass er außer mir niemanden zum Diskutieren hatte. Die Wortwechsel mit Großvater nach dem Zander zum Abendessen blieben kurz. Großvater hielt eine Rede, seine rechte Hand öffnete und schloss sich im Takt des hüpfenden Adamsapfels. Papa antwortete müde.

In der Küche in der Björkgatan war er unwirsch, ansonsten bestand seine Rolle darin, für Amüsement zu sorgen. Er lachte gern über sich selbst, reagierte jedoch zutiefst verletzt, wenn sich andere über ihn lustig machten. Weihnachten, im Kreise seiner Geschwister, wurde er zur allgemeinen Zielscheibe des Spotts, es sei denn, sie hatten es darauf abgesehen, ihm eine Standpauke zu halten. Er spielte mit, ohne zu zeigen, wie elend er sich fühlte. Manchmal schlug er mit einem charmanten Lächeln zurück – in seinem grobschlächtigen Körper rumorte ein spitzfindiger Spötter.

Es kam vor, dass seine Geschwister mich so weit brachten, bei ihrem Mobbing mitzumachen. Weihnachten saß ich einmal auf Majkens Chippendalecouch und zog Papa damit auf, dass er so hässlich war, was überhaupt nicht zutraf. Als wir heimkamen, sagte er, ich hätte ihn traurig gemacht, und er wollte von mir wissen, was mich dazu getrieben hatte. Stell dir mal vor, sagte er, stell dir mal vor, ich würde dich den Leuten als »meine hässliche Tochter« vorstellen, würde dich das nicht auch traurig machen?

Seine Weigerung, sich einzuordnen und wie andere zu benehmen, provozierte seine Geschwister. Sie bewunderten seine körperliche Stärke und sein berufliches Geschick, verstanden jedoch nie den verantwortungslosen Müßiggang, dem er sich hingab, sobald sein Arbeitstag zu Ende war, dass er sich das Recht herausnahm, sich nach einem harten Tagwerk freizunehmen. Sie vergaßen dabei gern, dass er sich mit allem allein durchschlagen musste, auch wenn ihm seine Eltern und Majken eine große Hilfe waren. Sie sahen nur, dass er immer pleite und angetrunken war. In ihren Augen war er ein verwöhnter Nachkömmling, der niemals erwachsen wurde. Wenn sie das sagten, fragte ich mich jedes Mal, welche Anforderungen an Erwachsene und welche Erfahrungen Papa ihrer Ansicht nach erspart geblieben waren.

»Leffe ist ein Bohemien«, flüsterte Tante Görel Großmutter zu.

Das war eine Erklärung, um die Großmutter nicht gebeten hatte.

»Was für ein Zeug? Was sagst du, was soll er sein?«

»Ein Bohemien, Mutter. Leffe ist ein Bohemien.«

»Jaja, natürlich ist Leif tüchtig. Der schlägt sich schon durch.«

Papa wiederum fand seine Geschwister primitiv. Sie lasen keine Bücher, hatten kein Interesse an anspruchsvollen Fernsehspielen und hatten ihm in wichtigen Fragen gedanklich nichts entgegenzusetzen. Er mochte sie, aber die Gespräche mit ihnen gaben ihm nichts – es war etwas anderes, als sich mit Tanja und ihrer Familie zu unterhalten. Er vermisste die Vorlesungen, die Tanjas Vater darüber hielt, wie Stanislawski *Mutter Courage* inszenierte. Natürlich hatte Julius ihm Minderwertigkeitsgefühle eingeflößt, aber auch das Gefühl, jemand zu sein, mit dem man über Dinge sprechen konnte, die über dem Niveau der Boulevardpresse lagen.

Papas Geschwister teilten die Menschen danach ein, wie sie sich benahmen. Großmutter und Großvater sortierten die Leute danach, ob sie hilfsbereit und anständig waren, Mama machte sich Gedanken darüber, wen die Leute wählten. Wenn Papa andere Menschen beurteilte, ging es um den Grad ihrer Intelligenz, willkürliche Urteile, zu deren Revision er sich selten veranlasst sah.

Bescheuerter kann man doch nun wirklich nicht sein, sagte er über alle möglichen Leute, vor allem aber über die Minister dieser gottverdammten bürgerlichen Dreiparteienregierung. Im Umkreis von Premierminister Fälldin gab es keinen einzigen Menschen, der noch alle Tassen im Schrank hatte. Die haben schlicht und ergreifend nichts in der Birne. Plemplem, das ist alles.

»Lücke, Lücke, Gehirnzelle, so sieht es bei den meisten im Schädel aus. Du verstehst, wie grauenvoll das ist!«

Im Großen und Ganzen, erklärte er, lässt sich ein erschreckend großer Teil der Bevölkerung in Idioten und verdammte Idioten einteilen.

Es bedurfte nur wenig, um ihn davon zu überzeugen, dass der Mensch, der vor ihm in der Schlange an der Supermarktkasse stand, nichts als Stroh im Kopf hatte.

»Total bescheuert.«

»Hat einen an der Waffel.«

»Nicht ganz dicht.«

»Irgendwie zurückgeblieben.«

»Schwachkopf!«

»Blindfisch!«

So stärkte er sein eigenes Selbstwertgefühl. Mehrmals täglich.

Papa sprach nur ungern über seine Schullaufbahn, erst in Gryta und dann in der Korsängsschule. In der einzigen Geschichte, die mir jemals zu Ohren gekommen ist, ging es darum, dass der sagenumwobene Chorleiter Bror Samuelsson, bekleidet mit einem aggressiven Cape und Baskenmütze, in die Klasse kam, um die Gesangskünste der Schüler zu beurteilen. Als er Papa kurzerhand für sangesuntauglich befunden hatte, bemerkte Papas Lehrerin schneidend, Leif könne sehr wohl singen. Ich glaube, es war sein einzig wirklich großer Moment in der Schule. Seine Noten waren durchschnittlich, und er wusste, dass ihn die Industrieschule der Metallwerke erwartete, sobald er vierzehn war, so wie es bei dreien seiner vier Brüder der Fall gewesen war. Für Großvater war es ganz selbstverständlich, seine Söhne bei der Firma unterzubringen, der er sein ganzes Leben gewidmet hatte. Nur Rolf blieb dies erspart. Erst im Alter sah er die Dinge anders.

»Mädel, ich hab diesen Bonzen Wallenberg mit mir selbst und meinen Jungen gefüttert. Und wer dankt mir das heute? Keiner!«

Als Arbeiter wird man geboren, erklärte Papa, es ist nichts, was man werden will. Gewänne er eine Million beim Lotto, würde er mit Sicherheit zum letzten Mal seine Stechkarte abstempeln, anschließend würde ein anderer den Stahl härten müssen. Wer das war, mochte den Vergütungsöfen möglicherweise egal sein, aber am liebsten brannten sie be-

stimmt für ihn. Er war trotz allem Schwedens bester Metallvergüter.

Papa hörte mich gern in Erdkunde und Geschichte ab, bekam aber Probleme, wenn ich mit Hausaufgaben in Englisch
zu ihm kam. Er beherrschte die Sprache nicht und hatte ge-
nerell etwas gegen England, weil es das langweiligste Land
der Welt war. Er kannte nur eine Hand voll Wörter wie *okay*
und *all right* – all right sprach er olrej aus. Stattdessen tat
er so, als würde er Englisch sprechen. Mit mir als Publikum
gestaltete er Dialoge, in denen er alle Rollen spielte, häufig
eine Szene in einem Luxusrestaurant, in der die Sympathien
bei der Bedienung lagen. Oder er sprach mit übereinander
geschlagenen Beinen und nonchalant auf dem Schoß liegen-
den Armen Monologe, in einer Hand die Zigarette und in der
anderen das Bierglas, wobei er sich vorstellte, es sei ein Glas
Whisky. Ich glaube, dass er den Iren Dave Allen nachahmte,
aber da keiner von uns Englisch sprach, blieb völlig unverständlich, was er da sagte.

»*Uwellkissingeridiotbibikingokay…*« Ich lachte so, dass
ich nicht mehr wusste, wohin mit mir. Er genoss es.

Es dauerte einige Zeit, ihn zu entlarven und zu verstehen, dass er all die Jahre nur dort gesessen und eine Sprache
nachgeahmt hatte und nichts von dem, was er sagte, etwas
bedeutete. Als ich begriff, was los war, fühlte ich mich hin-
ters Licht geführt. Es war nicht mehr lustig, es war nur noch
tragisch, dass er sich mit seiner eigenen Unwissenheit zum
Hanswurst machte. So sah ich die Sache, er jedoch nicht. Er
wollte nur eine Weile seinen Spaß haben.

»Wann sollte ich denn was von dieser idiotischen Kessel-
flickersprache haben?«, fragte er und machte weiter mit seinem *weljushorupsokejnjujork…*

»Hör auf, Papa, das ist nicht lustig!«

Er machte weiter.

»Hör auf! Hör jetzt auf!«

Er wurde wütend, vielleicht, weil ich ihn durchschaut hatte, oder auch nur, weil ich ihn nicht in Ruhe lustig sein ließ, und beharrte darauf, dass er wirklich Englisch konnte.

»Natürlich ist das Englisch, natürlich spreche ich Englisch!«

Wenn ich in der Schule zu anderen Sprachen gezwungen wurde, sah ich mich in Papas Sessel mit Hemd und Gabardinehose und einem Bierglas in der Hand, ohne mich verständlich machen zu können, egal, wie viele Laute aus meinem Mund kommen mochten.

Im Bücherregal lagen schwarze Wachstuchhefte, in denen Papa Sportergebnisse notierte, die Seiten waren voller schnurgerader Kolumnen mit den Zeiten verschiedener Skimeisterschaften. Zu den Olympischen Spielen in Montreal 1976 kauften wir uns einen Farbfernseher. Wir vereinbarten Ratenzahlung und transportierten ihn mit dem Taxi nach Hause. Ich hatte panische Angst, dass wir uns mit dem Kauf übernommen hatten, und malte mir aus, dass sie eines Abends klingeln würden, um den unbezahlten Fernseher wieder mitzunehmen, woraufhin ich Papa sagen hören würde, das ginge leider nicht, da er ihn seinem Bruder ausgeliehen habe.

Er brauchte Tage, um die beiden Sender einzustellen.

»Hauptsache, wir haben beim Turnen ein Bild.«

Das Bild war perfekt, als Olga Korbut, der Spatz von Minsk, in ihrer Schwebebalkenkür die Balance verlor. Nadia Comaneci ließ das Publikum rhythmisch applaudieren, und ich glaubte allen Ernstes, dass Papa jeden Moment eine ungeöffnete Dose Bier gegen die Mattscheibe schleudern würde.

Papa verabscheute Rumänien. Von allen Prachtarschlöchern der Welt war Ceaușescu das größte. Er hatte gehört, dass man auf Ceaușescus Geheiß eine Weltkarte angefertigt hatte, auf der Bukarest mit einem Rubin von der Größe einer Pflaume markiert war. Irgendetwas hatte dieser Mensch am Sozialismus falsch verstanden. Der verdammte Kerl sollte für seinen Größenwahnsinn entmündigt, zu einem marxistischen Grundkurs nach Sibirien geschickt werden, den Apparat abgeschnitten bekommen.

Papa hielt zur Sowjetunion und zu Schweden. Wenn beide im Eishockey aufeinandertrafen, wünschte er der schwedischen Mannschaft den Sieg und schrie trotzdem glücklich auf, wenn Petrow, Michailow, Charlamow und die anderen Virtuosen das Eis aussehen ließen wie eine Tüte Spiralnudeln. Wenn die sowjetische Nationalhymne gespielt wurde, saß er nach vorne gebeugt im Sessel.

»Scheiße, Natascha, eine schönere Musik gibt es nicht!«

Ich fand es überhaupt nicht seltsam, dass Papa zur Sowjetunion hielt. Er sagte doch, dass er Kommunist war. Seltsamer war, dass Mama dies nicht genauso vorbehaltlos tat, denn immerhin war sie Parteimitglied, Halbrussin und hatte sogar in Moskau gelebt. Jahre später begriff ich, dass es um viel mehr ging als um Ideologie. Die Liebe zu Mama und das antifaschistische Erbe aus der Funkisgatan waren es, wovon er selbst so gern ein Teil sein wollte. Dort gab es auch den Reiz der sowjetischen Ästhetik oder vielmehr des blauen, zaristischen Porzellans mit Goldkante. Die Wolken in Majakowskijs Hose sagten ihm nichts, und die viel beschworene graue Apathie interessierte ihn nicht. Ihm reichte seine eigene.

Er war einmal in der Sowjetunion gewesen. Das war was anderes als Italien! Von allen Völkern waren die Russen das sympathischste, außerdem sprachen sie die schönste Sprache der Welt. Peinlich nur, dass er die niedliche Kellnerin Großmutter genannt hatte, als er eigentlich Fräulein hatte sagen wollen. Der Moskovskaya war absolut einzigartig, man merkte nicht, dass man betrunken wurde, das erkannte man erst, wenn man aufstand und nicht mehr gehen konnte. Am nächsten Morgen hatte man keinen Kater. Und ob der Sozialismus in vieler Hinsicht überlegen war!

Während der Reise war eine Anekdote über Papa entstanden, deren Wahrheitsgehalt ich nicht beurteilen konnte. Alexej erzählte amüsiert, wie sehr sich Papa im Winterpalast gelangweilt hätte, bis er sich schließlich auf den Thron Peter des Großen gesetzt hatte, was natürlich verboten war. Damit nicht genug, hatte er mit dem Einfühlungsvermögen eines großen Schauspielers, der zu einem Monolog ansetzt, den Zaren gespielt. Seine Gesichtszüge hingen schlaff, und der Mund sabberte, als er über verdutzte Touristen Todesurteile verhängte. Als die Russen herbeiliefen, um ihn hinauszuwerfen, erklärte Alexej ihnen im besten Russisch, Papa sei geisteskrank und spiele ab und zu ein bisschen Zar.

Papa blieb stumm, wenn Alexej seine Geschichten zum Besten gab, aber wenn er und ich daheim allein waren, schlug er zurück.

»Der soll mal schön still sein, wer ist denn mit dem Käfer voller Konserven nach Italien gefahren? Spaghetti und Hackfleischsauce aus der Dose hat der Geizkragen da unten gegessen. In Taranto!«

Wenn Papa zur Sowjetunion hielt, ging es möglicherweise vor allem darum, ein Außenseiter zu sein. Die Sowjetunion war das verspottete Land, zu dem kein Mensch hielt, dessen Sportler von den Sportjournalisten abwechselnd wegen ihrer altmodischen Kleidung verspottet und angesichts ihrer Überlegenheit widerstrebend bewundert wurden. Künstler, denen es in Ausnahmefällen gelang, Publikumslieblinge zu werden. So träumte er von sich selbst. Einsam und ein Außenseiter, aber ein so unermüdlicher und geschickter Mensch, dass sich alle gezwungen sahen, den Hut vor ihm zu ziehen.

Respektiert, anerkannt und geliebt. Trotz allem.

Hätte er in der Sowjetunion gelebt, hätte er natürlich anders gedacht. Er, der sich nicht einmal den schwedischen Konventionen anpassen konnte, hätte es im sowjetischen

System niemals ausgehalten. Meistens hielt Papa jedoch trotz allem zu den Gelbblauen. Er war dankbar, Schwede sein zu dürfen. Hier gab es die weltweit schönste Natur und den größten Wohlstand in der Welt. Stockholm – das Venedig des Nordens – war die schönste Hauptstadt des Universums, darin waren sich alle einig, die sie jemals besucht hatten. Sein Beitrag bestand darin, Stahl zu produzieren, der international seinesgleichen suchte.

Im Vergleich zu Schweden fand Papa die übrige Welt unterentwickelt.

Trotzdem gab es schwedische Sportler, die ihm so unsympathisch waren, dass er ihnen alle nur erdenklichen Misserfolge wünschte. Er hoffte, dass der Sportschütze Ragnar Skanåker – dieser Blindfisch, Reaktionär, Rassist – mit der Pistole abrutschte und sich selbst versehentlich erschoss oder doch wenigstens den Fuß traf. Im Tennis hielt er sogar zu den Amis, Hauptsache, dieser langweilige und strohdoofe Björn Borg gewann nicht. Als Ingemar Stenmark mit seinen Millionen nach Monaco zog, deponierte er meine Stenmarkmütze mit einem schweren Seufzer im hintersten Winkel des Kleiderschranks unter einer Bootsleine.

Wir waren häufig in den Sportstadien Arosvallen und Rocklunda, um den Sportverein Västerås im Sommer Fußball und im Winter Bandy spielen zu sehen.

»Schiri, du Pfeife!«, schrie Papa in regelmäßigen Abständen, und ich schrie das Gleiche, verstand jedoch nur selten, warum.

Auf der Holztribüne, inmitten der anderen Männer, fühlte er sich wohl. Es fiel ihm nicht weiter schwer, Kontakt zu den Leuten zu bekommen, anderen Menschen gegenüber hatte er stets eine natürliche, freundliche Art.

Der Sportverein Västerås gewann seine Bandyspiele in Serie und verlor ebenso oft im Fußball, und nachdem der Verein 1978 aus der Ersten Liga abgestiegen war, wurden unsere Besuche im Stadion Arosvallen seltener. Papa verachtete zwar Schönwetterfans, hatte aber gleichzeitig das Bedürfnis, Siege zu erleben, keine Niederlagen.

An den Frühjahrsabenden radelten wir durch die Gegend und schauten uns Fußballspiele in den einzelnen Stadtteilen an, Jungen und Mädchen, die trainierten oder ein Spiel hatten. Papa schien der Gedanke fernzuliegen, dass ich eines dieser Kinder auf dem Spielfeld sein könnte, worüber ich sehr froh war. In allem, was mit Sport zu tun hatte, war ich eine Niete, und ich schwänzte die Turnstunde, sooft ich mich traute.

Ich konnte nicht einmal Jo-Jo spielen. Papa kaufte ein schwarz glänzendes Exemplar und unterwies mich geduldig. Seine rechte Hand beherrschte das Jo-Jo mit traumwandlerischer Sicherheit, peitschte es sicher in angeschnittene Kurven, zwang es behutsam zu Saltos. Mir gelangen nicht einmal die einfachsten Dinge, während er mit seinen steifen Pranken praktisch alles hinzubekommen schien.

Als Papa jung war, spielte er Linksaußen im Sportclub Skiljebo, dem zweiten großen Sportverein in Västerås. Wir halfen dem Sportclub, vor dem Supermarkt Lose zu verkaufen. Einmal waren wir für eine Kontrollstation auf einem Bingospaziergang in einem Wald vor den Toren der Stadt verantwortlich. Jemand fuhr uns in einem dunkelblauen Volvo dorthin, um uns anschließend stundenlang im Auto zurückzulassen. Es war entsetzlich langweilig. Niemand kam, weder wegen des Bingospaziergangs, noch um uns abzulösen. Papa strich mit den Fingern über das Armaturenbrett, streichelte den stummen Schaltknüppel ein wenig und kurbelte die Fensterscheibe nach oben und nach unten.

»Es ist nicht weiter schwer, Auto zu fahren. Das kann jeder Depp.«

Er drehte den Schlüssel, der noch im Zündschloss steckte, und trat auf ein Pedal. Der Wagen setzte sich rückwärts, Richtung Feld, in Bewegung und ließ sich nicht stoppen. Sachte, ganz sachte, rollte er in den Straßengraben, während ich neben Papa saß und hysterisch kreischte.

»Still!«, fauchte er verbissen. »Halt verdammt noch mal die Klappe, sonst kommt noch wer!«

Ehe uns jemand sehen konnte, hob er das Auto an und bugsierte es an seinen ursprünglichen Standort zurück. Ich lief hinterher und verwischte so gut es ging die Reifenspuren. Er sagte, ich dürfe niemandem erzählen, was passiert war.

Ich verpfiff nie jemanden, die Geschichten über die Funkisgatan im Zweiten Weltkrieg hatten mich gelehrt, was das Wort Denunziation bedeutete, und vor allem hielt ich mein

Wort, wenn ich es Papa gegeben hatte. Diesmal fiel es mir jedoch schwer. Ich hatte gerade gesehen, wie er einen ganzen Volvo anhob, und dann sagte er, das müsse ein Geheimnis bleiben.

Papas Herz schlug zudem für den Stockholmer Arbeiterfußballverein Hammarby, von den Fans nur Bajen genannt. Das lag an seinen romantischen Vorstellungen vom Stockholmer Arbeiterstadtteil Södermalm, das Söder der Wirklichkeit kannte er kaum. Er besuchte Mama ein paar Mal, als sie dort als junge Frau in der Gotlandsgatan wohnte, aber das war auch schon alles. Er träumte davon, auf Södermalm durch die Straßen zu flanieren, ein Bier zu trinken, Slang mit den Södertypen zu schnacken und Bajen anderen eine Klatsche verpassen zu sehen. So ist das Leben auf Söder, erklärte er mir. Überall hörte man ein lockeres Hallöchen wie in den Filmen, die dort spielten. Einfache, anständige Menschen. Eine viel besungene Gegend. Malocherradikalität. Er konnte sich sogar vorstellen, dort zu wohnen.

Eines Samstags fuhren wir mit einem Passagierschiff nach Stockholm, und ich machte mir Sorgen, dass die Sache irgendwie schieflaufen könnte – wir machten sonst nie einen Ausflug. Als wir den Stadthauskai erreichten, nahmen wir ein Taxi nach Slussen, von wo wir die Fähre nach Djurgården und zum Restaurant Hasselbacken nahmen, von dem Papa gelesen hatte. Wir aßen Grützwurst mit Bechamelkartoffeln, und es wollte Papa nicht in den Kopf, dass er so viel Geld für Essen bezahlen sollte, das er in Großmutters Küche gratis bekam.

Eins, zwei, drei befanden wir uns im Lustigen Haus im Vergnügungspark Gröna Lund. Papa war alles andere als ein Kirmespapa. Er war lustig, spielte aber nicht gern, außer bei den Speckklößen im Supermarkt. Wir hatten nie zusammen einen

Kuchen gebacken, er war nie mit mir schwimmen gegangen, hatte niemals Minigolf gespielt oder andere Dinge getan, die andere Eltern zu tun schienen. Unsere Art, Zeit miteinander zu verbringen, bestand darin, uns zu unterhalten. Aber wir gingen ein paar Mal in den Volksgarten. In einem Sommer hörten wir Lasse Berghagen vom Teddybär Fredriksson singen. In einem anderen Sommer sahen wir Lill-Babs' Show, die unter dem Motto stand, dass sie Schwedens Vierzigjährige mit dem größten Sex-Appeal sei, was Papa vor Lachen sabbern ließ. Ein anderes Mal gingen wir in Viksängs Jugendzentrum und sahen dort den lokalen Revuestar Asta Holm.

Jetzt stand er in den schiefen und schrägen Räumen des Lustigen Hauses, und die Schwerkraft zog ihn unbarmherzig nach unten. Seine Hände umklammerten das blaue Geländer, er stemmte sich mit dem ganzen Körper dagegen. Sein Mund stand halb offen, auf seiner Stirn perlten Schweißtropfen von der Größe kleiner Birnen. Er sagte, ihm sei schlecht. Kotzübel.

Hunderte fröhlicher Kinder und misstrauischer Eltern gingen vorbei.

Schließlich nahm er Anlauf und lief hinaus. Als wir nach der abschließenden Fahrt mit dem fliegenden Teppich aufstanden, übergab er sich in einen Papierkorb.

Wir nahmen ein Taxi zum Stadthauskai und mussten lange darauf warten, an Bord des Schiffs gehen zu dürfen. Er saß still da und schloss die Augen. Kapitän Leif Ephraim Langstrumpf brachte uns in die Stadt der Träume, und dann kam das dabei heraus. Jetzt saß er da und fragte sich, ob ich mich in seiner Gesellschaft wohl fühlte. Ob ich fand, dass er ein guter Papa war.

»Zeig mal deine Muskeln!«, bat ich ihn, um ihm eine Freude zu machen.

»Nein, verdammt, heute nicht.«

Papa hörte auf, Fußball zu spielen, als er einundzwanzig war. Die Arbeit war zu anstrengend, um das hohe Niveau halten zu können; wenn sein Arbeitstag endete, war er hundemüde. Dies mag eine Ausrede dafür gewesen sein, dass ihm andere Dinge wichtiger wurden. Es machte mich traurig, wenn ich daran dachte, dass er vielleicht keine Möglichkeit bekommen hatte, sein Talent weiterzuentwickeln.

Eines Abends kamen wir mit seinem alten Bandyschläger nach Hause. Großvater sagte, Papa sei der beste Schlittschuhläufer in ganz Skiljebo gewesen. Ja, so war es, bestätigte Großmutter.

Papa meinte, wir sollten zur Eisbahn der Viksängsschule unterhalb unseres Hauses gehen. Dort liefen Anna-Karin und ich auf weißen Eiskunstlaufschlittschuhen, bis uns vor Kälte die Füße wehtaten. Ich stellte mir vor, wie Papa mit sechs Bieren in den Beinen durch die Gegend stolpern und die vielen großen Jungen ihn lauthals auslachen würden. Und wenn er sich nun hinstellte und gegen die Absperrung pinkelte, wie er es mit dem Zaun im Hafen machte? Ich ließ mir alle möglichen Vorwände einfallen, um zu Hause zu bleiben. Er gab nicht nach.

Schon auf dem steilen Hang, der zur Eisbahn hinunterführte, rutschte er aus, und ich wollte heimgehen. Das konnte ich allein tun, erwiderte er. Ich hoffte, dass ihm die abgewetzten, braunen Schlittschuhe zu klein waren, aber er hatte keine Probleme, seine Füße hineinzuschieben. Routiniert zog er die Schnürsenkel zu einer gleichmäßigen Reihe und band sie zu einem festen Knoten.

Als er auf das Eis hinaustrat, wäre er im ersten Moment beinahe hingefallen und stützte sich ohne Handschuhe auf einem Schneewall ab. Dann lief er los, seine Haare und die dünne Gabardinehose flatterten. Schnell und geübt, aber dennoch langsam genug, um mir Zeit zu geben, ihn zu bewundern. Der schwere Körper war leicht und gefügig.

»Jetzt komm schon! Willst du nicht auch laufen?«

Er bremste vor mir ab, dass das Eis nur so spritzte, und es entstanden hübsche Spuren, wie ich sie selbst machen können wollte.

Er glitt zu dem Teil der Eisfläche, auf dem die großen Jungen Bandy spielten. Aufrecht und mit den Händen in den Taschen lief er im Licht der Laternen hin und her und verfolgte ihr Spiel. Er hätte gerne mitgemacht. Für die Dauer eines schwindelerregenden Augenblicks begriff ich, dass es eine Zeit gegeben hatte, in der er ein Junge mit vielen Freunden gewesen war. Ein Kumpel, der im Mittelpunkt stand.

Auf dem Heimweg erzählte er mir die Geschichte, wie er als Zwölfjähriger vor einer jubelnden Zuschauerschar einen entscheidenden Bandystrafstoß gehalten hatte. Als er im finsteren Skiljebowinter heimgegangen war, hatte er vor Stolz und Schmerzen in der Hand, in der jener steinharte Bandyball geklebt hatte, geweint. Er sagte, er sei froh, damals nicht erkannt zu haben, dass er soeben einen der glücklichsten Momente seines Lebens erlebt hatte, denn wenn ihm das klar geworden wäre, hätte er nicht einmal diesen gehabt. Es dauerte viele Jahre, bis ich begriff, was er meinte.

Nach diesem Abend hing der Bandyschläger an einem Nagel in der Kleiderkammer und erinnerte daran, dass Papa Dinge konnte, von denen andere nichts wussten. Von denen nicht einmal ich etwas wusste.

Jedes Frühjahr errichteten die Anhänger der Pfingstbewegung auf der Wiese neben unserem Hof ein Zelt, und für einige Abende war nichts mehr wie sonst. Das Zelt füllte sich mit Neugierigen, vor allem Kindern. Es war spannend, religiöse Menschen zu beobachten. Sie sangen, sprangen und predigten mit viel Energie. Ich gab mein Bestes, um mich von den eingängigen Liedern nicht mitreißen zu lassen.

In einem Jahr ging eine junge blonde Frau herum und sammelte die Kollekte ein, als ihr plötzlich jemand laut hinterherpfiff. Alle drehten sich um und wollten sehen, wer sich so unpassend benahm.

Es war Papa.

Er stand mit säuberlich hochgekrempelten Hemdsärmeln ganz hinten, umgeben von einer Menge anderer Männer, und machte sich unmöglich.

Als wir nach Hause kamen, fragte ich ihn, warum er das getan hatte. Er grinste und trank einen Schluck Bier.

»Ja, was denn? Ich wollte doch nur ein bisschen nett sein! Sie hat es bestimmt nicht leicht, du verstehst schon, wo sie doch so christlich ist und sich nur mit Pfingstlern mit glänzenden Augen treffen kann.«

Sie hatte sich gefreut. Riesig gefreut. Daran bestand kein Zweifel.

Ich kaufte ihm nicht ab, dass ihm das durch den Kopf gegangen war, er war bestimmt nur aufgekratzt gewesen, weil er ausnahmsweise einmal unter Menschen war. Als er dann das hübsche Mädchen gesehen hatte, pfiff er unwillkürlich, wie er es tausend Mal getan hatte, als er jung war. Damals, als er jede haben konnte, die er wollte, wenn er mit einem schiefen Lächeln und einem Flachmann zur Rotunde im Volksgarten ging. Vor langer Zeit.

Im Zelt hatte er sich und den anderen vorgaukeln wollen, dass er ein Charmeur war, der auf die Konventionen pfiff. Viele Jahre war dieses anzügliche Pfeifen für mich die einzige Situation, in der Papa jemals etwas getan hatte, das einer Art öffentlicher Aufmüpfigkeit ähnelte, auch wenn es nicht so gemeint gewesen war. Er wollte sich wohl bloß als der Mann zeigen, der er trotz allem war.

Es fiel Papa schwer, eine neue Frau kennen zu lernen. In den einschlägigen Tanzlokalen konnte er niemanden aufreißen, da er nicht tanzen konnte und sie deshalb erst gar nicht besuchte. Er sagte, wer mit ihm tanze, laufe Gefahr, totgetrampelt zu werden – ihn würden sie nicht einmal im Radioballett annehmen. Außerdem war er nur jedes zweite Wochenende ohne Kind. Jemandem auf der Arbeit zu begegnen, war im Grunde unmöglich, bei den Metallwerken arbeiteten kaum Frauen.

Die Pornos versteckte er, um keinen von uns in Verlegenheit zu bringen. Ich fand sie trotzdem, und als ich etwas älter war, studierte ich sie eingehend. Die Bilder von amerikanischen Autos und die Reportagen über schwedische UN-Soldaten im Kongo überblätterte ich schnell, die Frauen mit ihren großen Brüsten und den willigen Blicken interessierten mich dagegen sehr, genau wie die angeblichen Leserbriefe über ungehemmten Sex in Streifenwägen und auf Zahnarztstühlen. Ich wurde schon früh in die Begierden und Triebe der Erwachsenen eingeweiht. War erschrocken, fasziniert.

Eines Abends kam eine junge Frau zu uns nach Hause, der

Papa in einem Restaurant begegnet war. Ihre Mutter wohnte in der Nähe, und jetzt kam sie nur kurz vorbei, um Hallo zu sagen. Eine Schönheit mit langem, dunklen Haar, Jeans und Steppjacke. Sie saß auf der Couch, und das Silberarmband klirrte verführerisch, wenn sie die Asche ihrer Zigarette abschlug. Sie stellte mir ein paar Fragen zur Kita, ob ich eine beste Freundin hätte. Plötzlich springt Papa aus dem Sessel und setzt sich rittlings auf sie. Er stößt mit seinem Unterleib einmal zu, hart und schnell. Sie sieht mich an und lacht. Dann setzt er sich wieder in den Sessel. Ich begriff nicht ganz, warum er das machte, es war so seltsam, aber in gewisser Weise auch mutig. Selbstsicher.

Sie kam nie wieder, und Papa sagte, er habe mit nichts anderem gerechnet. Zu wissen, dass er ein so hübsches Mädchen kannte, freute mich lange. Es dauerte viele Jahre, bis ich ihren Namen vergaß.

Eine kurze Zeit war Papa mit Rigmor zusammen. Sie wohnte in Bjurhovda, einem Wohnviertel, in dem die Hälfte der Häuser einen Laubengang hatte. Eine Gangstergegend, kommentierte Papa.

Ich weiß noch, dass Rigmor dick war, aber an ihr Gesicht kann ich mich nicht mehr erinnern. Einmal war sie bei uns, und Papa hatte vergessen, Toilettenpapier zu kaufen. Er fürchtete den ganzen Abend, sie könnte pinkeln gehen wollen oder noch Schlimmeres vorhaben. Sie hatte Zimtschnecken dabei, die sie mit Apfelstückchen gespickt hatte. Sie waren ungenießbar.

Ich war nicht oft in ihrer Wohnung, aber 1975 sahen wir den Grand Prix bei ihr. Im Wohnzimmer, das vollkommen weiß war, wimmelte es vor Kindern. Rigmors Freundin war auch da. Das war sie dauernd, meinte Papa. Es hat etwas Dekadentes, um nicht zu sagen Tragisches, erklärte er mir, wenn erwachsene Frauen ständig zusammenhängen müssen. Es war ein Zeichen von Schwäche, der Beweis, dass sie allein nicht zurechtkamen. Er selbst kam ganz ausgezeichnet klar.

Kurz nachdem Lasse Berghagen »Jennie, Jennie« gesungen hatte, schlief ich ein. Es war das erste Mal, dass Papa den Grand Prix sah, ohne sich erst über alles lustig zu machen und anschließend über alles aufzuregen, und ich überlegte, dass dies sehr anstrengend für ihn gewesen sein musste. Außerdem hatte er Kaffee trinken und Baisers und Spritzgebäck essen müssen. Bei Rigmor gab es kein schrankgekühltes Bier.

Rigmor hatte drei Kinder. Papa versuchte, in erster Linie mir zuliebe, Kontakt zu ihnen zu bekommen, aber sie hatten kein Interesse – sie waren mit sich und ihren Freunden beschäftigt –, er dagegen meinte, es liege daran, dass sie plemplem seien. Ihre Begabung testete er auf verschiedene Art, unter anderem durch einfachere Kartenspiele. Hinterher schüttelte er mit vielsagender Miene diskret den Kopf. Etwas größere Hoffnungen setzte er in den jugendlichen Sohn und kaufte ihm ein teures Schachbuch. Als er außer einem lauen Dankeschön darauf keine Resonanz bekam, war er überzeugt, dass der Junge Fixer werden und schneller in einer Anstalt landen würde, als die Bürgerlichen Machtwechsel sagen konnten.

Als Rigmor und Papa sich zum letzten Mal sahen, saßen sie in ihrer Wohnung in der Küche und unterhielten sich ernst. Sie war allein zu Hause, und ich hielt mich fern.

»Aber du hast doch gesagt, du hättest mich gern. Hast du das etwa nur so gesagt?«, hörte ich Papa fragen.

Nach einer Weile war es Zeit, heimzugehen.

»Tschüss«, sagte Papa.

»Tschüss«, sagte sie.

Ich war neun, als Sonja anfing, zu uns hochzukommen. Möglicherweise hieß sie auch Anita. Ich begriff nie, was ihr richtiger Name war, und Papa wusste es auch nicht genau. Anfangs nannte sie sich Anita, dann ging sie zu Sonja über. Ich hörte nie auf, sie Anita zu nennen, aber Papa sagte Sonja. Großvater regte sich auf, weil er keine klare Antwort darauf bekommen konnte, wie Leffes neue Flamme hieß, Großmutter dagegen verstand sein Problem nicht – die Hauptsache war doch, Leif hatte endlich eine Freundin gefunden.

Sonja wohnte in der Wohnung unter uns, und er lernte sie wahrscheinlich in einer Kneipe an einem der Wochenenden kennen, die ich bei Mama verbrachte. Sven, ein Spielkamerad vom Hof, meinte, er habe die beiden spätabends aus einem Taxi steigen sehen und dass es ausgesehen habe, als hätte sie in die Hose gemacht. Papa habe ihr ins Haus geholfen.

Sie war ein paar Jahre älter und sah gut aus. Eine richtige Rakete, sagte Papa. Irgendwann in den frühen sechziger Jahren war sie Miss Västmanland und zweimal die Lucia der Stadt Västerås gewesen. Sie zeigte uns Mannequinbilder, auf denen sie sich mit blonden Engelslocken an eine Birke lehnte und lächelte. Inzwischen war sie Friseuse im Kaufhaus Domus und trug einen Mantel und hochhackige Schuhe. Hautenge Jeans und eine Bluse oder einen marineblauen Pullover, Schminke und Goldschmuck, den sie im Laufe der Jahre von diversen Männern geschenkt bekommen hatte. Wenn sie traurig war, zog sie ihren Pullover hoch und zeigte, wo einmal eine Brust gesessen hatte. Die Krebsoperation hatte wulstige Narben hinterlassen, die an einen frisch gepflügten Kartoffelacker erinnerten. Sie hätten ihr auch Dinge aus den Armen weggeschnitten, sagte sie. Die Narben waren lang.

Sie trank nicht, nahm aber von Zeit zu Zeit angstlösende Tabletten, die sie redselig und nörgelig machten und ihre Bewegungen verlangsamten. Sie wollte Disco tanzen.

»Leif, leg Musik auf! Ich will Disco tanzen!«

»Was redest du da für dummes Zeug? Jetzt beruhige dich, Sonja!«

»Åsa, leg was Discomusik auf!«

»Kann ich nicht, Anita, ich hab keine.«

Meine Platten von ABBA und Baccara versteckte ich unter dem Bett.

Sonja machte um sechs Uhr Feierabend und war frühestens um halb sieben zu Hause. Papa stand am Fenster und spähte hinaus, und ich bekam Anweisung, auf den Hof hinunterzulaufen, um nachzusehen, ob in ihrem Fenster Licht brannte, vielleicht war sie ja nach Hause gekommen, ohne dass er es gemerkt hatte. Wenn sie dann schließlich eine Etage tiefer die Tür hinter sich zuzog, tigerte er auf und ab und wartete darauf, dass sie hochkam. Rastlos überflog er die Zeitung, nahm sich ein Bier, pinkelte, versuchte horchend zu erschließen, was sie unten bei sich machte.

Abend für Abend kam sie herauf, nur um zu sagen, dass sie gleich wieder gehen würde.

»Nein, Leif, heute Abend bleibe ich nicht lange. Ich gehe gleich wieder runter.«

»Nun setz dich doch, guck die Nachrichten bei uns!«

»Nein, Leif, ich werde bald wieder runtergehen. Ich sollte überhaupt nicht hier sein. Das wird anders werden, das weißt du.«

Zeitweise aß sie bei uns zu Abend. Essensreste, die wir in weißen Plastikbehältern mit roten Klappdeckeln oder in ausgespülten Margarinedosen mit Gummi von Großmutter mitnahmen, Dosen, die Papa zu Großvaters Verdruss zurückzugeben vergaß. Das Essen, das in ihrer Küche gut schmeckte, war bei uns zu Hause unmöglich, es roch schlecht und sah ekelhaft aus, aber Sonja aß mit gutem Appetit. Nach der Mahlzeit telefonierte sie lange mit ihrer Mutter. Papa hatte nichts dagegen einzuwenden, war aber frustriert, dass der Abend so schnell vorbeiging. Anschließend saß sie auf der Couch, bis es Zeit wurde, ins Bett zu gehen, und sagte, dass sie bald gehen würde, dass alles anders werden und sie in einen anderen Stadtteil ziehen würde.

»Das weißt du, Leif.«

Er schwieg und trank.

Sie blieb oft über Nacht. Ich ging dazu über, in meinem eigenen Bett zu schlafen.

Papa kaufte einen Vorhang aus grünen Korbflechtzöpfen als Schlafzimmertür. Er raschelte und rauschte von Gelüsten und Absichten und machte mich verlegen. Die Flechtzöpfe klangen dumpf, wenn man durch sie hindurchging, und lösten sich leicht oder gingen in der Mitte ab. Nach einer Weile war er es leid, sie wieder anzunähen, und der Vorhang wurde immer lichter, bis er ihn endgültig abnahm. Er erfüllte nie seine Erwartungen, genauso wenig wie das neue Bett mit dem eingebauten Radiowecker.

Sonja wollte Papa offenbar nicht an sich ranlassen. Sie brauchte seine Gesellschaft, mehr nicht. An Sex war sie jedoch durchaus interessiert. Das sah man an den vielen Pornos, die in ihrer Wohnung herumflogen, die mit ihren weinroten und rosa Farben, den Teppichböden und den überall herumliegenden Seidenkissen ein wenig an die Zimmer der

Saloonmädchen in Western erinnerte. Die Pornos machten mir daheim nichts aus, ekelten mich hier jedoch an. Was wollte sie, die doch eine Frau war, mit ihnen?

Ich fand eine Schachtel Black-Jack-Kondome in Papas schöner Kommode. Sie lag unter dem Zeitungsausschnitt über Olof Palmes Besuch auf Kuba. Richtige Bumsgummis, schwarz wie die Sünde, lagen sie dort und warteten in der schlanken Kommode auf ihren Einsatz. Abends öffnete er die Schublade und strich kurz über die Schachtel. Sehnte sich danach, dass sie Verwendung finden würden.

Als ich an einem Sonntagmorgen aufstand, um auf die Toilette zu gehen, lagen die beiden schlafend auf der Couch. Sie nackt bis auf ein Hemd, um ihre Brust zu verhüllen, die es nicht mehr gab. Papa neben ihr mit einem schlaffen Glied, das auf dem Oberschenkel ruhte.

Es konnte einem auf die Nerven gehen, wenn Sonja sich mit Tabletten betäubte und mit Papa stritt, aber ich mochte sie. Sie war nett zu mir und brachte Papa bei, Hamburger zu essen. Unten an der BP-Tankstelle, die keine BP-Tankstelle mehr war, sondern mittlerweile einen anderen Namen hatte, verkauften sie Hamburger für ein paar Kronen. Sonja quengelte, er solle hinfahren und welche kaufen, aber er weigerte sich, denn Hamburger seien nur etwas für Gangster. Nach Monaten der Überredung gab er schließlich nach und kam mit einer fettigen Papiertüte zurück. Widerwillig probierte er und musste eingestehen, dass sie essbar waren und sogar richtig gut schmeckten. Die Amis konnten anscheinend also doch noch etwas anderes, als immer neue Teufeleien auszuhecken.

Wenn Sonja bei uns war, konnten wir nicht über Politik sprechen, denn Papa hatte wie üblich Angst zu verraten, welche Partei er wählte. Sonja erklärte, sie hasse Olof Palme und Josef Stalin – Menschen wie ihnen solle man eine Bombe in den Bauch stopfen. Als Friseuse verdiente sie kaum mehr als die Hälfte von dem, was Papa an Lohn bekam, und kritisierte die Regierung von links. Trotzdem wählte sie die Bürgerlichen. Schon bald wurde Papa klar, dass Sonja eine von all jenen war, die diesen unfassbaren Mangel an Urteilsvermögen an den Tag gelegt und ihm die verteufelte bürgerliche Dreiparteienregierung aufs Auge gedrückt hatten – noch dazu zweimal hintereinander. Und jetzt saß dieses Weibsbild auf seiner Couch und sagte, Fälldin könne einem leid tun und dass die Sozis und sogar die Kommunisten schuld daran seien, dass alles immer schlechter werde und sie so wenig verdiene. Wie zum Teufel ist das möglich?, fragte er mich, wenn wir allein waren. Wie konnte sie nur?

Er gab vor, sich nicht für Politik zu interessieren, und zwang mich, es genauso zu halten. Wenn Sonja nicht bei uns war, nahmen wir unser Gespräch wieder auf. Wir saßen eng beieinander und flüsterten fast, besorgt, unsere Worte über die klassenlose Gesellschaft könnten zu ihr nach unten dringen.

Unsere Gespräche wurden immer seltener.

Sonja lebte für ihre alljährliche Charterreise ans Mittelmeer. Wenn sie fuhr, begann für Papa die schlimmste Zeit des Jahres, eine Woche ständiger Furcht davor, wen sie dort kennen lernen könnte. Sie zu begleiten kam allerdings nicht in Frage. Sie wollte es nicht, und er wäre nie auf die Idee gekommen, Geld für einen Badeurlaub zu sparen. Er konnte sich nichts Idiotischeres vorstellen, als sich mit einer Menge blässlicher fetter deutscher Schabracken auf dem Strand zusammmzuzwängen, die ihre Kinder mit Heil Hitler anschrien.

»Du verstehst schon, wie grauenvoll das ist!«

Sonja traf sich ab und zu mit Katrin, einer Haschischraucherin mit Knopf in der Nase, die mit einem Ex-Knacki zwei Etagen über uns wohnte. Papa fand es völlig unverständlich, warum Sonja Zeit mit kriminellem Abschaum verbrachte.

»Ich habe auch noch andere Freunde, Leif, du weißt nichts über meine Freunde«, entgegnete sie verletzt.

Sonja und Katrin gerieten sich oft in die Haare, einmal ging es dabei um die Waschküche. Sonja lief hoch und holte sich Papa als Unterstützung. Schweigend standen wir da und sahen uns ein wenig neugierig die großen Waschmaschinen an. Hier unten waren wir noch nie gewesen. Schließlich wandte sich Katrin an Papa und fragte ihn, ob er eigentlich wisse, dass Sonja abends nur zu ihm hochkomme, um die Essensreste seiner Mutter zu verspeisen, damit sie Geld für ihre Spanienreise sparen konnte. Was, das hatte sie ihm nicht gesagt? Das hatte sie doch wirklich allen erzählt!

»Das hast du ihr ja wohl nicht geglaubt, Leif?«, fragte Sonja besorgt, als wir wieder oben waren. »Sie ist eine Fixerin, so was erfinden Leute wie die doch nur!«

Papa betrachtete sie stumm.

»Du darfst ihr nicht glauben, Leif, du darfst ihr nicht glauben!«

Sonja hörte auf, bei uns zu essen, und hielt sich oft längere Zeit fern, um dann eines Tages wieder aufzutauchen, als wäre nichts gewesen.

»Nein, Leif, heute Abend werde ich nicht bleiben. Ich gehe gleich wieder runter.«

»Setz dich, die Nachrichten fangen an!«

»Nein, Leif, du weißt doch, dass ich bald runtergehe. Dass ich gar nicht hier sein sollte. Dass alles anders werden wird.«

Am Ende kehrte Sonja von Mallorca zurück und erklärte, sie habe einen anderen Mann getroffen. Papa war ein weiteres Mal von einer Frau abgewiesen worden.

»Hast du schon gehört, dass Sonja sich verlobt hat?«, fragte er.

»Wie bitte? Mit wem denn?«

»Mit mir.«

»Oh! Gratuliere!«

Ich versuchte nicht zu zeigen, wie kindisch das klang.

»Ach Quatsch! Doch nicht mit mir! Mit einem spanischen Millionär, der herziehen will. Soll ein verdammt guter Typ sein.«

Papa war immer großmütig.

Wir sahen sie mit einer Tüte Hamburger von der Tankstelle über den Hof kommen. Sie in hochhackigen Schuhen, der Millionär in einer mittellangen Lederjacke. Ich fand, dass er aussah wie ein etwas in die Jahre gekommener Tom Jones. Papa war anderer Meinung.

»Er sieht eher aus wie ein billiger Zuhälter.«

Ein Jahr oder so waren sie zusammen.

Papa hasste den Winter. Dunkelheit und Kälte waren bedrückend. Er fror wie ein junger Hund. Morgens war es schwieriger, voranzukommen, manchmal fielen wir mit dem Fahrrad hin. Schnee und Eis auf dem Fahrradsattel entfernte er, so gut er konnte, mit bloßen Händen, dann setzte er sich und ließ den Rest mit einem klagenden Laut unter sich zusammenschmelzen.

»Scheiße, ist das kalt!«

Ich schaute zu den Fenstern hinauf, in denen die Adventspyramiden eingeschaltet wurden. Es sah so gemütlich aus in all den Wohnungen, in denen Adventssterne aus Metall oder orangefarbener Pappe ihren Lichtschein auf die Höfe der Mietshäuser in Viksäng warfen.

Es war Papa immer wichtig, als Erster einen Adventsstern zu haben, damit die Leute zu unserer Wohnung hinaufschauen und herausplatzen konnten, weiß Gott, dieses tüchtige Frauenzimmer hat Stil. Im Adventskranz befeuchtete er Jahr für Jahr dasselbe Moos und steckte die immer gelber werdenden Kerzen hinein, die wir niemals anzündeten. Die rote Farbe auf den Preiselbeeren und den Fliegenpilzen wurde alt und klebrig. Ich durfte ihm nicht helfen, alles sollte perfekt arrangiert sein.

Er benutzte niemals Weihnachtsschmuck, den ich gebastelt hatte, Styroporkugeln und Toilettenpapierrollen mit aufgeleimten Filzstücken und Pfeifenreinigern hatten keinen Charme. Was ich in der Kita oder im Hort fabrizierte, warf er weg oder legte es in einen Schrank. Bei Mama war es umgekehrt. Meine Halsketten aus Plastikperlen trug sie, es sei denn, sie bestanden aus gelben und blauen Perlen – sie missbilligte alles, was sich als Ausdruck von Vaterlandsliebe deuten ließ. Ihr Büro im Arbeitsamt war mit Zeichnungen und bröckelnden, mit Wasserfarben bemalten Tonschalen dekoriert.

Es war Großvater, der einen Weihnachtsbaum und Weihnachtszeitungen für uns kaufte, aber einmal überraschte Papa mich in der Vorweihnachtszeit mit einem Lebkuchenhaus in Form eines Bausatzes. Wir waren beide von Vorfreude erfüllt, als er den Zucker in der Bratpfanne schmolz. Plötzlich schrie er, ich solle zurückbleiben. Er, der an tausend Grad heißen Öfen arbeitete, hatte Angst, sich an etwas Zucker zu verbrennen. Genauso reagierte er, als er sich darauf einließ, die Friteuse auszuprobieren, die im Topfschrank stand und an ein früheres Leben erinnerte. Ich, die ich so gerne glauben wollte, dass er durchs Feuer gehen konnte.

Einmal nahm Papa sich frei, um morgens in der Kita an der Luciafeier teilzunehmen. Am Vorabend holte er das Bügelbrett mit dem großen Brandfleck von dem Bügeleisen heraus, das Mama einmal vergessen hatte, und glättete das weiße Luciagewand, das wir zu unserer großen Erleichterung im Einkaufszentrum von Viksäng gefunden hatten. Am Morgen zog er seinen Clubblazer an und kämmte sich mit seinem feuchten Stahlkamm besonders sorgfältig.

Hinterher kam er zu mir und sagte, es sei ein Luciazug von absoluter Weltklasse gewesen.

Er hatte keine Ahnung gehabt, wie lange das Ganze dauern würde, und blieb noch lange, nachdem alle anderen Eltern längst weg waren. Ich flüsterte ihm zu, er solle gehen, und er erwiderte ebenfalls flüsternd, dass er sich freigenommen habe und nicht beabsichtige, den Mentalkerkern auch nur eine Minute zu schenken. Er ging umher und sah sich im Spielzimmer, der Leseecke, dem Bastelzimmer und der Puppenecke um, wo er nie zuvor gewesen war. Er machte Konversation mit den Erzieherinnen, wusste jedoch nicht, welche Fragen er zu den täglichen Abläufen und anderen Dingen stellen sollte. Er nannte mich Natascha. Das war für alle verwirrend.

»Glaubt dein Papa, dass du Tarzan heißt, oder was soll das?«

Solange er blieb, konnte ich nicht mit den anderen zusammen sein, die ausgelassen in Wichtelmützen und Glitzer herumtollten. Am Ende standen wir in einer Ecke und schwiegen uns an.

Am Abend lobte er nochmals den Auftritt, meinte aber, dass ihm die Eltern der anderen und vor allem die von diesem Gangster im Lebkuchenkostüm leid getan hätten.

»Die Kanaille ist ein bisschen neben der Kappe, was? Nichts als Stroh im Hirn, das sieht doch jeder.«

In seinen Augen waren alle anderen Kinder hässlich, dämlich, dick und unbegabt. Wenn er mit Kindern sprach, war er sanft und aufmerksam, hinterher sagte er jedoch stets, dass er gerade unglückseligerweise einem richtigen blöden Gör begegnet sei, das ihn mit seinem dummen Gelaber fast umgebracht hätte.

»Die armen Eltern, die haben es bestimmt nicht leicht!«

Er konnte gar nicht oft genug betonen, welches Glück er doch hatte, ein so hübsches und schlaues Mädel wie mich bekommen zu haben.

Heiligabend versammelten wir uns stets in der Björkgatan. Die Geschwister begegneten sich ansonsten nur, wenn Großmutter oder Großvater einen runden Geburtstag feierten, aber an manchen Weihnachtsfesten wimmelte es nur so von Menschen, die sich bemühten, eine Gemeinschaft zu bilden, die alleine der Tatsache geschuldet war, dass sie alle mit einer Gebärmutter verbunden waren. Zwischen Papa und seinem ältesten Bruder lagen vierundzwanzig Jahre – im Haus versammelten sich vier Generationen, Kinder, Enkelkinder und Urenkel.

Alle redeten laut, und die meisten schienen fröhlich und ausgelassen zu sein, weil sie sich nach langer Zeit wieder einmal sahen, auch wenn sie sich in der Küche und auf der Treppe in den Keller hinterrücks gegenseitig verleumdeten. Majken, Rolf und Papa suchten einander. Jarl, Roland und Olle hatten ihre Gemeinschaft. Papa war betreten, weil Olle zu den anderen gehörte. Görel blieb eine Außenseiterin.

In Großvaters Zimmer, in dem der Fernseher lief, traf man, mutterseelenallein, Bernhard an. Er war mit Tante Görel verheiratet. Einer Porzellanpuppe ähnelnd saß er dort feingliedrig und freundlich in einer beigefarbenen Weste mit Reißverschluss. Wenn er meine Sandalen lobte, war seine Stimme sanft und vorsichtig, als wollte er nicht stören. Im Grunde wollte er nicht hier sein. Er wollte nirgendwo sein, begriffen wir nach ein paar Jahren. Es war schön, einen Moment neben ihm zu sitzen.

Auf dem Weihnachtsbüfett fehlte es an nichts. Es gab sogar Schnaps, den Großvater geflissentlich übersah. Großmutter stellte sich an den Herd, um Pfannkuchen zuzubereiten, nachdem ich deutlich gemacht hatte, dass ich von den Weihnachtsleckereien im Grunde überhaupt nichts mochte.

Für mich und die Kinder meiner Cousins, drei Jungs in meinem Alter, war ein besonderer Tisch gedeckt. Ich quengelte, dass ich nicht an ihm sitzen wollte, weil ich eigentlich gar kein Kind sei. Ich mag Kinder nicht, sagte ich zu Papa, das weiß du doch, nicht? Ich zog die Gesellschaft Erwachsener vor, in der Kita saß ich lieber bei den Erzieherinnen, als zu spielen. Papa flüsterte, das sei doch klar wie Kloßbrühe, dass ich nicht bei diesen verdammten Rotzlöffeln sitzen musste.

»Setz dich zu mir, Kamerad!«

Doch das wollte ich auch nicht, ich wollte neben Rosita sitzen. Sie strahlte vor heiratsfähiger Jugend und erzählte traurige und leicht übertriebene Geschichten von den Patienten in der Lungenklinik. Ich war ihre Vertraute, sie verriet mir Geheimnisse über ihre Verehrer, die ich Majken und Alexej gegenüber auf gar keinen Fall ausplaudern durfte.

Es war spannend, die Erwachsenen reden zu hören. Über die Metallwerke, die Baader-Meinhof-Bande und alles andere, was sie beschäftigte. Ich wollte die Sticheleien unter den Geschwistern mitkriegen und glaubte, alle Feinheiten zu verstehen.

Nach dem Essen liefen die Kinder der Cousins durch das Haus, das ihnen unbekannt war. Sie blieben stehen und sahen sich Dinge an, die mir vertraut waren, berührten die Gegenstände mit ihren wurstigen Kinderfingern. Spielten mit Großmutters großer Prinzessinnenpuppe in ihrem blauen Seidenkleid, die an Stelle von Zierkissen mitten auf dem Bett saß. Sie zogen an ihren Haaren, bis diese sich lösten. Darunter kam ein kahler Plastikkopf mit braunem, eingetrocknetem Leim zum Vorschein. Ich stand im Türrahmen und sagte, sie dürften nichts anrühren.

Frohe Weihnachten, brave Åsa stand auf den Umschlägen. Ich bekam viel mehr als die anderen Kinder, es war, als wollten Papas Geschwister mich in irgendeiner Weise entschädigen. Großvaters Schwester Elinor in Florida schickte nur mir einen Malkasten.

Von Papa bekam ich nichts. Er beschloss, in erster Linie Weihnachtsgeschenke für die verdammten Rotzlöffel zu kaufen. Es wäre so peinlich, sagte er, wenn sie von allen außer ihm Pakete bekämen, und ich stimmte ihm zu. Ich würde meine Weihnachtsgeschenke nach Neujahr bekommen. Daraus wurde allerdings nie etwas. Ich gewöhnte mich daran, ich bekam auch keine Geburtstagsgeschenke. Wenn er konnte, war er großzügig. Tagtäglich im Supermarkt, samstags in der Stadt, jederzeit das ganze Jahr. Von mir bekam er ein Buch und eine Schachtel Ritmeester-Livarde-Zigarren. Mama bezahlte. Er freute sich.

Die Erwachsenen schenkten sich untereinander nichts, aber Großmutter und Großvater bekamen Pakete, ein Prestigekampf zwischen den Geschwistern, den Papa Jahr um Jahr verlor, weil er nie etwas hatte.

»Oh je, ich hab die Geschenke liegen lassen, Mutter, ich komme zwischen den Jahren mit ihnen vorbei.«

»Ich brauche nichts, halt dein Geld zusammen«, erwiderte Großmutter und wischte ihre Hände an der Schürze trocken.

Einmal setzte Papa jedoch alles daran, seine Geschwister zu übertrumpfen. Wochenlang grübelte er darüber nach, was er kaufen sollte und was bezahlbar und trotzdem so groß war, dass keiner umhin konnte, das Paket zu sehen. Er wusste vor Begeisterung nicht ein noch aus, als ihm die Idee kam, einen Garderobenständer aus dunklem Holz zu kaufen, der kurz zuvor in Mode gekommen war. Er malte sich unseren grandiosen Auftritt aus: Oho, was schleppst du denn da für ein Paket an, Leffe!, würden sie sagen. Ach, das ist nur für Mutter und Vater, nichts Besonderes.

Dann, stellte er sich vor, würde man ihm das tägliche Essen, die Patte und all die erwiesene Fürsorge nachsehen.

Wir erregten zwar einiges Aufsehen, aber der Garderobenständer wurde nicht zum großen und einzigen Gesprächsthema des Abends. Meinem Großvater tat Papa daraufhin so leid, dass er mir seine Kuckucksuhr schenkte.

Gelegentlich endete der Heiligabend auch in einer Prügelei. Papas ältester Bruder Jarl war reich verheiratet mit einer Frau, deren Vater ein Emporkömmling in der Baubranche war. Außerdem war Jarl bei den Metallwerken zum Chef des Presswerks befördert worden. Die Geschwisterschar war gespalten. Manche fanden, dass er sie oberlehrerhaft behandelte, andere hielten engen Kontakt zu ihm. Für Großmutter und Großvater schien er ein Fremder geworden zu sein. Sie wohnten zwei Häuserblocks voneinander entfernt und trafen sich nie. Großmutter glaubte, dass er zu vornehm geworden war. Über Jarls Frau wurde sich wegen ihrer teuren Pelze und ihrer gekünstelten Ausdrucksweise das Maul zerrissen, ganz zu schweigen davon, wie sehr sie sich über ihren Pudel lustig machten, vor dem Großmutter eine höllische Angst hatte. Ich mochte sie insgeheim, und für Papa galt das Gleiche. Sie war bodenständiger, als viele zugeben wollten.

Zwischen Großvater und Jarl stand zudem Jarls Karriere bei den Metallwerken, über die Großvater zwar stolz war, der er allerdings auch misstraute. Jarl konnte nicht mehr zur Arbeiterseite gezählt werden. Großvaters Ratschläge dazu, was für die Metallwerke und alle, die dort arbeiteten, das Beste war, interessierten ihn nicht. Großvater wusste nicht mehr, wo sein ältester Junge stand.

Die Prügeleien begannen regelmäßig damit, dass Rolf von Jarls überheblicher Art genug hatte, die sich häufig gegen Rolfs erwachsenen Sohn richtete. Plötzlich hörte man ein Krachen, Klirren von Porzellan, das auf den Fußboden flog, und das Plumpsen von Männern, die sich schlugen. Das Scharren von Möbeln, die weichen mussten, wenn die beiden auf dem Boden landeten. Dumpfe Faustschläge gegen Rücken, Arm, Bauch. Nervöse Schreie der Frauen. Männer, die brüllten, jetzt hört doch auf, verdammt noch mal! Beruhigt euch! Die Schluchzer von Kindern, die kurz vor dem Weinen waren.

Papa ging als der Jüngste und Stärkste von allen dazwischen. Für einen kurzen Moment wurde aus dem Taugenichts die unbestrittene Autorität.

Hinterher kamen sie zu ihm und klopften ihm auf den Rücken.

»Das hast du gut gemacht, Leffe!«

»Leffe, es ist ein verdammtes Glück, dass du so stark bist!«

Großvater, festtäglich gekleidet in einem weißen Hemd, hob am anderen Ende des Raums den Arm zu einem respektvollen Dank.

Papa ging in die Küche, um sich ein Bier zu holen und das Gefühl auszukosten, ausnahmsweise einmal triumphiert zu haben. Großmutter stand in ihrer Speisekammer und weinte, weil die Kinder, die sie liebte, sich untereinander nicht genauso liebten.

»Sei nicht traurig, Mutter«, sagte Papa. »Alle besseren Feste enden in einer Prügelei. Erinnerst du dich nicht an letztes Jahr?«

Er berührte flüchtig ihren Arm. Es war das einzige Mal, dass ich sah, wie er sie berührte.

Als Großmutter und Großvater später das Haus an Rosita verkauften, feierten wir Weihnachten bei Majken und Alexej. Jetzt waren wir so wenige, dass sich alle vertrugen. Rolf kam mit einer großen Pralinenschachtel, wir kamen mit einer Tüte schmutziger Wäsche.

Alexej servierte Schnaps, der in kleinen Schlucken getrunken werden sollte, aber Papa kippte ihn auch dann auf Ex, wenn zwischen den Schlucken eigentlich ein Trinklied angestimmt werden sollte. Alexej füllte mit spöttischen Kommentaren das Glas wieder auf, Papa tat, als bekäme er nichts mit. Er stützte sich an der Wand ab, wenn er auf die Toilette ging, stolperte im Keller, wankte gegen das Treppengeländer. Lallte, dass er sich über sein Buch freue, wollte wissen, wie viel Patte in den Umschlägen für mich waren, fand, dass manche viel zu geizig gewesen waren, erklärte, dass ich meine Weihnachtsgeschenke nach Neujahr bekommen würde.

Hinterher gingen wir in die Funkisgatan, wo Mama, Lasse, Kajsa, Großmutter Vera, Großvater Julius, Nina, Onkel Guido, Cousin Andrea und Teile des Italienischen Vereins Heiligabend feierten. Ich sollte bis nach Neujahr bei Mama bleiben.

Dort duftete es nach italienischem Essen, Kaffee, Cognak, Panettone und Pall Mall ohne Filter. Alle waren fröhlich und laut. Sie verschütteten mit weit ausholenden Gesten den Inhalt ihrer Gläser, lachten laut und füllten sie wieder auf, ließen Zigarettenasche auf die weißen Tischdecken fallen, die auf der langen Tafel übereinander lagen, auf der dicht gedrängt Teller und Flaschen standen. Sie tanzten ein wenig. Sangen und spielten Spiele. Mama sah gut aus in ihrem langen Batikkleid. Nina hieß uns willkommen.

»Grüß dich, Leffe! Hallo, Mücke, schön, dass ihr da seid! Komm rein, Leffe, ich geb dir einen Longdrink! Oder möchtest du lieber einen Cognac?«

»Danke, wenn du einen hast, wäre mir ein Longdrink lieber.«

Papa setzte sich allein in das Zimmer vor dem Raum, in dem alle lärmten, behielt die Jacke an und hielt seinen Drink in der Hand. Zündete sich eine Zigarette an und schaute sich verstohlen in dem eigentümlichen Haus um, mit dem alles, was er liebte, verbunden war. An diesen Ort war er gekommen, um Mama abzuholen, als sie jung gewesen waren. Jetzt saß er hier, und alle warteten darauf, dass er wieder ging.

Nina unterhielt sich mit Papa, sprach leichthin über wesentliche Dinge. Onkel Guido sang einen alten Kindervers, während er gleichzeitig meine Finger einschloss, die nicht still liegen wollten, was die eigentliche Pointe war: *Bim bim ba, caneri nera, volete biscottini, volete caramelle, bim bim ba, caneri nera.*

Mama und Lasse blieben peinlich berührt im großen Zimmer. Kajsa stand ein paar Meter entfernt und guckte mit ihren braunen Augen. Åsas Papa! So sah er aus? So redete er? Kajsa sah ihn sonst nie. Mama hielt unsere Welten säuberlich getrennt.

Ich lief zwischen Papa und den anderen hin und her und wusste nicht, mit wem ich sprechen sollte. Warum ging er nicht? War er traurig?

Wenn Papa die Tür hinter sich schloss und in seinen ausgekühlten, rutschigen Halbschuhen in die Rönnbergagatan ging, weinte ich vor Scham über meine Erleichterung und über seine Einsamkeit. Er würde bis zum Dreikönigsfest in seinem Sessel sitzen. Durch die Verandatür sah ich seine bedrückte Silhouette im Schneegestöber verschwinden. Für einen kurzen Moment überlegte ich, ihm hinterherzulaufen.

Papa! Warte auf mich, ich zieh mir nur schnell die Jacke an!

Ich tat es nicht.

Großvater Julius wischte meine Tränen weg, ohne sie weiter zu beachten, und meinte, jetzt, wo ich da sei, begänne Weihnachten erst richtig. Hatte ich in letzter Zeit etwas Gutes gelesen? Er begann, mit seinen schönen Händen auf den Tisch zu trommeln. Erst langsam und dann immer schneller begleitete er sich selbst zum »Lied der Wolgaschlepper«. Wir anderen folgten seinem Beispiel. Die Kaffeetassen hüpften. Das ganze Haus schallte wider von dem suggestiven Lied, das mit einem ekstatischen Crescendo endete. Als Nächstes folgten »Bandiera rossa«, »Warszawjanka« und »Das Partisanenlied«. Nils Ferlins »Eine Walzermelodie« war Großvaters Paradenummer, vergaß er den Text, durften wir ihm nicht auf die Sprünge helfen.

Großmutter sang wehmütige russische Volksweisen über Birken, die mitten im Sommer ihre Blätter verloren, und Väter, die nie aus dem Krieg heimkehrten. Still wiegte sie sich zu den Worten, und ich dachte, dass keiner eine solche Großmutter hatte wie ich.

Papa wäre liebend gern dabei gewesen. Es war schön, dass er es nicht war.

Bei unserem letzten gemeinsamen Weihnachtsfest war Papa so betrunken, dass er sich die Schuhe nicht alleine anziehen konnte, als wir zu Majken und Alexej gehen wollten. Er fiel mehrfach hin und kam nur mit meiner Hilfe wieder auf die Beine. Als er sich aufrichtete, trat er sich den Schuh vom Fuß. Steh still!, schrie ich, als ich versuchte, ihn wieder anzuziehen. Er stand in Strümpfen im Schnee, um nicht wieder hinzufallen. Er hörte meine gebrochene Stimme und fragte, wie ich an Heiligabend nur so traurig sein könne.

»Du darfst nicht traurig sein, Natascha! An Heiligabend soll man doch Spaß haben. Da soll man fröhlich sein.«

Als das mittelstarke Bier nicht mehr im Supermarkt verkauft werden durfte, ging Papa in jeder Mittagspause zum Alkoholgeschäft. Wenn er zum Hort kam, klirrten in der grünen Schultertasche zwei Flaschen *Beyaz*, billigster türkischer Weißwein. Sie machten schon bald einer kleinen Flasche Wodka oder Schnaps Platz, aus der dann eine große wurde. Er stank immer öfter nach Schnaps.

Den Alkohol hatte es immer gegeben, aber das Bier hatte man ihm nicht angemerkt. Jetzt war er regelmäßig angetrunken, wenn er zum Feierabend seine Stechkarte abstempelte, oder auch mehr als das. Zu Hause stellte er seine Tasche in die Kleiderkammer, und ich öffnete sie hastig und heimlich, um zu sehen, wie viel er gekauft und getrunken hatte. Im Vorratsschrank stapelten sich die leeren Flaschen.

Jetzt waren unsere Abende weder lustig noch vertraulich. Er war nicht zu Scherzen aufgelegt, seine Witze waren fast immer plump. Erweckte er Gräfin Pavianarsch zum Leben, wurde ich rasend vor Wut, Donnerfürze und Meuchelmörder trieben mich aus dem Zimmer. Er kam sich dumm vor und wurde wütend, kam mir nach und sagte, ich hätte keinen Grund, mich wie eine Irre aufzuführen. Streitsüchtig zettelte er Diskussionen über Kleinigkeiten und Lappalien an.

Er tat sich selber leid, aber das Einzige, wofür er Worte finden konnte oder wollte, war die teuflische Arbeit, zu der er gezwungen war. Er war noch keine vierzig und hatte ständig Schmerzen. Die Müdigkeit war chronisch. Genau wie seine Einsamkeit.

Wir hörten auf, uns bester Freund und Kamerad zu nennen, aber er erkundigte sich nach Lena, der Puppe, die schon lange nicht mehr meine Begleiterin war und mittlerweile in einer Schublade lag.

»Lebt sie noch?«

»Bestimmt.«

Ich zuckte mit den Schultern. Seine Frage ließ sich nicht beantworten.

Wenn Papa trank, wurde die Welt nicht schön und die Menschen wurden auch nicht begehrenswert. Das Dasein wurde hässlicher, und die Idioten vermehrten sich. Der einzige Weg, diesem Elend zu entrinnen, bestand darin, noch mehr zu trinken.

Der Rausch hatte zur Folge, dass er noch schlechter hörte als sonst. Papa hatte seit 1968 einen Gehörschaden, damals war er eines Abends auf dem Heimweg von der Arbeit auf seinem Moped angefahren worden. Er hatte sich daraufhin eine Weile von den Metallwerken beurlauben lassen, um auf dem Bau zu arbeiten, eine Arbeit auszuprobieren, an der er vielleicht mehr Gefallen fand. Sein Gehörschaden, lebensgefährlich auf einer Baustelle, hatte ihn jedoch gezwungen, zu den Vergütungsöfen zurückzukehren. Der scheinbar glimpflich verlaufene Unfall hatte also schwerwiegende Folgen. Er musste seinen Traum aufgeben, die harte Arbeit als Metallvergüter hinter sich zu lassen. Als Bauarbeiter zu arbeiten, war zwar auch anstrengend, aber man erschuf etwas und war kreativ. Er sah etwas Vernünftiges und Verständliches entstehen – Wohnungen für alle. Der Stahl, den er in den Metallwerken härtete, verschwand außer Sichtweite, wurde mit etwas anderem irgendwo anders in Schweden zusammenmontiert und anschließend exportiert. Er durfte nie das Endergebnis seiner Arbeit sehen.

Durch den Alkohol wurde sein Ohr noch tauber. Wenn ich etwas sagte, winkelte er den Kopf in meine Richtung an und lallte, er höre nichts, weil so ein Superidiot vom Schwedischen Ringerbund, noch dazu sein alter Trainer, ihn fast totgefahren hätte. Er bat mich, lauter zu sprechen, schüttelte bekümmert den Kopf und meinte, dass er trotzdem nichts höre.

Er wollte tanzen.

Viele Jahre waren Volksmusikprogramme im Fernsehen für ihn das Lächerlichste gewesen, was es überhaupt gab, kaum etwas anderes hatte ihn so zum Lachen gereizt wie Geige spielende Männer mit Potthaarschnitten. Jetzt waren es Sendungen, auf die er sich freute. Er sagte, er wolle eine kesse Sohle aufs Parkett legen. Ich bat ihn, mir das zu ersparen, er beharrte darauf. Riesengroß und plump krümmte er den Rücken in einer feurigen Polka, beherrschte jedoch keine Tanzschritte, und welchen Rhythmus die Gebrüder Lindqvist fiedelten, spielte auch keine Rolle.

»Das ist doch egal! Das ist egal! Jetzt wollen wir tanzen!«

Er umarmte mich mit seinen großen Armen und stampfte auf dem Fußboden auf, dass es krachte. Ich versuchte mitzumachen, aber mein Körper revoltierte. Er verlor das Gleichgewicht und versuchte sich auf den Mahagoniständer zu stützen, so dass wir beide hinfielen. Unmittelbar darauf war er wieder auf den Beinen, um weiterzumachen. Sonja kam hoch und wollte wissen, was denn das für ein Lärm war.

»Ich will tanzen, und das Mädel will nicht.«

»Aber Tanzen macht doch so viel Spaß! Leg Discomusik auf, Leif!«

Er wurde wütend. Da kam dieses Weibsbild endlich einmal hoch, nur um dann Unsinn zu reden.

Papa wurde wegen seiner Nerven- und Alkoholprobleme gegen seinen Willen krankgeschrieben und arbeitete während langer Phasen nicht in den Metallwerken. Die Vergütungs-öfen brannten trotzdem. Ich fragte nicht, wer sich um sie kümmerte, wenn Schwedens bester Metallvergüter es nicht tat.

Er wurde zurückgestuft und durfte sich nicht mehr Vor-arbeiter nennen, die Werkszeitung mit dem Bild, über das er sich so gefreut hatte, landete im Müll. Rastlos vor Angst und Mangel an Beschäftigung, bügelte er alles, was sich im Wä-scheschrank befand. Schweißtropfen fielen auf Osterläufer, die ich nie zuvor gesehen hatte. Gealtertes Archivmaterial aus Mamas Zeit. Er bat mich, nicht mehr nach Metallvergü-tungsmeister Leif Andersson zu fragen, wenn ich ihn auf der Arbeit anrief.

Man konnte nicht mit ihm sprechen, und ich hatte auch keine Lust, es zu tun. Wir waren beide so auf seine Flaschen fixiert, dass wir uns nicht mehr sahen. Wenn wir redeten, war es, als würde man etwas sagen, während man den Mund gegen ein Trinkglas presst.

Wir trieben auf einen Abgrund zu. Das Ganze ging so schnell, dass man die Monate zählen konnte.

Früher hatte ich alles in Papas unmittelbarer Nähe getan. Jetzt blieb ich in meinem Zimmer und schnitt Todesanzeigen aus der Tageszeitung, die ich in einer kleinen russischen Holzschatulle verwahrte. Papa leerte sie kommentarlos. Ich füllte sie von Neuem. Es war ein stummer Kampf, den sich keiner von uns anmerken ließ. Ich hörte auf, mich bei dem Gedanken zu fürchten, dass er sterben könnte.

Ich wollte nicht mehr, dass er mich im Hort abholte, und fuhr allein mit dem Fahrrad nach Hause. Machte lange Umwege durch die Einfamilienhaussiedlungen. Ich werde langsam geisteskrank, dachte ich, meine Nerven sind genauso schwach wie Papas. Im Frühling war er früher immer auf die gleiche ziellose Art mit mir durch die Gegend gefahren. Hatte das Fahrrad an irgendeinem kleinen Wäldchen abgestellt, sich an eine Birke gelehnt, die Augen geschlossen und geflüstert, er habe Nervenschmerzen. Als ich kleiner war, fragte ich ihn, was Nerven waren, und er erklärte, das seien lange Fäden im Körper. Ich stellte sie mir wie die Kaugummis vor, die ich auf Armlänge zog, anschließend um den Zeigefinger wickelte und in den Mund stopfte, mit jedem Mal weniger elastisch. Ich hörte auf, meine Kaugummis zu verschlucken, denn ich hatte Angst, sie könnten sich in den Nerven in meinem Bauch verheddern. Ich dachte, dass der Mensch vielleicht trotz allem aus dem gleichen Material gemacht war wie die furchtbaren Puppenstubenpuppen.

Oder ich ging zu Großmutter und Großvater, die nach dem Verkauf ihres Hauses in eine Wohnung in dem Mietshaus unterhalb von uns gezogen waren. Nun musste man nur einen kleinen Hang hinablaufen, um zu Patte und Dillfleisch zu kommen.

Großmutter hatte kurz hintereinander eine Gehirnblutung und zwei Herzinfarkte erlitten. Weitere sollten folgen. Sie zog ein Bein nach und konnte ihren linken Arm nicht mehr benutzen. Das Hörgerät in Größe einer Zigarettenschachtel hing an einer dünnen Schnur um ihren Hals und funktionierte nie. Großvater kam immer seltener mit Zandern und Barschen heim, kaufte manchmal jedoch Fisch und behauptete anschließend, ihn selbst geangelt zu haben. Ich saß in der Küche und aß seine Lakritzgummis. Die beiden halfen mir, die Zeit mit Kartenspielen totzuschlagen.

Sören kam mit einer neuen Kamera zu uns. Er war der einzige Arbeitskollege, mit dem Papa Kontakt hatte, und ich mochte ihn. Er wollte uns knipsen, ehe er zu seiner Freundin in Nordschweden zog. Ich posiere in einer roten Gabardinehose, einem weißen Polohemd und einer braunen Strickweste, die Großmutter Vera gestrickt hat. Die Haare sind zu einem Pferdeschwanz gebunden, lose Strähnen rutschen aus dem Gummi, Großvaters rechtes Ohr steht ab. Unter dem Arm halte ich das Briefmarkenalbum. Ich versuche mit meinem großen roten Mund in die Kamera zu lachen, aber der Mund will mir nicht gehorchen. Ein trauriger Clown. Niemand, dachte ich, als ich das Foto später sah, kann einen solchen Menschen mögen. Warum hat mir nur keiner erzählt, wie hässlich ich bin?

Ich begann in das Tagebuch mit der Taube auf dem Umschlag zu schreiben, das Papa mir geschenkt hatte. Fragmente aus den Jahren mit Mama. Wunderkerzen, die Licht auf gewisse Dinge warfen, die im Schatten gelegen hatten, aber dennoch zu schwach und zu kurz brannten, um auszuleuchten, was ich suchte. Ich schrieb über die Adventssterne, die morgens in allen Fenstern Viksängs leuchteten, wenn nur Papa und ich schon unterwegs waren. Darüber, wie breit sein Rücken war, wenn ich hinter ihm auf dem Gepäckständer saß. Ich schrieb über den Tag, an dem wir von der Kita zu dem vanillesaucengelben Kasernengebäude gingen. Ich dachte, wir wollten uns Bücher aus der Bücherei ausleihen, und wunderte mich, als wir die abgetretenen Marmortreppen einen Absatz höher hinaufstiegen und vor der größten Holztür stehen blieben, die ich jemals gesehen hatte. Sie war abgeschlossen, und Papa klopfte an. Er sagte, dass er einen Freund besuchen wolle. Ich war zu klein, um lesen zu können, sah aber die beiden stilisierten *A*s auf dem Metallschild der Tür. Er klopfte nur einmal und nicht sonderlich fest. Niemand öffnete. Wir gingen nie wieder dorthin.

Einige Male nahm ich all meinen Mut zusammen und goss die Flaschen aus. Ich entschied mich für diejenigen, die vor seinem Bett standen. Nichts war schlimmer, als zu sehen, dass er nicht einmal die Kraft hatte, sich zum Trinken aufzusetzen. Die Haare am Hinterkopf waren platt gedrückt vom betäubten Schlaf. Wenn er entdeckte, was ich getan hatte, verlangte er verletzt eine Entschuldigung, weil ich ihm keinen Schlaf gönnte. Er kanzelte mich ab und glotzte mich gleichzeitig an wie ein verschlagener Boxkämpfer. Es fiel ihm schwer, sein selbst auferlegtes Martyrium zu tragen.

Ich sagte Entschuldigung.

Hinterher bekam er Schuldgefühle und kaufte Geschenke, einmal einen Silberring mit zwei roten Perlen. Ein anderes Mal kam er mit einer teuren Taschenuhr und bei einer anderen Gelegenheit mit einem Autogrammblock, der die Unterschriften der Bandyhelden Torbjörn Ek und Sören Boström enthielt. In seiner Tasche lag öfter als früher eine

Büchertüte aus dem Domus. Er tauschte das alte Bücherregal in meinem Zimmer gegen ein neues mit einer Schreibtischplatte aus.

Wenn er ansatzweise versuchte, das Trinken aufzugeben, geschah dies immer nur dann, wenn er ohnehin kein Geld hatte. An diesen Tagen war er beherrscht und sanft, obwohl sein Körper rebellierte. Er saß im Sessel und versuchte die Beine zu strecken, die Widerstand leisteten. Er hielt es nur ein paar Tage aus.

An einem Samstagnachmittag presste Großvater Papa gegen die Wand und drohte ihm mit seiner pensionierten Metallarbeiterfaust.

»Jetzt hörst du gefälligst auf mit dem Schnaps, du Rotzlöffel! Denk an das Mädel!«

Sie waren beide nicht sonderlich groß, aber Papa war mit seinen vielen Muskeln massiv. Jetzt wirkte er klein. Wurde zu dem Kind, das von seinem Vater so oft eine Ohrfeige bekommen hatte. Der alte Mann war ihm zwar nicht gewachsen, aber die Worte brannten wie ein Hosengürtel auf einem nackten Rücken.

»Ja, ja«, sagte er und schaute weg, aus dem Fenster von Großmutters guter Stube.

Am selben Tag feierte Anna-Karin ihren Geburtstag, sie wohnte mit ihrer Mutter im Haus gegenüber. Ich hatte kein Geschenk dabei und ging als Erste von allen. Ich wollte nach Papa sehen, wir waren mit zwei Flaschen Schnaps vom Alkoholgeschäft heimgekehrt. Er hörte mein Klingeln nicht, und ich hatte keinen Schlüssel. Ich dachte, dass er bewusstlos war oder noch schlimmer, und lief weinend den Hang zu Großmutter und Großvater hinunter. Als Papa mich schließlich abholte, war Großvater so verzweifelt über seinen Sohn, dass er ihn nie wieder sehen wollte.

»Wenn du dich so benimmst, mag dich kein Mensch, begreifst du das nicht?«

In der Küchentür stand Großmutter und weinte.

Ich weiß nicht mehr, ob es Frühling oder Herbst war, nur dass wir stumm auf Papas plumpe Schuhe hinabschauten, die auf dem Heimweg den Hang hinauf waren. Er benötigte einhundertdreißig Schritte bis nach Hause, ich einhundertneunundsiebzig. Er knickte um, schafft es aber, das Gleichgewicht zu halten.

»Tun dir die Füße weh?«

»Mir tut alles weh.«

Er hatte es so eilig, zum Vorratsschrank zu kommen, dass er nicht einmal seine Jacke auszog. Das metallische Geräusch des Schraubverschlusses schoss wie ein elektrischer Schlag durch alles, was unser Leben war.

Er ging vor meinen Augen zugrunde.

Ich war nicht mehr die Kleine, die darauf wartete, dass ihr Vater die Tür zur Kita öffnen würde, ihm in der Wohnung überallhin folgte und mit einem festen Griff um den rechten Daumen an seiner Schulter einschlief. Ich verschwand nicht mehr in der Couch, wenn ich mich auf sie legte, und der Spiegel im Flur begegnete dem Blick eines Mädchens, das in die Pubertät kam, sich nach dem Rockstar Joakim Thåström sehnte und sich wie Nina Hagen kleiden wollte, aber nicht traute.

Ich weiß nicht, wie viel Papa von meiner Entwicklung mitbekam und ob es ihm etwas bedeutete, dass ich ihn nicht mehr so brauchte wie früher. Er muss den Duft von Date gerochen haben, die Brüste gesehen haben, die unter dem Sweater schmerzten, genau wie die Pumps im Schuhregal. Ich weiß nicht, ob er sich vor anstrengenden Pubertätsjahren fürchtete oder ob er trauerte, weil ich nicht mehr sein kleines Mädel war. Wir sprachen nicht mehr über mich. Er sprach über sich.

Darüber, wie gut er in allem war. Dass er der beste Metallvergüter Schwedens war und viel jünger aussah, als er war, dass er seine Wohnung so elegant eingerichtet hatte und in seiner Jugend ein herausragender Fußballspieler gewesen war, dass er die schönste Handschrift in ganz Västerås hatte.

Er brachte mich so weit, dass ich Hass empfand. Zum Beispiel, wenn er sich, auf Sonja wartend, mit einem feuchten Kamm durch die Haare fuhr. Oder wenn er das geschmacklose Schmuckregal abstaubte und die Tagesdecke auf dem

Radioweckerbett zurechtzog. Wenn er zum Vorratsschrank stolperte, um mit einer hässlichen Grimasse ein paar Schlucke zu nehmen – ausgerechnet er gewöhnte sich nie an den Geschmack –, hätte ich ihm am liebsten die Schranktür gegen den Hinterkopf gerammt. In meiner Fantasie wurde das Holz der Schranktür so eingedellt, dass Lackstücke auf den Boden fielen. Ich hasste es, wenn er sich über Armut, saublöde Mitmenschen und seinen steifen Rücken und die steifen Hände beklagte, während er gleichzeitig all jene verhöhnte, die dafür zu sorgen versuchten, dass es Menschen wie ihm besser ging. Wie er sich am Zahltag in seinen Kojakanzug warf und anschließend siegessicher loszog, um in dem Gefühl, ein toller Hecht zu sein, seinen lächerlichen Käse zu kaufen. Ich schämte mich dafür, wie er Großmutter und Großvater ausnutzte, ohne jemals Danke zu sagen. Ekelte mich, wenn ich ihn auf der Toilette abziehen hörte. Oder seinen labberigen Hodensack aus einer Unterhose heraushängen sah, die längst ihre Form verloren hatte.

Mein Papa war kein Balu und ganz bestimmt kein Kapitän Ephraim Langstrumpf.

Er war kein liebenswerter Exzentriker mehr. Er war schwach.

An manchen Morgen hoffte ich, der Tag werde mir die Botschaft von seinem Tod bringen. Ich stellte mir vor, dass der Rektor an die Tür des Klassenzimmers klopfen und mit ernster, aber teilnahmsvoller Miene zunächst mit meinem Lehrer und anschließend mit mir sprechen würde. Ich würde die Nachricht mit Fassung tragen, alle würden sich um mich kümmern und mich bemitleiden.

Es wäre das Beste, wenn Papa sterben würde. Nicht unbedingt für mich, aber für ihn selbst, redete ich mir ein.

Ich sah mich zusammen mit Großmutter und Großvater am Sarg stehen. Ich fragte mich, ob Mama kommen würde.

Ich begann, Mama zu Parteiversammlungen zu begleiten. In der Stora gatan lag das Büchercafé, die obere Etage wurde von der Kommunistischen Jugend beherrscht. Die Parteiarbeit wurde zu einem gemeinsamen, Sinn stiftenden Projekt, auch wenn ich mich schon bald wesentlich radikaler fand als sie.

Ich war eine Jugendliche, brauchte aber nicht über den Sinn des Lebens oder meine Identität nachzugrübeln. Der Sozialismus bescherte mir einen festen Kurs.

Papa sagte, ich würde mich reiner Demonstrationspolitik widmen und schnaubte verächtlich, wenn ich erwiderte, ich kämpfte dafür, dass er von Stechuhr und Rückenschmerzen befreit würde.

»Wenn die klassenlose Gesellschaft, von der du immer redest, Realität werden soll, sind Organisation und Kampf erforderlich, kapierst du das nicht?«

Nein, das begriff er ganz und gar nicht. Was sollte das schon bringen? Schilder und Spruchbänder kann man nicht essen, man kann keine Miete mit ihnen zahlen, das weiß doch jeder. Was sollen die Leute denken? Er sagte, mein albernes Getue müsse ein Ende haben. Aber ich wollte nicht zu denen gehören, die Ungerechtigkeiten mit einer geballten Faust in der Hosentasche bekämpften, ich wollte etwas tun. Ich wusste, von selbst würde sich nichts verändern.

Nach der Schule ging ich zu Mama, die mittlerweile nach Klockartorpet gezogen war, einem kleinen Wohnviertel zwischen Skiljebo und Viksäng. Dort hörte ich die Hoola Bandoola Band und andere Politsänger. Ich füllte meinen Körper mit Texten, die mir versprachen, eine andere Welt sei möglich, wenn wir nur gemeinsam dafür kämpften. Ich bin ein Mensch unter Menschen in der Welt, sang Mikael Wiehe: *Die ihre Verantwortung in der Welt verleugnen, verleugnen die Menschen, die so sind wie sie.*

Es brannte. Ich beschloss, den Familiennamen zu wechseln.

»Andeschon«, meldete sich Papa, wenn er ans Telefon ging. Auf der Tür stand Andersson. Kein besonderer Name, sagte er, aber anständig. Strebsam. Schwedisch.

Ich hatte nichts gegen Andersson, wollte aber das Erbe der Funkisgatan weiterführen und begann, mich Linderborg zu nennen. Papa ahnte nichts, bis ich mit einer Klassenarbeit nach Hause kam, die er unterschreiben musste. Schweigend saß er den ganzen Abend da, den dicken Daumen über den Namen in der oberen linken Ecke gelegt. Er hob ihn an, um nachzusehen, wie ich mich nannte, und in der Hoffnung, sich beim zweiten oder zehnten Mal verlesen zu haben. Die Sendungen im Fernsehen lösten einander ab.

»Jetzt unterschreib!«, sagte ich schließlich.

Als er endlich zum Stift griff, war seine schöne Handschrift entstellt.

Aus Papas Mädel war Tanjas Tochter geworden. Eine Linderborg. Wir sprachen nie darüber.

Großmutter sah ich zum letzten Mal an einem Nachmittag nach der Schule. Großvater war auf dem See, und Majken hatte ihr gerade beim Duschen geholfen. Sie kam auf mich zu. Nackt, nur mit einem Badehandtuch um die Schultern. Ein alter, plumper Körper, der sieben Schwangerschaften hinter sich hatte. Ich erstarrte vor Schüchternheit und Ekel und konnte es trotzdem nicht lassen, sie anzustarren. Ihre Schamhaare waren lang, grau und spärlich gesät. Sie war kein bisschen verlegen.

»Hoppla, du bist es, Åsa?«, fragte sie, wie üblich erfreut, mich zu sehen.

Ich ging in die Küche und erkannte, dass ich nichts von ihr wusste. Von ihren Eltern oder davon, was sie getan hatte, bevor sie Großvater kennen gelernt hatte und schwanger geworden war. Es hatte immer nur Raum für Großvaters Geschichten gegeben. Sie hatte unzählige Erfahrungen gesammelt, nach denen sie nie jemand gefragt hatte, und jetzt schien es mir zu spät dafür zu sein. Ich bat sie, mir etwas über ihre Kindheit zu erzählen. Darüber gab es nichts Besonderes zu sagen, fand sie, abgesehen von damals, als ihre Mutter und sie das Haus eines Verstorbenen gründlich putzten und die Feuerhaken sich aus eigener Kraft auf dem Fußboden zu einem Kreuz zusammenlegten. Sie hatten die Haken wieder aufgehängt, aber als sie am nächsten Tag zu dem kleinen Haus zurückkehrten, lagen die Feuerhaken erneut über Kreuz.

»Gott wollte mir damit sicher etwas sagen, denke ich, aber weiß der Himmel, was.«

»Wie bitte, du glaubst an Gott?«

Ich musste mich verhört haben – Großvater sagte doch immer, dass sie eine Spitze auf dem Weihnachtsbaum hatten, um sich vom Stern von Bethlehem zu distanzieren.

»Tut das nicht jeder?«, fragte sie genauso erstaunt.

An den Tagen nach der Beerdigung saß Papa in seinem Sessel und suhlte sich in Selbstmitleid. Seine Geschwister waren wütend, weil das Erbe kleiner war, als sie sich erhofft hatten, und nun behauptete Jarl, dass es Papas Schuld sei.

»Ich, der ich nie um etwas gebeten habe. Ich bin doch so gut wie nie bei Vater und Mutter, wann hätte ich mir denn überhaupt Geld borgen können?«, fragte er und suchte meine Bestätigung.

Ich erbte ein Paar goldene Ohrringe und ein englisches Service, dass Großmutter und Großvater sich zu ihrer goldenen Hochzeit gekauft hatten. Es fiel mir hin, so dass nur noch Scherben übrig waren. Es waren dieselben Teller, die an einem zerstrittenen Heiligabend in der Björkgatan auf den Parkettboden geflogen waren.

Nach Großmutters Tod verkaufte Papa sein Boot Åsa an seinen Bruder Rolf, der ihn jahrelang angefleht hatte, es ihm abkaufen zu dürfen.

»Was willst du denn mit dem Boot, Leffe? Verkauf es mir, dann darfst du es dir leihen, wann immer du willst!«

»Und was willst du damit? Du kannst doch mit so einem Boot gar nicht umgehen!«

Es war immer das Gleiche, bei allen größeren Familienfesten. Nach ein paar Schnäpsen begann sein Bruder über das Boot zu schwadronieren, bis die anderen ihm über den Mund fuhren.

»Jetzt halt aber mal den Mund! Leffe und das Mädel brauchen das Boot, kapierst du das nicht?«

Wenn sie allein waren, drohte Großvater Papa mit erhobenem Zeigefinger.

»Verkauf bloß nicht das Boot! Hast du gehört?«

»Zum Teufel, Vater, dir muss doch wohl klar sein, dass ich das Boot niemals verkaufen werde!«

Ich weiß nicht, was sich in jenem Sommer abspielte, in dem Papa überredet wurde. Vielleicht war es wie damals, als er mein Fahrrad verkaufte – er hatte kein Geld. Die Leute munkelten, dass er die Åsa viel zu billig verkauft hatte. Ich war für ein paar Sommerwochen bei Mama und wusste nichts, bis mir über mehrere Ecken zu Ohren kam, dass Papa mit dem Geld für das Boot so getrunken hatte, dass er einen epileptischen Anfall bekommen hatte. Jetzt lag er mit zerbissener Zunge im Krankenhaus.

Vom Krankenbett aus ließ Papa mir durch Majken ausrichten, er wolle, dass ich ihn besuche. Das Krankenhaus lag nur wenige Minuten Fußweg von Mamas Haus entfernt. Ich ging hin und machte im Foyer kehrt. Ich wollte ihn nicht gedemütigt im Krankenhauskittel in einem Zimmer zwischen anderen sehen, in einem anheb- und absenkbaren Bett mit sauberen Landschaftsverbandlaken, umsorgt von freundlichem, aber bestimmtem Personal, das ein ernstes Wort über seine zerstörerische Trunksucht mit ihm redete, während er sich wie verrückt nach einer Zigarette, nach einem Schnaps sehnte. Übel zugerichtet, mit vorwurfsvollen Geschwistern auf den Besucherstühlen.

»Warum bist du nicht gekommen?«, fragte er mich, als wir uns daheim in der Küche begegneten.

Er hatte das Krankenhaus verlassen, ohne Bescheid zu sagen, war weder gesund geschrieben noch entlassen worden. Er lief schlicht und ergreifend fort, um einer Therapie zu entgehen.

»Ich bin da gewesen, aber ich hab nicht kapiert, auf welcher Station du gelegen hast. Ich hab bestimmt eine Stunde nach dir gesucht und keinen gefunden, der mir weiterhelfen konnte.«

Er sah, dass ich log.

Papa war ein schlechter Lügner, und die wenigen Male, die er mir gegenüber die Unwahrheit gesagt hatte, ließen sich an einer Hand abzählen. Ich log regelmäßig für uns beide, um zu schützen, was unser Leben war. Zu ihm war ich jedoch fast immer ehrlich.

Ich bat ihn, mir seine Zunge zu zeigen. Mit verzerrter Miene streckte er ein groteskes Ungetüm mit volantgemusterten Rändern heraus.

»Dann guck!«, sagte er und starrte mir unverwandt in die Augen.

An der Spüle stand ein jämmerliches Monster und entblößte seine Entstelltheit. Mein Papa. Das Boot zu verkaufen hieß, alles aufzugeben.

Ich ging in mein Zimmer und schloss die Tür, kehrte aber schon bald in die Küche zurück und wollte von ihm wissen, ob er es nicht bereue. Ob er die Åsa nicht vermisse.

»Nein, kein bisschen. Das Boot hat wirklich verdammt viel Arbeit gemacht.«

Er sah aus dem Küchenfenster. Rieb behutsam mit dem Daumen über den Zeigefinger, wie morgens, wenn er sich übergab.

»Nein, kein verdammtes bisschen.«

Ich wollte wissen, warum die Stereoanlage fort war.

»Die hab ich einem Arbeitskollegen verkauft.«

»Und warum? Was ist denn aus dem ganzen Geld für das Boot geworden?«

»Ich hab doch alles Mögliche angeschafft!«

»So, was denn?«

»Na, die hier!«

Gereizt zeigte er auf zwei kleine Wandlampen aus Kristallglas.

Um das Geld für das Boot zurückzubekommen, von dem er geglaubt hatte, es würde ihn aller Sorgen entledigen, hatte er verzweifelt begonnen, Teile des Hausrats abzustoßen.

Im nächsten Sommer verkaufte Rolf das Boot weiter. Noch Jahre später radelte Papa von einem Västeråser Bootshafen zum nächsten und suchte nach der Åsa. Er wollte sehen, wer sie jetzt besaß, sich vergewissern, dass sie gut gepflegt wurde. Ich weiß nicht, ob er sie jemals wiederfand.

Eine Nacht nach der anderen folgte auf eine Woche nach der anderen, ohne dass ich überhaupt bei Papa war. Mama hatte ihn mit Pauken und Trompeten verlassen. Ich stahl mich davon.

Ich war vierzehn, als ich zum letzten Mal in der Rönnbergagatan schlief. Wir hatten ungewöhnlich viel Spaß und alberten zum Fernsehprogramm herum, wie wir es in jenen Jahren getan hatten, die wir erst kürzlich hinter uns gelassen hatten und die mir dennoch schon so fern erschienen. Er fragte mich nicht, ob ich glaubte, dass Sonja zu Hause war, und stand auch nicht am Fenster und hielt Ausschau nach ihr. Ich dachte, dass es eigentlich gar nicht so aufreibend war, bei Papa zu sein, und ich versuchen sollte, häufiger dort zu sein. Nicht wie früher vielleicht, aber deutlich öfter.

Am nächsten Morgen erwachte ich allein, Papa war schon zur Arbeit gegangen. Ich aß eine Scheibe Lundiusbrot und trank ein Glas Wasser. Meine Kleider waren alle in Klockartorpet, weshalb ich die gleichen Sachen anzog wie am Vortag: Tangaslip, Levis 501, ein hellblau gestreiftes Hemd, Großmutters alte polnische Pumps. Ich schminkte mir die Augen mit Eyeliner, wie Sonja es mir beigebracht hatte. Dunkelroter Lippenstift. Ich war die Einzige, die ein solches Make-up trug und legte viel Wert darauf. Mein Selbstvertrauen gründete sich auf hellgrüne Döschen mit der Aufschrift Pierre Robert. Ich lief den kurzen Hang hinunter, der Papas Haus von der Viksängsschule trennte, wo ich in die achte Klasse ging.

Zwei Stunden später betrat der Vermieter in Begleitung der Polizei und einer Vertreterin des Sozialamts die Wohnung. Papa hatte seit acht Monaten keine Miete mehr gezahlt und sollte vor die Tür gesetzt werden.

Den ganzen Abend hatte er gewusst, dass sie kommen würden, es mir gegenüber jedoch mit keinem Wort erwähnt. Er hatte kichernd im Sessel mit seinem Bier und der Zigarette gesessen, ohne sich etwas anmerken zu lassen. Ich habe keine Ahnung, was er dachte, als er ins Bett ging. Manchmal kam es einem vor, als würde er seine Nerven in den Vergütungsöfen auf der Arbeit lassen.

Als sie sich in der Wohnung umsahen, entdeckten sie, dass nachts jemand in meinem Bett geschlafen hatte. Ich hatte Blutflecken auf dem Laken hinterlassen, mit dem ich es selbst bezogen hatte. Großvater sprang ein und bezahlte die Miete, und man beschloss, dass Papa in der Wohnung bleiben durfte. Sie wollten keine Familie aus einer Wohnung vertreiben, in der noch ein Kind wohnte, sagte die Frau vom Sozialamt hinterher zu Mama. Sie war auch in der Partei. Man wollte Papa das Sorgerecht für mich entziehen. Mama erklärte, es werde ihm mit Sicherheit nicht helfen, wenn sie ihm das Einzige nahmen, was er noch hatte – in Wahrheit sei ich bereits in sicheren Händen.

Am Abend saßen Mama und ich auf meinem Bett in Klockartorpet. Kajsa saß daneben. Sie war nie bei Papa zu Hause gewesen. Ich zeigte ihnen ein kirschrotes Portemonnaie, das ich mir am Nachmittag in Begleitung Helenes gekauft hatte. Es hatte jede Menge Fächer und fünfundzwanzig Kronen gekostet. Es war mir schwergefallen, mich zwischen diesem, einem schwarzen und einem mintgrünen zu entscheiden. Mama seufzte und meinte, ich müsse daran denken, nicht so verschwenderisch mit meinem Geld umzugehen.

»Du bist deinem Vater manchmal so ähnlich.«

»Ich weiß.«

Wenn ich nach Schulschluss zu Mamas Haus in Klockartorpet ging, schaute ich zu Papas Wohnzimmerfenster hinauf – seinem vierundzwanzigsten Türchen – und wunderte mich, dass er immer noch dort wohnte. Dass es ihn überhaupt noch gab. Ich sah die Kristalllampen in der Winterdunkelheit leuchten, sie brannten den ganzen Tag. Ich begriff, dass er krankgeschrieben war.

Was machte er dort ganz allein?

Die Lampen brannten für die Nachbartanten und für mich. Er wusste, dass ich jeden Tag vorbeiging. Komm heim, sagten sie. Hier bin ich, Goldklümpchen! Erinnerst du dich an mich?

Manchmal musste ich hinaufgehen, um etwas zu holen – Bücher, Platten, Schlittschuhe. Ich öffnete die Tür mit meinem Schlüssel und war erleichtert, wenn ich sah, dass er im Sessel schlief. Ich schlich mich hinein, nahm mir, was ich brauchte, und ging wieder. Hoffte, dass er nicht aufwachen würde, wenn ich die Wohnungstür hinter mir zuzog. Manchmal hatte er die innere Tür abgeschlossen, so dass ich nicht hineinkam, und zwar immer dann, wenn er kurz zuvor Lohn oder Krankengeld bekommen hatte. Er hatte Angst, ausgeraubt zu werden, ein dickes Bündel Geldscheine füllte sein Portemonnaie, das er für alle gut sichtbar in einem großen Buch im Bücherregal versteckte.

Eines Nachmittags kam er aus der Küche, als ich den Schlüssel ins Türschloss steckte.

»Hallo.«

»Lange nicht gesehen.«

»Ich musste so viel für die Schule tun.«

»Soso.«

Er war nüchtern, aber krankgeschrieben. Ich drehte eine Runde durch die Wohnung, bevor ich mich auf die Samtcouch setzte, die fast neu war. Papa setzte sich in den Sessel. Zündete sich eine Zigarette an.

»Und sonst?«

»Ganz okay. Ich hab heute eine Physikarbeit zurückbekommen, ich hatte nur zwei Fehler. Bist du krankgeschrieben?«

»Die Nerven.«

Ich ging zum Fernseher und machte ihn an. Bonanza. Wir unterhielten uns und hatten Spaß. Papa kicherte, ich lachte laut. Ich dachte, dass ich öfter zu ihm gehen sollte, als ich entdeckte, dass ich auf meinem Hubbabubba saß. Ich fing an, den Kaugummi hinter meinem Rücken abzureißen, so dass ein großes Stück Samt verschwand, während ich gleichzeitig nervös über alles Mögliche plapperte. Ich verdeckte den kahlen Fleck mit einem Kissen, sagte Tschüss und ging zu Mama. Die ruinierte Couch wurde für mich zu einem lausigen Vorwand, lange Zeit nicht mehr zu Papa zu gehen.

Nachts hatte ich Alpträume, in denen wir in der Rönnbergagatan putzen, weil Mama kommt. Wir sind nervös, als es an der Tür klingelt, aber nicht sie steht vor der Tür, sondern jemand anderes. Wir sind gleichzeitig enttäuscht und erleichtert. Als wir in die Küche zurückkehren, um unseren Hausputz fortzusetzen, sitzt das Eichhörnchen auf dem Fensterblech. Es hämmert gegen die Scheibe und schreit, dass es hereinkommen muss. Papa freut sich, ich dagegen bekomme Angst.

Irgendwann in dieser Zeit erschuf mein Gehirn eine Art Hintergrundbilder, die noch heute in den Fugen meines aktiven Denkens abgespult werden. Mehrmals täglich und ausnahmslos kurz vor dem Einschlafen: die morgendliche Dunkelheit in der Rönnbergagatan – der Gepäckträger – der

Hang, der zur Kita und den Metallwerken hinunterführte – die Schuhe auf dem Flurteppich – Hallo, Schnuckelchen, schön dich zu sehen – Zander bei Großmutter und Großvater – der Supermarkt – Pripps Blå – Aftonbladet – Die Drehscheibe – das Bett – Lena – Papas Daumen.

Ich ging dazu über, Lasse Papa zu nennen. Den anderen Menschen ließ ich mit Dämonen allein, von denen ich nichts wissen wollte.

Eines Abends klingelte er bei Mama. Ich war unangenehm überrascht, als ich die Tür öffnete und sah, dass Papa davor stand, fing mich jedoch schnell und versuchte ein wenig zu scherzen. Kumpelhaft, als wären wir früher zusammen bei der Armee gewesen. Von seinem seltsamen schwarzen Mantel tropfte der Regen, und er war nicht zu Scherzen aufgelegt. Er hatte sich ausgesperrt. Musste sich meinen Schlüssel ausleihen. Ich bat nie darum, ihn zurückzubekommen.

Vorher waren wir uns manchmal begegnet, wenn er von der Arbeit kam. Ich konnte mich nirgendwo verstecken. Wenn Helene und ich ihn in der Stadt sahen, wechselten wir die Straßenseite. Das hatte Mama jahrelang getan.

»So geht das nicht weiter«, sagte er. »Du musst mal nach Hause kommen.«

»Ich weiß. Ich komme Donnerstag.«

Er bettelte um einen Kontakt und wusste gleichzeitig, dass ich ihn nicht wollte. Es ging ihm schlecht ohne mich, und jetzt sprach er es aus.

Arbeitete er spätabends, rief er mich manchmal an, während er darauf wartete, dass der Stahl die richtige Temperatur erreicht hatte. Wir unterhielten uns über unwichtiges Zeug. Russische U-Boote. Ronald Reagan. Wir verloren kein Wort über ihn. Keins über mich.

Auf meinem Weg zur Schule und zurück kam ich täglich an der Rönnbergagatan vorbei. Dennoch ging ich niemals den Hang hinauf und klopfte bei Papa an. Nicht an diesem Donnerstag und nicht am nächsten.

An einem Sommertag hatte er sein Portemonnaie verloren und benötigte einen neuen Ausweis. Konnte ich ihm helfen? Es war das erste Mal, dass er über die Schwelle zu Mamas und Lasses Wohnung trat. Ich war allein und bot ihm an, sich umzusehen. Er verzichtete auf das Schlafzimmer, registrierte jedoch, dass dort ein Bett aus Spanplatten stand, das weder Kopfende noch Tagesdecke hatte. Er blieb vor der Ivarsektion stehen, wo sich *Der Butt* von Günter Grass und *Asian drama* von Gunnar Myrdal mit Lenins gesammelten Werken, die keiner lesen mochte, um den Platz stritten.

»Soll es hier wirklich so aussehen?«, fragte er in einem leicht sarkastischen Tonfall und nickte in Richtung der überquellenden Zeitschriftenständer.

Er war kurz davor, mit dem Finger über das unbehandelte Holz zu streichen, ertappte sich jedoch selbst und vergrub die Hand in der Hosentasche. Er drehte sich um.

»Die Couch ist ja kariert! Die ist bestimmt von Ikea, was?«

Ikea war das Geschäft für unselbständige Menschen. Für Leute ohne eigenen Geschmack.

»Das Fenster hat ja keine Gardinen! Ist das wieder irgendeine Demonstrationspolitik, die deine Mutter da betreibt?«

In der Küche schreckte er vor den orangefarbenen Schranktüren zurück. Im Fenster hingen runde Stangen mit gestrickten Topflappen, eine Art Gardinen, die Großmutter gemacht hatte. Er kicherte, dass ihm die Tränen kamen.

»Das sieht ja nun wirklich bescheuert aus!«

Hier lebte die Frau, mit der er einmal verheiratet gewesen war und die er immer noch vermisste. So war sie also wirklich: Möbel von Ikea, Flickenteppiche, ein Bett ohne Tagesdecke.

Du hast sie überhaupt nicht gekannt, stimmt's, wollte ich ihn fragen.

Ich bot ihm ein Brot an.

»Tja, vielen Dank, warum nicht?«

Es gab nur Knäckebrot, und er brauchte einige Zeit, um es zu verdrücken, weil seine Backenzähne löchrig waren. Der Käse rutschte umso besser. Ich schnitt ihm zusätzlich ein paar Scheiben ab, die er sich dankbar in den Mund schob und zu einer Masse zerkaute, die er mit der Zunge in kreisenden Bewegungen gegen den Gaumen presste und mit einem Schluck Leichtbier hinunterschluckte. Wir unterhielten uns ein wenig über Großvater. Ich fragte nicht nach Papas Arbeit, ich hatte Angst, ihn in Verlegenheit zu bringen, falls er wieder einmal krankgeschrieben sein sollte.

In meinem Zimmer war er entspannter und nahm sich viel Zeit, um das Bücherregal zu studieren. Konnte er sich *Des toten Mannes Hand* von Folke Fridell ausleihen? Widerwillig gab ich ihm das Buch. Ich achtete sorgsam auf meine Bücher und wusste nicht, ob ich es jemals zurückbekommen würde. Er fragte, ob ich ihm etwas Lustiges empfehlen könne, und ich suchte die Taschenbuchausgabe von Groucho Marx' Memoiren heraus. Er nahm sie dankbar entgegen.

An den Wänden hingen Zeitungsausschnitte über Ebba Grön und die Sex Pistols. Er wollte wissen, wie mir solche Gangster gefallen konnten. Ich legte »Der Staat und das Kapital« auf. Er meinte, er höre nichts, weil sie so verdammt schrien. Ich bat ihn, sich das Stück »Bewaffnet euch« anzuhören, und fasste den Text sicherheitshalber in groben Zügen zusammen, ehe ich den Tonarm auf die LP senkte. Er grinste interessiert, als Thåström schrie, wie sehr er Zarah Leander, Prinz Bertil und Carl Gustaf hasste, das ganze Königshaus, ja, das ganze Bürgertum, und dass wir uns alle bewaffnen sollten. Das Lied war gut. Verdammt gut. Davon angespornt legte ich »Was willst du werden?« auf.

Steh auf, geh zur Arbeit, arbeiten, arbeiten, Mittagessen, das Gleiche passiert morgen, arbeiten, mit der Bahn nach Hause fahren und sich hinsetzen und glotzen. Das ist kein Leben, das ist Sklaverei.

Ich glaubte, die Worte würden ihn mitten ins Herz treffen, aber stattdessen platzte er heraus, Jungspunde, die nie arbeiten gegangen seien, hätten überhaupt keine Ahnung und sollten deshalb lieber die Klappe halten.

»Das sind doch alles Fixer, könnte ich mir denken.«

Er hatte einen Platten, und ich suchte den Ersatzschlüssel zu Lasses Fahrrad heraus. Als wir ins Freie traten, wehte ein kühler Wind, obwohl es Hochsommer war. Ich holte ihm einen Pullover, den Mama gestrickt hatte.

»Tanja kann stricken?«, fragte er erstaunt.

Ich erinnerte mich an zwei Bücher mit Kreuzstichvorlagen, die im alten Bücherregal in meinem Zimmer in einer Kiste gelegen hatten. Verzaubert, verwundert hatte ich die schönen Muster zu Apfelblüten, Stiefmütterchen, Kupferpfannen und verschiedene Varianten des Alphabets betrachtet und mich gefragt, wem die Bücher wohl gehörten. Mama konnten sie nicht gehören, dachte ich, denn sie passten so gar nicht zu ihr, ich verband die Musterbände eher mit einer gestärkten Schürze, Sonntagsbraten und der Illustrierten *Dein Heim*. So war sie nicht. Sie war Cord-Dufflecoat, Chili con carne, sozialpolitische Zeitschriften. Konnten sie Großmutter gehören?

So viel Zeit hatte vergehen müssen, bis ich begriff, dass Mama eine andere Frau gewesen sein musste, als sie mit Papa zusammenlebte.

War Papa damals auch ein anderer gewesen, oder war seine Persönlichkeit die ewige Konstante in allem? In diesem ganzen Drama, das Mama vor langer Zeit verlassen zu haben glaubte, in dem sie sich jedoch mit Papa und mir für immer die Hauptrolle teilen musste.

Ich erinnerte mich auch, dass Papa früher einmal einen schicken, dunkelblauen Wollmantel und eine große russische Pelzmütze besessen hatte. Das hatte ich in einem Film gesehen, verewigt von Großvater Julius' Super-8-Kamera. Als Mama ging, verschwanden auch die Kleider. Ich weiß, dass er den Mantel und die Mütze an jenem Morgen trug, an dem ich zur Kita zurückkehrte, nachdem ich tagelang nicht dort gewesen war. Die Erzieherin begrüßt mich mit einer Umarmung, richtet sich anschließend auf und sagt zu Papa, sie habe gehört, was passiert sei, und er bricht in Tränen aus. Jetzt hätte ich Papa gerne gefragt, was aus dem Mantel geworden war, aber das war zwecklos, denn er würde nur antworten, er wisse nicht, wovon ich spreche. Was für ein Mantel, was redest du denn da für einen Unsinn? Es hat nie einen Mantel gegeben.

Wir radelten zu Eggeborns Atelier und ließen Passfotos für einen neuen Ausweis machen, die ich bezahlte. Bewunderten die Blumenpracht auf dem Marktplatz, schauten in die Holzfässer voller eingelegter Gurken. Es war seit Jahren das erste Mal, dass wir zusammen dort waren, und wir hätten uns viel Wichtiges zu sagen gehabt, plauderten jedoch, als hätte es überhaupt keine Abwesenheit gegeben. Ungeübt, aber nicht gekünstelt. Angeregt von der Erinnerung an die Bücher mit den Kreuzstichvorlagen bekam ich Lust zu sticken und bat Papa, mich in die Kurzwarenabteilung des Kaufhaus Domus zu begleiten. Er half mir, ein Muster und Garn für ein kleines Deckchen auszusuchen und erkundigte sich schüchtern, ob er das Deckchen vielleicht haben könnte, wenn es fertig sei.

In Klockartorpet legten wir Lasses Pullover und die Fahrradschlüssel stillschweigend zurück. Die geliehenen Sachen und der Ausflug gesellten sich zu den tausend anderen Geheimnissen, die wir teilten. Es war ein guter Tag.

»Wir sehen uns bald wieder«, sagte ich.

»Das wäre schön.«

Doch daraus wurde nichts. Wenn ich überlegte, in die Rönnbergagatan zu gehen, änderte ich jedes Mal meine Meinung und machte stattdessen etwas anderes. Ich hatte Angst, dass er die Tür mit vom Schlaf zerknitterter Wange öffnen würde und laut die Fernsehnachrichten für betäubte Sinne liefen und er Richtung Küche stolpern und stumm darüber fluchen würde, dass ich ausgerechnet an einem Tag vorbeikommen musste, an dem er »ein bisschen kränkelte«.

Ich ertrug es nicht, enttäuscht zu werden.

Aus Wochen wurden Monate. Als er Geburtstag hatte, schob ich ein Buch durch den Briefeinwurf und lief davon, ehe er dazu kam, die Tür zu öffnen und mich hereinzubitten.

Zwei Jahre vergingen, bis wir uns wiederbegegneten.

Die verdammten Drecksbullen haben Palme abgeknallt, sagte Papa. Wenn man erst einmal darüber nachdenkt, wundert es einen, dass sie es nicht schon vor Jahren getan haben. Es sei denn, es waren die Amis. Die Bekloppten könnten es natürlich auch gewesen sein.

»Sie könnten zusammengearbeitet haben«, sagte ich.

»Ja genau, ja klar.«

Er stand wie immer an die Spüle gelehnt. Rauchte eine Zigarette, schlug sich leicht auf die Schultern. Meinte, er habe Schmerzen.

Es sah alles noch so aus wie früher, mit Ausnahme eines Schulfotos von mir, das über dem Fernseher hing. Es war in dem Jahr gemacht worden, in dem ich von ihm wegzog. Ich war meiner Mutter so ähnlich, wie eine Tochter es nur sein konnte. Ich weiß nicht, ob Papa es sah, ob er überhaupt noch an Mama dachte.

Der Mord an Olof Palme hatte mich veranlasst, in die Rönnbergagatan zu gehen. Papas Bewunderung für ihn kannte keine Grenzen, es lag nicht an Palme, dass er nie die Sozis wählte. Als ich klein war, erzählte mir Papa, dass Palme zehn Sprachen fließend beherrschte und als Neunzehnjähriger binnen weniger Monate Jura studiert hatte – eine wahrhaft einmalige Leistung. Wenn alle politischen Führer der Welt wie Palme wären, könnten Kriege und Armut in einer Halbzeit abgeschafft werden. In seinem tiefsten Inneren, erklärte Papa, ist Palme Kommunist.

Mein Großvater Julius hatte mich das Gegenteil gelehrt.

Palme war der geistige Vater der Informationsbüro genannten Abteilung des Geheimdienstes, die jeden Kommunisten, linken Sozi, Antiimperialisten und Friedensaktivisten in die unermesslich großen und unersättlichen Register der Sicherheitspolizei gehetzt hatte. In seinem tiefsten Inneren, erklärte Großvater, ist Palme ein CIA-Agent. Nixons Handlanger.

Jetzt war Palme erschossen worden, und ich war nicht sonderlich traurig. Ich versuchte zu entscheiden, wer er gewesen war, um zu wissen, um wen ich trauern sollte, aber das verwirrte mich nur, und so gab ich mich stattdessen dem Gefühl hin, dass etwas Spannendes passiert war.

Ich ging mit Joakim zu ihm. Es war das erste Mal, dass ich jemanden, in den ich verliebt war, nach Hause brachte, und Papa durfte später noch einigen anderen Männern begegnen. Er war freundlich, interessierte sich jedoch nie sonderlich für sie. Er vergaß, wie sie hießen, und fragte nicht, woher sie kamen. Er wollte nur wissen, welche Arbeit sie hatten. Das reichte ihm.

Ich erkundigte mich, wie es Großvater ging. Ich besuchte nur selten den Södergården, das Altersheim in Viksäng, in dem Großvater inzwischen wohnte. Bei meinem letzten Besuch hatte er kurz zuvor wieder einmal Papas Miete bezahlt. Papa war mit ein paar Freunden in die Kneipe gegangen und, froh über etwas Gesellschaft, auf die Idee gekommen, alle einzuladen. Die Runde kostete Großvater viertausend Kronen. Großvater war enttäuscht und sagte, er habe keine Hoffnung mehr für seinen jüngsten Sohn. Es tat weh, das zu hören. Besuchte ich ihn nicht, blieben mir Informationen dieser Art erspart.

»Vater geht es eigentlich ganz gut, aber er lässt allmählich nach. Und er redet so viel Schwachsinn, dass man nicht mehr weiß, wo man hingucken soll. Er behauptet, dass er mit König Oscar II. Bären gejagt hat. Was redest du da für einen Unsinn, hab ich gesagt, du willst Bären mit Oscar II. gejagt haben? Allerdings, hat er gesagt.«

Papa zeigte uns ein Feuerzeug aus Messing, das so groß war wie eine Rolle Toilettenpapier, und einen dazu passenden Kerzenständer, den er von den Metallwerken bekommen hatte, weil ihm eine Idee gekommen war, die sie patentieren lassen konnten. Darüber hinaus war er mit dreitausend Kronen belohnt worden. Das war schon mehr als einmal vorgekommen, aber Papa sprach mit gemischten Gefühlen über seine Erfindung. Einerseits war er stolz, andererseits aber auch wütend, dass er so wenig Geld für eine Verbesserung bekam, mit der sie viel Kohle machen würden. Er fühlte sich wie ein Leibeigener.

Als es Zeit war zu gehen, umarmten wir uns.

»Bis bald!«

»Ja genau.«

Als wir die Tür zuziehen wollten, fragte er nach Sonja.

»Hast du zufällig gesehen, ob bei Sonja Licht brennt?«

»Welcher Sonja?«

»Die unter mir, hast du gesehen, ob sie zu Hause ist?«

»Ach so… Anita! Ich weiß nicht, ich hab nicht darauf geachtet. Wohnt sie noch hier? Soll ich schnell auf den Hof gehen und nachsehen?«

Ich lief nach unten, um zu schauen, ob in ihrem Fenster Licht brannte, und als ich wieder hochkam, musste ich ihn einfach fragen, wie sie nun wirklich hieß. Jahrelang hatte sie auf unserer Couch gesessen, trotzdem wusste ich es nicht. Sonja oder Anita? Er sah mich verständnislos an.

»Wie sie heißt? Woher zum Teufel soll ich das wissen?«

Wir gingen heim. Joakim ähnelte ein wenig Großvater. Schlank und drahtig bewegte er sich mit einem kreisenden Gang. Wenn er redete, stotterte er anfangs manchmal ein bisschen, bis zum Rhythmus einer gestikulierenden rechten Hand ein ideologisches Prinzip vorgetragen wurde. Er begann eine militärische Ausbildung, wurde jedoch aus der Armee entlassen, nachdem die Sicherheitspolizei die Information übermittelt hatte, dass er ein Roter war.

Er nannte mich Fina. Wir hatten uns gern.

Ich fragte ihn, welchen Eindruck Papa auf ihn gemacht hatte. Joakim war stolz, aus der Arbeiterklasse zu stammen, die seiner Auffassung nach Wahrheit, Moral und Anstand verkörperte. Er wollte sich mit dieser Herkunft gerne von anderen absetzen. Bis zu diesem Tag war er nur in Klockartorpet gewesen und hatte mir erklärt, dass ich in einem typischen Mittelschichthaushalt aufgewachsen war: eine liberale Tageszeitung, Mann und Frau teilen sich die Hausarbeit, Weinregal, Theaterbesuche, Beethoven, das Wörterbuch der Schwedischen Akademie, Gorgonzolasauce. Jetzt hatte Joakim endlich Papa kennen gelernt, und ich war neugierig auf seine Meinung.

Joakim war verwirrt.

Papa sah völlig anders aus als die Arbeiter, die er kannte. Seine Fahne, die Tätowierungen und die dicke Halskette aus Leichtmetall gehörten nicht zu den Attributen eines Gewerkschaftsmitglieds. Er wollte mich nicht traurig machen und suchte deshalb in seinem sanften Dalarna-Dialekt tastend nach Worten für das Lumpenproletariat, von dem Marx sprach, das Pack, das sich am Tag der Revolution als Handlanger der bürgerlichen Klasse verdingen würde. Er sprach es zwar nicht offen aus, schrieb Papa in dem Kampf, der Männer aus Stahl erforderte, jedoch ab.

Später fand Joakim in der Mimerfabrik Arbeit als Lackierer. Alle, die dort lange gearbeitet hatten, litten an Berufskrankheiten, die unter anderem ihr Erinnerungsvermögen angriffen, sie wussten nicht immer, ob sie dem Aseastrom nach links oder nach rechts folgen sollten, um heimzukommen. Sie meinten, Joakims Gerede über Demokratie am Arbeitsplatz und die Arbeitsatmosphäre sei bestimmt wichtig, aber auch ein wenig peinlich. Es bringe nichts, Streit anzufangen, sagten sie, und Joakim hatte Angst, ihnen schon bald Recht zu geben.

Abends kam er nach Hause und erklärte mir, dass man Arbeiter nicht in gute und hässliche aufteilen könne. Die Arbeiterklasse sei ein Kollektiv, das aus Millionen von Individuen bestehe und jedes einzelne trotze allen Schablonen. Keiner sei wie Leif, aber er würde sich wünschen, dass mehr wären wie er.

Nach drei ungemütlichen Jahren am Rudbeckschen Gymnasium machte ich Abitur. Die hochangesehene Schule lag zwischen dem Dom und dem alten Stadtteil Kyrkbacken, nur wenige Schritte vom Marktplatz und dem Hinterstübchen entfernt. Für Papa war diese altehrwürdige Lehranstalt eine andere Welt.

Als ich klein war, versuchte ich ihn zu überreden, mit mir nach Kyrkbacken zu gehen. Ich hatte mit meiner Kitagruppe einen Ausflug dorthin gemacht und war von den pittoresken kleinen Holzhäusern, die einen solchen Kontrast zu den Beton- und Backsteinbauten bildeten, ganz begeistert gewesen. Papa hatte kein Interesse. Er konnte sich nicht erinnern, jemals im Schloss gewesen zu sein, und den Dom hatte er seit seiner Schulzeit nicht mehr besucht und sah auch keine Veranlassung, ihn nochmals zu besuchen. Das waren alles Gebäude der Obrigkeit. Sie gehörten nicht zu der Stadt, die er als die seine betrachtete.

Im Rudbeckschen Gymnasium lernte ich Gleichaltrige kennen, die keine Ahnung hatten, was die Metallwerke waren, geschweige denn jemanden kannten, der dort arbeitete.

Es dauerte lange, bis meine Klasse mit den weißen Abiturmützen auf die Treppe hinaustrat. Papa lief herum und suchte nach mir, dachte, ich hätte ihn und die anderen Wartenden vielleicht nicht gesehen. Es war ihm ein wenig peinlich, mit Lasse und allen anderen, die gekommen waren, zusammenzustehen. Großvater Julius filmte mit seiner Super 8, als sie zu mir kamen, um zu gratulieren, aber meine Augen suchen Papa, nachdem ich etwas überrascht gehört habe, dass er auch da sein soll.

»Papa, Papa!«, rufe ich auf dem stummen Film, aber man sieht nur, wie sich meine Lippen besorgt bewegen.

Er fand uns nach einer Weile. Fein angezogen, ein wenig verlebt. Im Film ist er nicht zu sehen.

»Schickes Ding«, sagte er und zeigte auf meine Mütze. »Aber sie sieht anders aus als die anderen. Du hast da was, was die nicht haben.«

Ich hatte das Stoffabzeichen vorn in der Mitte abgetrennt und durch Hammer und Sichel aus Metall ersetzt. Die Mütze zog ich tief in die Stirn, wie ich es auf alten Bildern bei Aina Erlander, Tage Erlanders Frau, gesehen hatte. Papa schnippte mit dem Zeigefingernagel gegen das Abzeichen.

»Soll das so aussehen?«

»Ach, das ist nur ein bisschen Demonstrationspolitik.«

»Ach was, ist das wahr?«

Meine Lust am Lernen hatte sich schon am ersten Tag des sozialwissenschaftlichen Gymnasialzweigs verflüchtigt. Wenn die anderen paukten, saß ich im Büro der Kommunistischen Jugend und schrieb Artikel über den Klassenkampf und die Unterstützung der USA für alle möglichen Diktaturen. Jetzt stand ich mit einem Abiturzeugnis da, in dem alle Noten vertreten waren, so dass der Durchschnitt nicht gut genug war, um an der Journalistenschule angenommen zu werden. Auf Helenes Plakat war ein Bild von ihr als Baby. Ich bekam eins mit Hammer und Sichel.

Mama hatte sich wochenlang ins Zeug gelegt, um eine Feier auf die Beine zu stellen. Papa saß zusammen mit Majken und Alexej gemütlich auf der Ikeacouch. Alle freuten sich, dass er da war, auch wenn man ein etwas komisches Gefühl dabei hatte. Lasse bot ihm ein Glas Sekt an.

Lasse und Papa waren sich fremd, standen sich aber nicht feindlich gegenüber. Keiner der beiden war so veranlagt. Lasse war ein Bauernjunge aus der südschwedischen Provinz Småland, der in Lund Staatswissenschaft studiert hatte. Er trug Cordhosen, fuhr Auto, spielte ein Instrument und interessierte sich für Vögel, Orchideen, Moose und Flechten. Als ich in der Mittelstufe Französisch lernte, besuchte er einen Abendkurs, um seins aufzufrischen. Er war wortkarg, ruhig, zuverlässig.

Papa fragte mich nie nach Lasse. Wie er war, was wir zusammen machten. Er war auch nicht neugierig auf meine Besuche in Gränna, wo Lasses Eltern wohnten. Gunnar und Anna-Lisa waren pensionierte Pachtbauern und passten in keine der verschiedenen Kategorien von Bauern, über die Papa sprach.

Laut Papa gab es vier Arten von Bauern, nicht mehr und nicht weniger. Die windgepeinigten, bettelarmen Bauern und Landarbeiter, über die Autoren wie Moa Martinson, Ivar Lo und Vilhelm Moberg geschrieben hatten. Die reichen und konservativen Bauern, Drecksbauern. Bauerntölpel und Dorfidioten waren gewöhnliche Västeråser vom anderen Ende der Stadt. Und dann gab es schließlich noch viertens den Bauern und ehemaligen Premierminister Thorbjörn Fälldin, der eine Klasse für sich war. Die »grüne Welle« wurde dagegen bei linken Akademikern und Augenverdrehern eingeordnet – all jenen, die sich während der gesamten siebziger Jahre der Aufgabe widmeten, einem zu erklären, warum die Arbeiter im nordschwedischen Eisenerzrevier streikten, obwohl jedem Depp vollkommen klar war, dass sie die Arbeit niederlegten, weil sie wütend waren. Wie viele verdammten Worte und Doktorhüte waren nötig, um das zu kapieren?

Wollte ich etwas von Lasse und unseren gemeinsamen Aktivitäten erzählen, durfte ich das gerne tun. Es gab keine Tabuthemen, nur wenn wir unter anderen Leuten waren, fühlten wir uns bei manchen unwohl. Um ihm eine Freude zu machen, erfand ich alles Mögliche über Gränna. Dass die Leute dort furchtbar religiös waren, die Ställe nach Kuhmist rochen, sie seltsam redeten. Karten spielen war genauso verboten wie fluchen. An den Wänden hingen Jesusbilder.

Manche Dinge ließen sich allerdings nicht erzählen. Zum Beispiel, dass wir in nachtschwarzem Wasser Flusskrebse gefangen hatten und Anna-Lisa außer den Schwänzen alles weggeworfen hatte.

In Wahrheit ähnelten Lasses Eltern in vieler Hinsicht Papas Eltern. In ihrer guten Stube gab es ein Büfett und einen Kristallleuchter. In der Küche hingen ähnliche Tapeten. Sie klapperten ebenfalls mit ihren dritten Zähnen, Gunnar hatte wie Großvater immer einen Scherz auf den Lippen, und seine Hände waren genauso von Arbeit gezeichnet. Sie waren nett, fürsorglich. Dass ich nach ein paar Jahren dazu überging, auch sie Großmutter und Großvater zu nennen – auch wenn sie niemals Kalles und Bojans Platz einnehmen konnten –, durfte Papa ebenso wenig wissen.

Mama bot Papa ein Stück Quiche mit Hähnchenfüllung an. Es war das letzte Mal, dass sie sich begegneten, aber das wussten sie natürlich nicht, als sie sich voneinander verabschiedeten. Wären sie sich dessen bewusst gewesen, hätten sie trotzdem keinen Schlussstrich gezogen und einander für das gedankt, was gewesen war.

Wir, die einmal eine Familie gewesen waren, hatten den ganzen Nachmittag nicht zusammengesessen. In meiner Erinnerung hatten wir zum letzten Mal gemeinsam an einem Tisch gesessen, als Mama damals auf ihrem Stuhl nach hinten wippte, um ein Messer herauszuholen, und ich Angst bekam, sie könnte umkippen, unglücklich fallen und sterben. Es lag eine scharfe weiße Sauce auf den Tellern – Rindfleisch mit Meerrettichsauce –, die Papa sich gewünscht hatte, ich dagegen kaum probieren mochte. Ich hatte gerade eine Tafel Schokolade mit Vögeln gegessen, die er am Kiosk gekauft hatte, nachdem wir so herumgealbert hatten, dass wir uns fast totgekichert hätten.

Jetzt war es für Papa an der Zeit, heimzugehen. Er stand im Flur und suchte nach einem Schuhlöffel.

»Danke, es war sehr nett«, sagte er und streckte die Hand aus.

Mama umarmte ihn.

»Nicht zu fassen, was für eine begabte Tochter wir haben!«

Als ich Papa erzählte, dass ich eine Stelle als Brotpackerin bei der Genossenschaftsbäckerei bekommen hatte, sah er mich an, als hätte er sich verhört, und zuckte anschließend resigniert mit den Schultern.

»Stimmt natürlich, den Job muss ja auch irgendwer machen.«

Die Industriebäckerei und die Metallwerke lagen zu beiden Seiten der großen Kreuzung Pilgatan und Björnövägen. Die Stechuhr sah aus, wie ich sie aus der Metallvergütungswerkhalle meiner Kindheit in Erinnerung hatte. Sie ließ sich weder täuschen noch manipulieren. Wenn es am Ende des Arbeitstags Zeit war, seine Karte abzustempeln, kam die Schlange alle dreißig Sekunden zum Stehen. Wenn die Uhr auf volle Minute umschlug, setzte sich die Schlange wieder in Gang, um unmittelbar darauf erneut haltzumachen – so weigerten wir uns, dreißig Sekunden unseres Lebens zu verschenken. Ich hätte diese Höllenmaschine am liebsten geschlagen, wie Papa es einmal vor meinen Augen getan hatte, traute mich aber nicht. Es hatte ja doch keinen Sinn, das wusste er so gut wie ich.

Die Männer leiteten die Arbeit, backten das Brot und transportierten es zu den Geschäften. Die Frauen verpackten im Akkord Teegebäck und Kekse, legten Brottüten und Kekspackungen auf das Laufband. Schaute ich auf, sah ich den Rücken und gebeugten Nacken einer Arbeitskollegin, von der ich nichts als den Namen erfuhr.

Die Schultern schmerzten, die Beine verstummten, die

Füße schwollen um eine Schuhgröße an. Ich drehte und wendete meine rötlich rauen Hände, verängstigt von dem Gedanken, dass sie so steif werden könnten wie Papas.

Ich musste ihn sehen. Ihm meine Fleischerhaken zeigen und über den Sozialismus sprechen – und zwar sofort.

Er kam im Taxi zu Joakim und mir in die Furugatan, hatte Entzugserscheinungen, war nass geschwitzt. Seine Gabel zitterte, als er sich eine Kartoffel nehmen wollte. Er legte das Besteck kurz ab und machte eine Pause, ehe er es ein zweites Mal versuchte. Er konnte nicht erkennen, dass mit meinen Händen etwas Besonderes war.

Wir begegneten ihm an einem Hochsommertag, als er von Majken kommend auf dem Heimweg war. Er trug einen schmutzigen Anorak, Zentimeter lange Haare bedeckten den Kragen. Er hatte sich in genau den schäbigen Schlappschwanz verwandelt, der er um alles in der Welt nicht sein wollte. Wir unterhielten uns nur eine Minute, sagten, dass wir uns bald mal sehen sollten.

Er landete im Entzug mit Antabus und Psychologen, ergebnislose Therapien, die bloß sein Misstrauen denen gegenüber erhöhten, die ihm sagten, er brauche Hilfe. Darüber sprach er nicht, ich erfuhr das alles von Majken.

Wir sahen uns jetzt wieder öfter. Es fiel uns beiden leichter, in Kontakt zu bleiben, seit ich eine eigene Wohnung hatte. Ich war achtzehn und nicht mehr davon abhängig, wie Papa mit sich selbst umging. Ich servierte Hausmannskost, und er holte Bier aus seiner Tasche. Er wusste, dass ich ihm keine harten Sachen anbieten würde, betrank sich bei uns allerdings auch nie. Er erkundigte sich, ob Joakim ein Glas haben wollte, wäre aber im Leben nicht auf die Idee gekommen, mich zu fragen. Dass Papa und ich uns eine Dose Pripps Blå teilen könnten, war für uns beide undenkbar.

Verachtung und Verzweiflung, die ich als Jugendliche empfunden hatte, verwandelten sich in Gefühle von Zärtlichkeit und Schuld. Ich räumte den Tisch ab, mischte die Spielkarten und wünschte mir, sein Leben würde irgendwann anfangen.

Er blieb nie besonders lange. Ich glaube, ihm war in meiner Gesellschaft langweiliger als mir in seiner. Vielleicht ging er aber auch früh, weil er sich das genaue Gegenteil einbildete.

Ich wurde als Funktionärin bei der Kommunistischen Jugend angestellt und lernte auf einem Kongress in Budapest Ervin kennen. Er war internationaler Sekretär der ungarischen Jungkommunisten und fand mich interessant, weil er noch nie einer überzeugten Kommunistin begegnet war.

Ich trennte mich von Joakim und ging nach Budapest, wie ich glaubte, für immer. Ich verabschiedete mich von allen außer Papa, ich konnte mich nicht zu einem schicksalsschweren Abschied in seinem Flur durchringen.

Drei Wochen später war ich wieder in Västerås.

Ich belegte meine ersten Seminare in Literaturwissenschaft, lernte Per kennen und zog in seine Studentenbude in Uppsala, bevor ich mich bei Papa meldete. Ich musste ihn stets auf Gedeih und Verderb besuchen, da er seit Jahren kein Telefon mehr hatte.

Die Wohnung war frisch renoviert worden. Die Küchenschränke weiß und die Tapeten hell. Per und ich saßen mit Papa in der Küche. Ich gab ihm eine gestickte Decke als Weihnachtsgeschenk, ungarische Handarbeit.

»Ich bin mal kurz nach Budapest gezogen.«

»Das habe ich gehört.«

»Aber dann bin ich wieder zurückgekommen.«

»Das habe ich gehört.«

»Ich wohne jetzt in Uppsala.«

»Ich glaube, das hat mir jemand erzählt.«

Er zündete sich eine Zigarette an und fragte, wie ich es mit den ganzen Professoren aushielt, die aussahen wie Sauertöpfe und mit Sauce auf der Weste herumliefen.

»Fühlst du dich da wirklich wohl?«

Er stellte keine Fragen zu Ungarn, konstatierte jedoch, dass in Osteuropa unruhige Zeiten herrschten. Zwei Tage zuvor war Ceaușescu gestürzt worden. Papa reagierte zwiespältig.

»Der verdammte Kerl konnte keinen Anzug zwei Mal anziehen. Er hatte einen Anzug pro Tag – *pro Tag*. Und so jemand nennt sich dann Kommunist.«

Aber trotzdem, ergänzte er, ihn einfach so zu erschießen. Ohne Prozess. Das war irgendwie primitiv. Und schade um den Anzug.

Er wollte wissen, was man davon halten sollte, dass die Deutschen die Berliner Mauer abgerissen hatten.

»Was meinst du, ist das nun gut oder schlecht, was da passiert?«

Ich wusste es nicht.

»Was sagt denn Julle? Der weiß es doch bestimmt?«

Ich zuckte resigniert mit den Schultern. Ich wusste nichts mehr.

Papa feierte seinen fünfzigsten Geburtstag, und es schien ihm gut zu gehen. Sein Gesichtszüge waren zwar schwer, aber es entging einem nicht, dass ihm der Schalk im Nacken saß. Ich freute mich, dass das Kind, mit dem ich schwanger war, einen Großvater wie ihn bekommen würde – und einen wie Lasse.

Er packte seine Geschenke aus. Ein Buch, ein Paar Handschuhe und einen Sattelwärmer für sein Fahrrad. Auf meiner Glückwunschkarte hatte ich geschrieben, auf das schönste Geschenk müsse er bis August warten. Er las sie und verschwand.

Ich fand ihn im Schlafzimmer, wo er an seinen Vorhängen herumfingerte. Ich fragte ihn, ob er sich denn nicht freue, ein Enkelkind zu bekommen.

»Du darfst nicht damit aufhören, was du da in Uppsala machst«, sagte er und tat, als würde er sich am Auge kratzen.

»Das tue ich auch nicht! Mach dir keine Sorgen.«

Mein Blick wich seinem aus, und ich sah eine Friedenslilie aus Seide auf dem Fensterbrett. Sie stand auf einem Läufer aus weißer Nylonspitze.

Nie zuvor hatte sich Papa dazu geäußert, wie ich mein Leben führen sollte. Manchmal hatte ich geglaubt, dass es ihn nicht interessierte und er einfach zu sehr mit sich selbst beschäftigt war. Er wollte nicht, dass sich jemand in sein Leben einmischte, und mischte sich deshalb auch nicht in das Leben anderer ein. Und dann versteckte er sich mit Tränen in den Augen im Schlafzimmer, weil er sich Sorgen machte, ich könnte meine Ausbildung abbrechen. Er sah in mir all die gepeinigten Frauen der Geschichte, die schwanger geworden waren, ohne Geld zu haben oder alt genug zu sein.

»Ich pack das schon, Papa.«

Vor dem Fenster lag die kreisförmige Rasenfläche, bedeckt von Februarschnee. Die Straßenlaternen beleuchteten den Spielplatz. Einmal war Papa einem Kind über den ganzen Hof hinterhergejagt. Der Junge hatte mich geärgert und geschubst, ich war zu Papa nach oben gegangen und hatte geflennt. Er zog sich Schuhe an und hetzte das Kind, das vor Angst schluchzte, bis nach Hause. Ich hatte mich immer gefragt, was passiert wäre, wenn Papa das Bürschchen tatsächlich in die Finger bekommen hätte.

Wir schwiegen. Aus dem Wohnzimmer schallte das Gelächter seiner Geschwister herüber.

Die sonnenverblichenen Seidenblätter der Friedenslilie changierten in blaugrauen Farbtönen, neben ihr stand eine viereckige Lampe. Ihr Schirm bestand aus einer Art durchlöcherter Außenhülle aus silbern lackiertem Plastik, darunter befand sich ein gestreifter Zylinder, der sich wie ein Blaulicht in Rot, Blau, Gelb und Rosa drehte, die Lampe tauchte den ganzen Hof in helles Licht. Sie stand im Fenster, als ich einmal nach einem Wochenende bei Mama zurückkam, und Papa wollte nicht zugeben, dass er sie selbst gekauft hatte, und beklagte sich stattdessen darüber, wie unglaublich hässlich sie war. Ich fragte ihn immer, warum er die Lampe dann nicht wegwarf. Darauf antwortete er jedes Mal leicht gereizt, wenn man schon so eine verdammte Lampe habe, sei es doch schade, sie nicht aufzustellen. Das war keine Antwort.

Ich schaltete sie an, und das ganze Schlafzimmer geriet ins Wanken.

»Unglaublich, wie hässlich die verdammte Lampe ist.«

»Warum steht sie dann hier?«

»Tja, wer weiß.«

Er wusste auch jetzt keine Antwort. Vielleicht ließ er sie ihr seltsames Licht verbreiten, um allen zu verkünden, wo er wohnte. Dass es ihn überhaupt gab.

Ich stellte die Tasche mit dem Baby auf den Küchentisch, an dem ich früher Briefmarken sortiert und Todesanzeigen ausgeschnitten hatte. Papa ging hin, um das Kind zu berühren, als ihm einfiel, dass er eben erst eine Zigarette geraucht hatte. Er ging zur Spüle, um sich die Hände zu waschen. Ich ließ mir meine Verwunderung über sein unerwartet rücksichtsvolles Verhalten nicht anmerken. Dann stupste er vorsichtig die kleine Knopfnase an und sagte, dies sei das schönste Mädchen, das er je gesehen habe. Ich zog ihr die Strümpfe aus, damit er die kleinen Zehen bestaunen konnte, die sich im Schlaf spreizten.

»Wie soll sie denn heißen?«

»Amanda, denken wir.«

»Amanda? Was ist an Natascha auszusetzen?«

Ich sagte, Natascha habe einen Klang bekommen, bei dem einem nicht ganz wohl sei. Als ich klein war, hieß außer mir kein Mensch so, aber in den letzten Jahren war daraus ein weit verbreiteter Name in Anzeigen für Telefonsex geworden.

»Was redest du denn da für einen Unsinn?«

»Es ist einfach so, dass der Name… na ja… irgendwie nach Porno klingt. Nach Unterschicht.«

»So ein Blödsinn.«

Er dachte eine Weile nach, bis er erklärte, dass die Namen, an die ich dachte, immer mit dem Buchstaben B anfingen.

»Bibbi, Babsan, Birgitta, Bettan, Barbro, Bejban, Britta… das sind Pornonamen. Brigitte Bardot! Da siehst du es!«

Die Hände in die Seiten gestemmt, betrachtete er eine Weile das Kind, das unserer Beziehung wieder Substanz geben sollte. Der eine Mundwinkel zuckte, wie er es immer schon getan hatte, wenn er sich konzentrierte. Er stülpte die Lippen ein wenig vor, stieß schließlich einen zufriedenen Seufzer aus, öffnete den Vorratsschrank und holte eine Dose Pripps Blå heraus. Die Herbstsonne schien zu den sauberen Fensterscheiben herein, auf dem Fensterblech lagen Brotkrumen für Vögel und Eichhörnchen.

Als wir gehen wollten, suchte er ein Dirndl heraus, das ich auf meinem ersten Schulfoto getragen hatte.

»Das ist bestimmt noch ein bisschen groß. Wir nehmen es ein anderes Mal mit.«

Er antwortete, das Mädel könne es sicher bald anziehen. Denn Mädels rannten einem schnell weg. Verdammt schnell rannten sie weg.

Wir machten einen Abstecher zum Södergården. Großvater war über neunzig und seit einem Jahrzehnt Witwer. Er war in irgendeiner Form mit einer Frau in der gleichen Abteilung wie er liiert. Mit ihrem fülligen Körper und ihrer egozentrischen, etwas vornehmeren Art erinnerte sie mich an eine pensionierte Mezzosopranistin. Sie erinnerte in nichts an Großmutter. Er fand es zwar schön, ein bisschen Gesellschaft zu haben, sagte aber auch, dass er es bereue – dieses Frauenzimmer labere einem ein Loch in den Bauch.

Es bekümmerte ihn, dass er Amanda nichts anbieten konnte.

»Ich weiß gar nicht, was ich dem kleinen Ding da geben soll! Ich habe doch weder Kartoffeln noch Wurst da. Isst sie Waffeln? Blaubeersuppe?«

»Sie trinkt nur Muttermilch. Möchtest du sie mal halten?«

Er hörte mich nicht und zeigte stattdessen zum Regal hinauf, wo die Vase von der Gewerkschaft stand. Ich hob sie herab und balancierte auf jedem Arm ein Goldklümpchen, die Vase und Amanda waren in etwa gleich schwer. Wie so oft erzählte er davon, als alle bei den Metallwerken das Kriegsbeil ausgraben wollten und nur er den Mut hatte, es auch in die Hand zu nehmen. Er war zu alt, um seine Geschichten noch auszuschmücken, und gab nach kurzer Zeit auf.

»Was sollen wir dem kleinen Ding nur geben? Ich hab nicht einmal Lakritzgummis da, ich kann sie nicht mehr essen, mein Magen verträgt sie nicht.«

Seine Stimme war hell, fast piepsig. Er zeigte auf Per.

»Erzähl deeem da, wie ich mal zwanzig Zander mit bloßen Händen rausgezogen habe.«

Er schlief ein.

Nach einer Weile wachte er wieder auf und sagte, er habe nicht mehr mit einer Frau geschlafen, seit die drei Göingemädchen in der Stadt gastierten. Damals sei er schon so alt gewesen, dass er einen Handstand habe machen müssen, um ihn hochzubekommen.

Die Geschichte hatte ich noch nie gehört.

Ich fuhr mit Amanda allein zu Papa. Es war viele Jahre her, dass ich ihn ohne einen Mann als Schutz vor dem Risiko, über wichtige Dinge zu reden, besucht hatte.

Er war gerade von der Arbeit heimgekommen und sagte, er sei der bestgelaunte Mann in der ganzen Stadt.

»Ich hab mich den ganzen Tag auf euch gefreut.«

Ich hatte ihn nur einmal so aufgekratzt gesehen, als er bei der Lotterie der Metallwerke den Hauptpreis, ein Transistorradio, gewonnen und sich selbst und sein Radio gefeiert hatte, bis es nicht mehr lustig war. Ein ums andere Mal hatte er erzählt, dass er seinen Augen und Ohren nicht getraut hatte, als die Ziffern auf seinem Zettel mit den Zahlen übereinstimmten, die der Lotterieleiter ausrief.

Jetzt ging er durch die Wohnung und machte für Amanda und die Tanten in der Nachbarschaft alle Lampen an.

Amanda schrie. Ich hatte seit ihrer Geburt kaum geschlafen. Sie auch nicht.

Ich stand mit meinem untröstlichen Mädchen auf dem Arm da und erlebte das Zuhause meiner Kindheit so deutlich, wie ich es an Abenden getan hatte, an denen Papa auf der Couch schlief und nur aufwachte, um mir zu sagen, dass ich bei Eldéns klingeln sollte, falls er in Ohnmacht fiel. Damals war es unheimlich gewesen, in der Wohnung alleine wach zu sein, und ich hatte mir eingebildet, dass jemand mit undurchschaubaren Absichten im Flur stand und hereinschaute. Um mir die Angst vom Leib zu halten, hatte ich mit meinem Collegeblock auf Papas Bein gesessen, wo ich Theaterstücke und Gedichte schrieb. Ich beschrieb detailliert den Raum mit allem Nippes, den Bildern und Medaillontapeten in grünen, goldenen und rosa Farbtönen. Ich fand für alles Worte außer für Papa und mich. Ab und zu lehnte ich mich vor, um mich zu vergewissern, dass er atmete, immer voller Angst, er könnte unter mir liegen und sterben. Kaputt gearbeitet.

Amanda greinte an meiner Schulter, während ich die vertrauten Sachen betrachtete. Der Glasdelfin changierte in Blau und Weinrot – war sein Mund wirklich so breit? Das Herzoginnenpaar aus dänischem Porzellan – ihr Rock war tatsächlich gelb, ich hätte schwören können, dass er pistaziengrün war. Das Bild mit den Elchen und den Kiefern in seinem Rahmen aus alten Zigarrenschachteln. Es war immer noch hässlich.

In meinem Zimmer standen die Tagebücher mehrerer Jahre und ein Steintroll aus Gränna, den ich von Lasse bekommen hatte. Die Mallorcapuppe in ihrem rosa Kleid, mit der Helene eines Sommers heimkam und über die ich mich so gefreut hatte. Die russische Holzschatulle. Leer.

Ich wollte mich mit Amanda aufs Bett legen, aber irgendetwas hielt mich zurück. Ich hatte es seit jenem Tag, an dem Papa vor die Tür gesetzt werden sollte, nicht mehr angerührt.

Auf den Schreibtisch hatte er ein Paar der zahlreichen Sandalen gestellt, die wir bei Grimaldi gekauft hatten. Größe 28, für die Füße einer Fünfjährigen. Er dachte bestimmt, dass sie schon bald Verwendung finden würden.

Er stellte Flusskrebse auf den Tisch und pfiff zur Musik im Radio. Ich fing an zu weinen. Er verstand die Welt nicht mehr. Ich sagte, ich sei müde, weil ich nachts keinen Schlaf bekommen würde, dass Amanda nur zur Ruhe komme, wenn sie im Wagen liegen dürfe. Dass ich jetzt keine Krebse essen könne. Letzteres überhörte er geflissentlich, nahm mir aber Amanda ab und trug sie eine Weile umher. In seinen Armen wirkte sie kaum größer als ein Lundiuslaib. Er versuchte leise zu singen, zu beruhigen, zu lindern.

»Komm zum Opa! Wir wollen doch beste Freunde und Kameraden werden, du und ich.«

Es half alles nichts.

Ich sagte, dass ich zu Mama fahren wolle. Sie wohnte mittlerweile an der Domkyrkoesplanaden, mitten in der Stadt, und ich wollte den Bus dorthin nehmen.

Er sah mich an und zuckte anschließend resigniert mit den Schultern. Stellte die Krebse in den Kühlschrank und schob die Füße in die Schuhe. Er wollte uns zur Bushaltestelle begleiten.

Es war Anfang des Winters. Dunkel und kalt.

Papa schob Amanda im Wagen. Ich sah, dass er traurig war. Wir gingen mit schnellen Schritten zum Einkaufszentrum von Viksäng hinunter, am Spielplatz und an der Wohnung vorbei, in der Großmutter und Großvater gewohnt hatten, an dem Wäldchen vorbei, in dem nach den Worten meiner verängstigten Klassenkameradin Anne-Sofie die Salz-und-Pfeffer-Bande lauerte. Die den Leuten die Handgelenke aufschnitt und Salz und Pfeffer in die Wunden streute, so dass man starb. Seit meiner Kindheit war ich diesen Weg nicht mehr gegangen.

Es hatte sich nichts verändert, es war nur alles um vieles kleiner als in meiner Erinnerung. Die flachen, einstöckigen Gebäude der Lillängsschule sahen kaum größer aus als drei weiße, rechteckige Legosteine. Ich hatte das Gefühl, jede einzelne Kiefernwurzel wiederzuerkennen, die sich im Erdreich auf- und abwärts streckte, wunderte mich allerdings, dass sie so schmal waren. In meiner Erinnerung waren sie so dick wie Papas Unterarme.

Wir hatten diesen Weg zur Kita und zum Hort mit dem Fahrrad oder zu Fuß ungefähr sechstausend Mal zurückgelegt. Dies war das letzte Mal.

Ich fragte mich, was ihm von den Jahren mit mir im Gedächtnis haften geblieben war. Er sprach nie darüber, was gewesen war, so als wären alle Tage in einem einzigen Nebelschleier aus Alkohol, Angst und alltäglichen Sorgen verschwunden. Vielleicht glaubte er, dass er ein schlechter Vater gewesen war, und wenn er diese Jahre vergaß, würde ich es auch tun können. Oder er erinnerte sich an genauso viel wie ich, jedoch an ganz andere Dinge, auf eine andere Art.

Gab es hin und wieder eine schöne Erinnerung an mich, die in seinem Körper auftauchte und ihn erfreute? Hatte er auch eine Bildsequenz, die mehrmals am Tag verlässlich, aber zwangsläufig in seinem Kopf abgespult wurde?

Ich wusste nichts von ihm.

»Weißt du noch, wie du mich hier auf dem roten Schlitten gezogen hast?«, fragte ich tastend.

Er schwieg.

»Erinnerst du dich, ob wir morgens jemals irgendjemandem begegnet sind? Eigentlich waren doch nur du und ich so früh unterwegs, oder? War nicht das ganze Jahr über Winter?«

Er schwieg weiter.

»Ich begreife nicht, woher du die Kraft genommen hast, Papa!«

Seine Schritte wurden schneller, es fiel mir fast schwer mitzukommen. Dann fing er an zu sprechen. Schnell, ängstlich, fast wütend.

»Scheiße, natürlich erinnere ich mich. Es war kalt. Und dunkel. Das mit Tanja war ein verdammt harter Schlag. Ich war darauf nicht vorbereitet, aber ich hab getan, was ich konnte. Du warst toll. Obwohl du nachts wie verrückt getreten hast. Ich konnte nie in Ruhe schlafen. Du hast mich nie schlafen lassen.«

Er starrte weiter vor sich hin, wich meinem Blick aus.

So nah waren wir dem wichtigen, verbotenen Gespräch noch nie gewesen. Nie hatte ich ihn ein böses Wort über Mama sagen hören, und dabei blieb es auch jetzt. Er hatte keinen Grund dazu, auch wenn sie ihm die große und alleinige Verantwortung für mich aufgezwungen hatte.

Es kam mir vor, als wollte er mich für alles um Entschuldigung bitten, was er mir nicht hatte geben können. Und für alles, was er mir gegeben hatte.

Natürlich war meine Kindheit anders, aber das lag nicht nur an ihm. Ich hätte sie trotz allem nicht gegen eine andere eintauschen wollen. Wie konnte ich ihm das erklären, ohne dass es klang, als versuchte ich mich selbst zu überzeugen?

Er gab mir die Chance zu einem entscheidenden Gespräch.

Ich nutzte sie nicht.

Schweigend gingen wir weiter.

Der Bus ließ auf sich warten. Er schaute in den Wagen hinein, um sich zu vergewissern, dass Amanda atmete. Deckte sie zu und schaute wieder hinein. Rückte ihre Mütze zurecht. Deckte sie zu.

Es war einfacher, über Politik zu sprechen. Eine rechtspopulistische Partei war bei den Wahlen ins Parlament gewählt worden und unterstützte die bürgerliche Regierung unter Premierminister Carl Bildt. Was für Gauner!, sagte Papa. Die waren ja nun gar nicht wie Fälldin und Mundebo und wie zum Teufel sie damals alle hießen. Die hier waren noch viel schlimmer.

»Eine verdammte bürgerliche Vierparteienregierung! Du verstehst schon! Jetzt geht alles geradewegs zum Teufel!«

Er holte sein Portemonnaie heraus und gab mir vier Hunderter. Es war das erste Mal, dass ich Geld von ihm bekam. Ich konnte es gebrauchen.

»Mehr Patte habe ich im Moment nicht, ich hab mir gestern ein Telefon gekauft, und das war wirklich schweineteuer.«

Neun Jahre war es her, dass er zuletzt ein Telefon besessen hatte, der Anschluss wurde irgendwann während der Fußball-WM 1982 abgeschaltet.

»Ich dachte, es könnte nett sein, mit dem Mädel zu reden. Na ja, mit dir natürlich auch.«

Von jetzt an war Amanda das Mädel. Ich hieß Åsa.

Er half mir, den Kinderwagen in den Bus zu hieven.

»Ich liebe dich«, sagte ich und kam mir bei den ungewohnten Worten ein bisschen dumm vor.

»Und ich dich«, sagte er verlegen und zeigte mit dem Finger von seinem Brustkorb zu mir hinauf.

Die Bustüren schlossen sich mit einem tiefen Zischen.

»Tschüss!«

»Tschüss.«

Als ich bei Mama eintrat, klingelte im selben Moment das Telefon. Lasse ging an den Apparat und reichte mir den Hörer. Es war Papa. Er wollte mir seine Telefonnummer durchgeben. Ich notierte mir die sechs Zahlen.

»Und dann wollte ich nur noch sagen, dass Mädels schneller wachsen, als man denkt, während man im Bett liegt und nicht zum Schlafen kommt.«

Er bat mich, Mama Grüße auszurichten. Allen Grüße auszurichten.

Es sind schlimme Zeiten, sagte Papa. Man wollte wieder eine Abteilung der Metallwerke schließen.

»Ein Glück, dass man Metallvergüter ist, da gibt es immer Arbeit. Ich habe jede Menge zu tun. Für die Jüngeren sieht es da schon schlechter aus, einige von ihnen müssen gehen.«

Er lernte das Wort fusionieren. Asea hatte sich mit der Schweizer Firma Brown Boweri zusammengeschlossen und war zu ABB geworden. Die Belegschaft von Asea verkleinerte sich um Tausende, die Börsenkurse stiegen steil an. In den Zeitungen wurde der Manager Percy Barnevik als ganz normaler, anspruchsloser Mann gefeiert. Der einzige Unterschied bestehe darin, dass er so viel mehr arbeite als alle anderen. Papa fand das wenig überzeugend. Er wusste, dass der Chef von ABB in der Villa Asea wohnte. Dort aß man Rinderfilet und schwedische Flusskrebse. Jeden Tag. Der Hakenkreuztisch im Aseaturm stand, wo er immer gestanden hatte. Und wer zum Teufel arbeitete hier eigentlich nicht?

Er rief an und erzählte, dass die Metallwerke einen neuen Besitzer bekommen würden. Das Ganze war für eine Krone verkauft worden.

»Das stimmt, verdammt! Eine Krone, aber damit kaufen sie dann auch alle Schulden, so läuft das anscheinend. Die neuen Besitzer sind zwei Brüder aus Fagersta, zwei verdammt anständige Burschen, hab ich gehört.«

Seine Firma hieß jetzt nicht mehr Metallwerke oder Gränges Essem, sondern Outokumpu Copper.

Er rief an und murmelte nervös, dass er möglicherweise seinen Job verlieren würde. Ich sagte, er bräuchte sich keine Sorgen machen, immerhin hatte er sein ganzes Leben dort gearbeitet. Sie mussten ihm einfach eine andere Stelle anbieten.

Er entgegnete, auf so etwas werde keine Rücksicht mehr genommen. Die Zeiten hätten sich geändert. Es sei nicht mehr wie früher.

Die Angst kratzte in seiner Kehle. Die Möglichkeit, seine Stelle unter der Voraussetzung behalten zu können, dass er sich einer Behandlung seiner Alkoholsucht unterzog, erwähnte er nie.

Ich weiß nicht, ob ich ihm in diesen Gesprächen eine große Hilfe war, mir ging es fast genauso schlecht wie ihm. Dass er nicht mehr jeden Morgen das Fahrrad zu den Metallwerken nehmen sollte, erschien mir unvorstellbar. Seine gesamte Identität und sein Stolz basierten auf dem Stahl und den Öfen. Jetzt würde er kein Metallvergütungsmeister oder auch nur Metallarbeiter mehr sein. Wer war er dann? Ohne Arbeit würde er verkümmern.

Ich sah ihn vor meinem inneren Auge zwischen den Pennern in der Smedjegatan, ein Bein über das andere geschlagen, den Rücken leicht gekrümmt, die Arme auf den Knien ruhend und in der Hand einen Flachmann. Saubere Kleider von irgendeiner Hilfsorganisation. Liebenswert und aggressiv. Jemand, der in den Bierzelten nicht willkommen ist, wenn die Stadt ihr Musikfestival veranstaltet. Der nicht weiß, ob er überleben wird, falls der Winter streng wird, der wegsieht, wenn er einem alten Bekannten begegnet.

Papa begann als Vierzehnjähriger in der Industrieschule der Metallwerke. Am 15. Juli 1992 stempelte er zum letzten Mal seine Stechkarte in der Stechuhr ab. Er war einundfünfzig Jahre alt.

Ich weiß nicht, was für ein Gefühl es war, als sein Fahrrad die Hänge zu dem hinabrollte, was in wenigen Stunden sein ehemaliger Arbeitsplatz sein würde. Ob er Pudding in den Beinen hatte, als er Hände schüttelte und man von ihm erwartete, dass er sich dankbar zeigte. Ich kenne den Wortlaut der Reden nicht und weiß nicht, ob es einen Chef aus dem mittleren Management gab, der sagte, Leffe, ich war ja noch nicht einmal auf der Welt, als Sie zum ersten Mal diese Fabrik betreten haben, aber dann haben wir uns kennen gelernt und Sie haben mir mit Ihren beruflichen Fähigkeiten immer imponiert...

Vielleicht sagten sie aber auch einfach nur tschüss. Tschüss, Leffe! Mach's gut! Vergiss nicht, die Arbeitsklamotten zur Wäsche zu geben, wenn du gehst. Und du, denk an den Schrankschlüssel!

Wie war es, allen Kollegen danke und tschüss zu sagen, denen, die bleiben durften, und den anderen, die mit ihm gehen mussten? Würden sie in Kontakt bleiben? Hatte er bis zuletzt richtig malocht oder nur noch Dienst nach Vorschrift gemacht? Und was sagte er zu der hübschen jungen Frau, die für den Materialschrank verantwortlich war und von der er glaubte, dass sie sich ein bisschen für ihn interessierte, als er zum letzten Mal seine Werkzeuge zurückgab?

Die Fragen nagten an mir. Ich hätte Antworten auf sie bekommen können, wenn ich es ertragen, es gewagt hätte, ihm zuzuhören, als er am Abend anrief. Er redete lange, und ich tat alles, um nicht zu hören, was er sagte. Ich zählte ab, wie viele Taschenbücher mit dem Autorenbuchstaben A ich besaß, ich addierte die Frequenzzahlen auf dem UKW-Band des Radios, malte den Buchstaben O bei allen Olssons im Telefonbuch aus.

Unbeholfen tastete er nach Worten. Setzte an und setzte noch einmal an.

»Ich habe ihnen die besten Jahre meines Lebens gegeben«, hörte ich ihn schließlich sagen.

Ich zog einen dicken Strich mit dem Füller. Er hätte nichts Pathetischeres sagen können.

»Hol mich der Teufel, ich habe ihnen die besten Jahre meines Lebens gegeben!«, wiederholte er und klang jetzt vor allem erstaunt.

Er legte den Hörer auf.

Ich ließ Amanda das Telefonbuch in Fetzen reißen, während ich mir etwas Moskovskaya einschenkte. Wir waren wie üblich allein zu Hause. Ich schluckte den Schnaps, aber im Gegensatz zu Papa tat ich es, ohne zu grimassieren, und schämte mich unheimlich dafür, dass ich wütend auf ihn war, weil er seine Arbeit verloren hatte, weil er verbraucht war. Er hätte es nicht besser ausdrücken können. Er hatte ihnen seine besten Jahre gegeben. Siebenunddreißig Jahre aus unzähligen Schweißtropfen waren in einen gähnenden Schlund geronnen.

Die Abfindung belief sich auf fünfundsechzigtausend Kerooonen, und Papa lud zu Käse ein.

Ich fragte ihn, was er den ganzen Tag mache.

»Was ich mache? Was soll ich schon machen? Ich suche Arbeit, was sonst. Aber es gibt ja keine.«

Darüber hinaus putzte er. Fuhr Fahrrad. Las ein bisschen, ein Typ verkaufte immer samstags auf dem Marktplatz Bücher für einen Zwanziger. Einmal in der Woche spielte er mit einem alten Arbeitskollegen Bridge. Er sehnte sich zwar nicht nach den Metallwerken zurück, aber die Tage wurden ihm lang. Gleichzeitig rasten sie nur so vorbei, weshalb er schon bald Gefahr lief, kein Arbeitslosengeld mehr zu bekommen. Als er arbeiten ging, sehnte er sich danach, die Stechkarte abstempeln und Feierabend machen zu dürfen. Jetzt hatte er Angst, für immer Feierabend zu haben. Das Leben, meinte er, sei das Komplizierteste, was er je erlebt habe.

Nirgendwo gab es Arbeit. Die Fabriken im Stadtzentrum standen leer und verlassen.

Als ich ein Kind war, fragte ich mich, was hinter den großen Toren der Mimerfabrik vor sich ging. Wie es wohl in ihr aussah und was alle den ganzen Tag und sogar nachts dort machten. Fuhr man mit dem Fahrrad vorbei, hörte man Scheppern und Schlagen und das Geräusch von Maschinen, aber die einzigen Menschen, die man zu Gesicht bekam, waren die Wachen davor. Die schmutzigen Fenster wurden niemals geöffnet. Ich wusste, dass Onkel Guido hinter ihnen arbeitete, aber ganz gleich, wie er es mir auch erklärte, ich begriff nie, was er dort eigentlich machte. Es hatte mit Muttern und Schrauben zu tun. Von 1947 bis zu seiner Gehirnblutung vierzig Jahre später arbeitete er dort.

Schon bald würde keiner mehr wissen, dass diese Backsteinbauten einmal Werkstätten und Fabriken gewesen waren. Es war lange her, dass der Aseastrom durchs Stadtzentrum zog und den Tag einteilte.

Papa sagte, man habe das Gefühl, die Stadt leide an Knochenkrebs. Västerås, das noch vor wenigen Jahren einem wildwüchsigen Eisenhüttenstandort geglichen hatte, verwandelte sich in eine Angestelltenstadt, in der er sich immer mehr wie ein Fremder fühlte.

Die Bäckerei der Genossenschaft stand verfallen und mit Graffitis übersät wie eine Spukruine, die Meierei neben der Stadtbücherei war geschlossen worden. Der Volksgarten hatte einen neuen Namen bekommen, hieß jetzt Arospark und war ein Wohnviertel geworden. Nordeuropas größter Binnenhafen wurde zu einem Stadtteil mit Wohnungen für die neue Mittelschicht umgebaut. Das Café, in dem man schon am frühen Morgen ein Bier ausgeschenkt bekam, wenn man wusste, wie man danach fragen musste, war verschwunden. Ein aprikosenfarbener Klotz für das Finanzamt im Herzen des Hafens verdeckte den gesamten Mälarsee.

Am schlimmsten sei jedoch, erklärte er, dass man das Haus in der Funkisgatan abgerissen hatte, um Platz für ein Gebäude zu schaffen, das aussah wie ein spanisches Apartmenthotel. Er vermisste den eigentümlichen Kasten, die Menschen, das Essen, das sie zubereitet, und die Kämpfe, die sie ausgefochten hatten.

Neben der alten Mimerfabrik lag *der Wolkenkratzer*, ein Hotel mit Einkaufsgalerie, und konkurrierte im Luftraum mit allen anderen Türmen der Stadt. Das Ding sieht zum Kotzen aus, sagte er und behauptete, die Kinos Odeon, Grand und Saga zu vermissen, die dort früher gestanden hatten. Er war zwar nicht mehr im Kino gewesen, seit er mit Mama gegangen war – der Film, den sie gemeinsam gesehen hatten, war so schlecht gewesen, dass er beschlossen hatte, nie wieder ins Kino zu gehen –, vermisste aber trotzdem die Kinosäle aus abgewetztem rotem Cord, in denen fröhliche dänische Pornos und schwedische Komödien liefen.

Wo es früher nach Schmieröl gerochen hatte, verbreitete sich nun der schale Geruch amerikanischer Pizzen. Statt Scheppern und Schlägen hörte man nun das Druckluftgeräusch dampfender Espressomaschinen, das Einzige, was noch an die italienische Kolonie der Stadt erinnerte – die Italiener selbst hatten sich längst aus der Gastronomie zurückgezogen. Er wollte von mir wissen, was ein Café Latte war.

»Kaffee mit heißer Milch.«

»Kaffee mit Milch? Sonst nichts?«

»Man bekommt ihn in großen Gläsern. Und die Milch ist heiß.«

»Also Kaffee mit heißer Milch. Im Glas.«

Er sagte, die ganze Stadt sei voll von einem Mist, den man anscheinend Kebab nenne. Seit den fünfziger Jahren habe niemand mehr Eisbein mit Kohlrübenpüree serviert, aber heutzutage könne man ja nicht einmal einen anständigen Kadaverschlauch bekommen. Es gäbe keine stinknormale Würstchenbude mehr.

Es hieß, Västerås sei die Stadt in Schweden, in der die meisten Jeans, Schuhe und Big Macs pro Einwohner verkauft würden. Woher kam das ganze Geld?

»Was geht hier eigentlich vor? Kannst du mir das erklären? Was zum Teufel geht hier vor?«

Er konnte sich alles Mögliche an Arbeit vorstellen, außer im Vasapark Laub zu harken. Er wollte nicht in schlechte Gesellschaft geraten. Außerdem hätte es ihm wehgetan, seine peinliche Situation öffentlich zu machen. Es war eine Sache, daheim zu hocken und arbeitslos zu sein. Etwas ganz anderes war es, mit einem Rechen vor dem Kunstmuseum zu stehen und zu einem Bekannten, der vorbeiging, Tag, Tag, hallo, hallo zu sagen.

Ach was, du arbeitest jetzt hier?

Tja, sieht ganz so aus.

Nach einem Jahr durfte er ein paar Monate Wald roden, ehe er wieder stempeln gehen musste. Ein anderer Arbeitsloser war dran, im Wald zu arbeiten. Er war frustriert. Es war eintönig, daheim herumzuhocken. Demütigend.

Je näher Papa der endgültigen Ausmusterung kam, desto eigenartigere Geschichten erzählte er über das Arbeitsamt. Hätte ihn der Respekt vor Mama nicht zurückgehalten, er hätte sicher Großvaters Talenten alle Ehre gemacht. Sie war zur Leiterin des Arbeitsamts befördert worden und wusste, dass ihm schon die Computer im Eingangsbereich ein Gräuel waren. Es war ihm bewusst, dass der Mangel an offenen Stellen nicht ihr Fehler war, andererseits konnte er nicht verstehen, warum man ihm einen Kurs in Italienisch anbot. Er erzählte mir, sein Arbeitsvermittler habe ein Gedicht vorgetragen, statt mit ihm über Stellen zu reden.

Ich wusste von Mama, dass Papas Arbeitsvermittler in Wahrheit sehr bemüht um ihn war und Papa aufgrund seiner Anspruchslosigkeit bei allen beliebt war. Es spielte keine Rolle, ob seine Geschichten der Wahrheit entsprachen oder nicht, die Milieuschilderungen aus dem Arbeitsamt waren für ihn ein Weg, die Demütigungen zu verarbeiten.

Ich begann mit der Arbeit an einer Dissertation im Fach Geschichte, in der ich untersuchen wollte, wie man in Schweden die Arbeiterklasse wahrnahm: Wie kam es, dass Schweden einerseits die stärkste Arbeiterbewegung der Welt hatte, andererseits aber die Vorstellung pflegte, das Land habe überhaupt keine Arbeiterklasse?

Papa sah mich an.

»Was sagst du da? Es gibt keine Arbeiter?«

»Ja, also, es gibt Leute, die meinen, dass es in Schweden keine Arbeiterklasse mehr gibt. Dass heutzutage jeder ein eigenes Haus und einen Volvo hat. Du weißt schon.«

»Nein, das weiß ich überhaupt nicht. Wer sagt denn so was?«

»Das hörst du ja wohl nicht zum ersten Mal, oder? Überall kann man doch lesen, dass die Arbeiterklasse ausgestorben ist, dass wir nicht mehr in einer Industriegesellschaft leben und dass … also, das hast du ja wohl schon mal gehört?«

»Nein, das habe ich verdammt noch mal nicht gehört! Von allem dummen Geschwätz, das man sich anhören muss, ist das jetzt wirklich das mit Abstand dümmste.«

Er stand so abrupt auf, dass sein Stuhl umkippte, und sagte, er sei froh, dass er keine Tageszeitung abonniert habe – er habe keine Lust, jeden Morgen im Leitartikel seine eigene Todesanzeige zu lesen.

Er strich sich mit der Hand durchs Haar. Durch seine Adern floss Batteriesäure. Er zündete sich eine Zigarette an, entfernte mit Mühe das Zellophan um die Pralinenschachtel, die wir mitgebracht hatten, und stellte sie demonstrativ auf den Tisch.

»Und wie erklärt man sich dann, dass diese Pralinen in dieser Schachtel an der richtigen Stelle gelandet sind?«

Er sagte, dass er im Fernsehen gerade eine Sendung über ein paar Tanten gesehen hatte, die in einer Fabrik in Schonen Strumpfhosen nähten, mit krummen Rücken und ewig schmerzenden Schultern entlohnt wurden und nach der Arbeit kaum noch ein Schälmesser halten konnten. Er kannte jemanden, dessen Sohn bei McDonald's arbeitete. Der Junge briet Hamburger, die er anschließend auf ein Brötchen mit Ketchup und Senf legte, mehrere hundert in der Stunde – es war die reinste Fließbandarbeit, Handys bei Ericssons zusammenzusetzen war das Gleiche. Er hatte alte Frauen gesehen, die in Portugal von Hand ein kleines zusammengefaltetes Stück rote Paprika in Oliven stopften, die für ein paar Kronen das Kilo exportiert wurden. Sie selbst wohnten in Baracken. Dachte er sich das alles vielleicht nur aus? War das kommunistische Propaganda?

Später wechselte ich das Thema meiner Arbeit und begann eine Studie zu Identität, Personenkult und autoritären Traditionen in der schwedischen Sozialdemokratie. Er erschrak und erklärte, dass ich im Register der Sicherheitspolizei landen und niemals einen Job finden würde.

»Das wird üble Folgen für dich haben, begreifst du das nicht?«

Warum konnte ich nicht stattdessen über die schwedische Emigration nach Amerika schreiben? Oder über dieses Schwein Gustav Vasa.

»Mach so was, Mädel!«

Ich war das erste von Großmutters und Großvaters Enkelkindern, das eine Universität besuchte, und Großvaters Miene erhellte sich, als er hörte, dass ich Geschichte studierte. Stotternd kam er in Schwung und erzählte von damals, als er im Alter von neun Jahren von seinem Lehrer geschlagen worden war, weil er gesagt hatte, es sei gut gewesen, dass Karl XII. ermordet worden sei, dadurch habe das Blutvergießen endlich ein Ende genommen. Der Lehrer hatte Großvater daraufhin derart eine gelangt, dass er mit Wucht gegen das Nachbarpult flog und auf dem rechten Ohr zehn Tage taub war. Großvater hatte die Geschichte schon besser erzählt, es war lange her, dass Skiljebos Münchhausen den nötigen Elan besaß. Ich war trotzdem froh, sie wieder einmal zu hören. Sie gehörte zu seinen Lieblingsanekdoten, möglicherweise entsprach sie sogar der Wahrheit.

Er war müde und verwirrt, viele drängten sich um den Tisch, um ihm zu seinem fünfundneunzigsten Geburtstag zu gratulieren. Er brauchte eine Weile, um zu begreifen, dass Amanda, die im Herbst drei wurde, meine Tochter und somit Leifs Enkelkind war.

»Das hast du gut gemacht«, sagte er nach einer Weile zu Papa. »Das hast du wirklich gut gemacht, das muss ich schon sagen.«

Görel war – wie alle Geschwister Papas – immer nett zu mir, hatte jedoch stets das Bedürfnis, Geschwistern und Eltern gegenüber ihre Selbständigkeit zu demonstrieren. Sie wandte sich an Amanda, die auf meinem Schoß saß. Die beiden waren sich bis dahin noch nicht begegnet.

»Dein Großvater ist nicht ganz bei Trost«, sagte sie jetzt und lächelte Amanda an.

Amanda sah erst sie und dann mich an. Sie verstand nicht.

»Dein Großvater ist nicht ganz bei Trost. Nicht wahr?«

Sie erwartete vermutlich, dass Amanda lachen würde –

dass wir alle dies tun würden –, doch Amanda vergrub schüchtern ihren Kopf an meiner Brust. Nun pochte stattdessen Großvater auf ihre Aufmerksamkeit. Mit einem kraftlosen Arm zeigte er auf Papa.

»Der da, der kann vielleicht arbeiten.«

Amanda verstand auch jetzt nichts. Görel mischte sich ein.

»Leffe ist arbeitslos, das weißt du doch, Vater!«

»Hörst du nicht, was ich sage? Leffe, der kann arbeiten!«

»Ach was, Leffe hat schon lange keine Arbeit mehr. Stimmt's, Leffe?«

Es zuckte in Papas Mundwinkeln. Er sagte nichts. Ich auch nicht. Das Gespräch war zu eigenartig, um uns die richtigen Worte finden zu lassen. Auch Großvater war verwirrt. Er griff an Amandas Bluse.

»Hör nicht auf die. Der Leffe ist so stark wie Stahl.«

Ich sah Papa an, der unerwartet und endlich eine Art Anerkennung von seinem Vater bekommen hatte, aber er wirkte vor allem bedrückt. Wahrscheinlich fragte er sich, warum sie immer über ihn reden mussten.

Großvater klatschte mit der Rückseite der einen Hand in die Handfläche der anderen und lächelte breit mit allen künstlichen Zähnen.

»Und ich bin der Stahl-Großvater! Ich hab den ganzen Haufen hier durch die Gegend geradelt! Glaubst du mir etwa nicht, Mädel?«

Er verstummte und verlor erschöpft den Kontakt zu dem Gespräch, das sich zögerlich anderen Themen zuwandte.

Die Tür ging auf, und eine Klassenkameradin aus meiner Schulzeit schaute herein. Sie arbeitete im Södergården. Wir waren für kurze Zeit befreundet gewesen, sie hatte an einem warmen Augustabend mitten in der Woche die ersten Flusskrebse ihres Lebens auf unserem Balkon gegessen.

Dann zerstritten wir uns. Jetzt wollte Kamilla Großvater auf die Toilette helfen. Ihm die Hose ausziehen, ihn abwischen.

Mein Großvater. Ich hatte ihn niemals nackt gesehen. Sie machte das jeden Tag, es war ihr Job.

Wenn ich zum Södergården ging, berührte ich seine trockene, wachsgelbe Pergamenthaut nur leicht mit einem flüchtigen Wangenkuss. Er, der sich früher mit Zander, Kartenspiel und Wunschträumen von der Revolution in Nävv Jork um mich gekümmert hatte. Der in unserem Schlafzimmer gesessen und darauf gewartet hatte, dass Papas Arbeitstag anfangen würde. Wach auf, Leffe! Wach auf, Mädel! Aufwachen! Jetzt saß er selbst da und schlief, während wir anderen mit dem Kaffeegeschirr klirrten. Keiner hatte Lust, ihn zu wecken.

Mir kehrte sich das Innerste nach außen, randvoll vor Scham und Bewunderung war ich, als Kamilla Großvater routiniert und sanft auf die Toilette brachte und die Tür abschloss.

Die Nachricht von seinem Tod zwei Jahre später kam überraschend. Ich hatte mir Großvater unsterblich vorgestellt, und lange Zeit sah er es wohl genauso – er pflegte zu sagen, er sei nicht mehr bettlägerig gewesen, seit er 1918 die Spanische Grippe besiegt hatte.

Papa kam in einem hellbraunen Mantel aus Latex, das wir anderen möglichst für Leder halten sollten, zum Friedhof von Hovdestalund, ein Gürtel schlenkerte zu beiden Seiten. Er stammte aus dem Emmaus-Laden, genau wie die Schuhe. Er war gefasst und nicht besonders traurig. Großvater war schon so lange alt gewesen, und Papa freute sich auf das Erbe von ein paar tausend Kronen. Das Geld konnte er gut gebrauchen.

Der pensionierte Dompropst sprach über das Leben als eine Art Schallwellen, die man im Radio hören konnte. Über Großvater sagte er kein Wort. Papa war wütend, als er vor der Kapelle stand und an einer neuen Zigarettenschachtel herumzupfte. Zum Schutz vor dem Wind hielt er die Hände um die Flamme gewölbt. Das machte er immer, ganz gleich, ob er nun im Haus oder im Freien war.

»Verdammt, diese Priesterschweine sind wirklich grauenvoll!«

Er war aufgebracht, schaffte es aber dennoch, seinen zahnlosen Mund zu verbergen. Er war gerade fünfzig geworden, als er die mittleren zwei Schneidezähne im Oberkiefer verloren hatte. Kurz darauf folgten die anderen, was seinen Mund trotzdem besser aussehen ließ. Im Unterkiefer hatte er noch alle Zähne.

Als ich ihn das erste Mal ohne Schneidezähne sah, war es eine schmerzhafte Erfahrung. Sie hatten ein viereckiges Höllenloch hinterlassen, das der Einwurföffnung in einem Container ähnelte. Ich wurde daran erinnert, wie wir uns in meiner Kindheit über Zähne gestritten hatten.

Papa behauptete, alle Menschen bekämen drei Mal Zähne: Erst bekommt man die Milchzähne, dann bekommt man neue Zähne und danach noch einen Satz.

»Du meinst ein Gebiss?«

»Nein, richtige. Man bekomme neue richtige Zähne.«

»Du meinst neue Zähne beim Zahnarzt?«

»Nein, im Mund. Es wachsen neue.«

»Du meinst keine künstlichen Zähne, wie Großmutter und Großvater sie haben?«

»Nein, die bekommt man erst, wenn man die anderen Zähne verloren hat.«

»Welche anderen Zähne?«

»Die man bekommt, nachdem man die zweiten verloren hat. Alle Menschen bekommen drei Mal Beißer. Sag mal, lernt ihr eigentlich gar nichts in der Schule?«

»Drei Mal, wenn man die künstlichen Zähne mitzählt, aber richtige Zähne bekommt man nur zwei Mal. Die Milchzähne wachsen im ersten Lebensjahr, und dann, wenn man sechs oder sieben ist, verliert man sie und bekommt neue. Danach bekommt man keine mehr.«

»Oh doch, man bekommt noch einmal Hauer.«

»Du glaubst also, dass dir neue Zähne wachsen, wenn dir die ausfallen, die du jetzt hast?«

»Sollen wir wetten?«

Er ging niemals zum Zahnarzt, erzählte jedoch lebhafte Geschichten von einer Frau Skomba in seiner Kindheit. Einmal stieß sie einem von Papas Freunden einen Bohrer geradewegs durch die Wange.

»Du verstehst schon, was für eine Irre das war.«

Als Papa seine Zähne verlor, musste er am Ende doch einsehen, dass keine neuen kommen würden. Ich ignorierte, was mit seinem Mund passiert war, wurde aber dennoch von quälenden Fantasien geplagt, in denen er sich einen Zahn zog, bei dem er schon lange gefühlt hatte, dass er beunruhigend lose saß. Was tat er dann? Sah er ihn sich an? – Und was dachte er über sein Spiegelbild? Oder war er auf der Arbeit und steckte den Zahn nur schnell und verschämt in die Tasche? Warf er ihn in den Vergütungsofen, während seine Zunge von dem neuen Hohlraum magisch angezogen wurde?

Er hatte sich angewöhnt, an seiner Oberlippe zu ziehen, so dass sie mit der Zeit ein wenig länger wurde und das zahnlose Gebiss ganz natürlich verbarg. Früher hatte sein Gesicht Konzentration durch einen zuckenden Mundwinkel verraten, jetzt arbeitete die Oberlippe. Nur wenn er mit Amanda spielte, vergaß er sich. Normalerweise kicherte er immer, sie aber brachte ihn dazu, schallend zu lachen. Dann sah man das glänzende Zahnfleisch, das sich fest um den Kieferknochen schloss.

Den Kaffee tranken wir nach der Beerdigung im Wasserturm mit Aussicht auf ganz Västerås. Wenn jemand starb oder im größeren Stil gefeiert wurde, traf man sich in dem halbrunden Restaurant. Hier luden Großmutter und Großvater alle zu einem überbordenden Büfett ein, um ihren sechzigsten Hochzeitstag zu feiern. Großvater hatte nur Kartoffeln mit Sauce gegessen. Das war mittlerweile lange her.

Papa und ich saßen mit einem Mann am Tisch, der ein Nachbar Papas in der Björkgatan gewesen war. Er war ein paar Jahre jünger und erzählte mir, dass alle Kinder im Häuserblock immer zum Fußballfeld gegangen seien, um Papa am Ball zu sehen. Dass sie wie Kalle Anderssons Jüngster werden wollten. Skiljebos Nacka Skoglund.

»Ach was«, sagte Papa, »ich war kein guter Fußballspieler. Aus mir ist im Grunde nie etwas geworden.«

An unserem Tisch saßen auch Mamas Eltern. Papa hatte sie viele Jahre nicht mehr gesehen, und ich spürte, wie gut es ihm tat, in ihrer Gesellschaft über wichtige Dinge reden zu können.

»In Jugoslawien scheinen sie sich ja jetzt gegenseitig umzubringen. Wisst ihr, wozu das gut sein soll?«, fragte Papa.

Großvater bedauerte, darauf wisse er auch keine Antwort.

Sie rührten bedächtig in ihren Kaffeetassen. Papas rechte Hand war groß und krumm, der Daumennagel blauschwarz. An Großvaters gepflegter linker Hand saß seit einigen Jahren ein Doktorring; er war für seine Leistungen im Bereich der Erwachsenenbildung mit einer Ehrendoktorwürde ausgezeichnet worden. Papa öffnete seine Faust, drehte sie und presste den Handteller auf die weiße Tischdecke, so wie er es jeden Abend vor dem Fernseher machte, um die Finger zu entspannen. Großvater – mitten in einem Vortrag über Strindbergs *Das rote Zimmer* – tat das Gleiche, seine Finger spreizten sich wie Sonnenstrahlen am Himmel. Ihre kleinen Finger hätten sich fast berührt. Keiner von ihnen schien etwas zu merken. Es hatte vielleicht nichts zu bedeuten, aber ich empfand es als einen unbewussten Akt des Einvernehmens bei ihrer letzten Begegnung.

Papas Bruder Olle hielt mich auf, als ich gehen wollte. Er sagte, ich solle Mama, die mittlerweile für die Linkspartei im Parlament saß, Grüße ausrichten, er sei in allem einer Meinung mit ihr, außer bei der Sache mit den Einwanderern. Papa wurde nervös. Er wusste, was ich dachte, und er wusste auch, dass ich nicht mehr das artige Mädchen war, das die Erwachsenen reden ließ – vor allem in solchen Fragen nicht. Die Zeit, in der ich allen Recht gegeben hatte, die das Wort ergriffen, war vorbei.

Als ich klein war, sagte Papa, dass man alle Finnen hinauswerfen sollte.

»Kekkonen weiß schon, was er tut, der schickt uns die faulen Eier und behält die guten Bürger für sich.«

Das hatte er von einem finnischen Arbeitskollegen aufgeschnappt, einem verdammt guten Typen, also musste es stimmen. Warum können die Finnen nicht wie Schwarze sein?, fragte er sich.

Laut Papa war uns die schwarze Rasse sowohl moralisch als auch in punkto Intelligenz überlegen. Die einzige Ausnahme bildete Muhammad Ali – natürlich hatte er in vielem Recht, aber musste der Mann immer so das Maul aufreißen? Wenn alle Menschen schwarz wären, dann wäre die Welt schöner. Wie viel netter wäre es doch beispielsweise, wenn Ola Ullsten aussähe wie Harry Belafonte, Östen Warnerbring sänge wie Louis Armstrong und Björn Börg sich benähme wie Arthur Ashe?

Und warum konnte Arafat nicht ein bisschen mehr sein wie Martin Luther King? Aber was würde das andererseits schon nützen, solange Israel Moshe Dayan und Menachem Begin hatte?

An der Ecke Dagsvärmargatan und Årbylundsgatan in Skiljebo lag in den frühen siebziger Jahren der Lebensmittelladen Harry Levins, benannt nach seinem Besitzer. Dort konnte man superschöne, große Filmillustrierte über Walt Disneys Schneewittchen, Aschenputtel und Dornröschen kaufen. Papa fand Harry Levins zu teuer, und als Begründung gab er an, dass der Besitzer Jude war. Alle anderen Geschäfte waren zwar auch viel zu teuer, aber daran waren die Regierung, das Bürgertum und die verdammten Bauern schuld. Großvater wurde wütend. So etwas zu sagen, war dummes Geschwätz. Vollkommen verrückt.

»Hätte Hitler den Krieg gewonnen, hätten wir hier auf unserer Straße überhaupt keine Geschäfte mehr gehabt!«

»Scheiße, was hat denn Hitler damit zu tun? Ich weiß doch, was die Lebensmittel da kosten und was sie in anderen Läden kosten!«

Großmutter erwiderte, dass Harry Levins den besten Räucherspeck hatte. Dass dort alle in Ordnung seien und wirklich anständige Leute. Als das Geschäft später schließen musste, bedauerte Papa trotz allem, dass es keinen Markt für kleine, nette Läden mit einem eigenen Sortiment zu vernünftigen Preisen mehr gab. Dass einem der feine alte Mann leidtun konnte.

Eine Zeit lang dachte er, Ingmar Bergman wäre Jude – wie sonst ließ sich erklären, dass seine Filme überall so gefeiert wurden? Als er später erfuhr, dass Bergman in seiner Jugend für Hitler geschwärmt hatte, passte alles zusammen: Das hatte er sich doch immer schon gedacht – der Irre war ein Nazi!

Papa verabscheute Deutsche, weil sie so deutsch waren. Einen deutschen Fußballspieler zu bewundern war undenkbar. Gerd Müller, Franz Beckenbauer, Uli Hoeneß … die machen doch nichts mit der Kugel, was andere nicht schon vorher damit gemacht haben. Ne, ne, ne, es gibt nur einen Garrincha.

Er lehrte mich, dass die Deutschen zehn Millionen Juden ausgerottet hatten. Als ich älter wurde und erklärte, es seien wohl eher sechs Millionen gewesen, wurde er misstrauisch.

»Du bist mir doch hoffentlich kein Nazi geworden? Bist du jetzt irgendwie rechts?«

Gleichzeitig bewunderte er Karl Marx, der sowohl Deutscher als auch Jude war. Und mitten in diesem Durcheinander träumte er von einer Welt ohne Rassenschranken und Nationalitäten, in der sich alle – Schwarze, Weiße, Juden, Finnen, Russen, Schonen, Amerikaner – mischten, zusammenarbeiteten, gegenseitig respektierten.

Als Kind war ich immer einer Meinung mit ihm. Als ich heranwuchs, fand ich es schwierig, Ordnung in seine Vorurteile zu bringen.

Damals, in den siebziger Jahren, sprach Papa über die Finnen. In den Neunzigern sprach er über die Einwanderer. Sie waren ganz anders als die Finnen, die sich zwar ungehobelt benahmen, aber wenigstens nicht zögerten, auch noch die härtesten Jobs anzunehmen.

Als die Rechtspopulisten von Ny Demokrati ins Parlament einzogen, verfluchte Papa das allgemeine Wahlrecht – gab man seine Stimme dem faschistoiden Kleinbürgertum, sollte einem der Schwanz abgeschnitten werden. Manche Parolen der Partei fielen bei ihm jedoch auf fruchtbaren Boden. Ich sagte ihm, dass die meisten, die nach Schweden kamen, vor Armut und Unterdrückung flohen. Er schüttelte den Kopf.

»Von wegen. So war das früher vielleicht einmal, aber heute nicht mehr. Die Guten bleiben da, das Pack kommt zu uns.«

In Papas und Mamas eng verwobener Familie gab es das sagenumwobene Vallonenblut, gebürtige Russen und Italiener, einen Serben, einen Palästinenser, einen Finnlandschweden, einen Engländer. Zwar nahmen nur das russische und das italienische Element größeren Raum ein, aber Papa konnte nicht begreifen, was ich meinte, als ich sagte, unsere Familie sei voller Menschen, die ihre Wurzeln in einem anderen Land als Schweden hatten. Außerdem sprach er ohnehin nicht von ihnen. Er sprach von den anderen.

Jetzt stand er zwischen mir und seinem Bruder und trat

auf der Stelle. Die Oberlippe wurde herabgezogen, die Hände in die Hosentaschen geschoben und wieder herausgezogen. Er wollte gehen, aber das Gespräch war nicht unangenehm. Olle hatte etwas bei *Aktenzeichen XY* gesehen, die Zeitung gelesen und von einer Einwandererfamilie in Vallby gehört, der die Sozialbehörde einen Urlaub im Ausland, einen Fernseher und sechs Fahrräder spendiert hatte, während die Familie gleichzeitig schwarz arbeitete, Arbeitslosengeld, Sozialhilfe und Krankengeld kassierte. Ich lieferte mir ein kleines Wortgefecht mit ihm, während Papa fürchtete, ich könnte mich als eine von diesen Augenverdreherinnen blamieren. Ich hatte gut reden, wenn ich sagte, dass Einwanderer uns herzlich willkommen waren, ich hatte ja Arbeit.

»Ich weiß ja, dass du Recht hast«, sagte er, als wir den Aufzug nach unten nahmen. »Aber trotzdem, verstehst du, tja… verstehst du? Und man muss auch nicht immer alles aussprechen, was man denkt. Die Leute kapieren ja doch nichts. Verstehst du?«

Als ich Per verließ, war Amanda so alt wie ich, als Mama ging. Papa wurde traurig und wollte wissen, wie jetzt alles weitergehen sollte.

»Und das Mädel?«, fragte er immer und immer wieder.

Ich beruhigte ihn, dass ich nicht beabsichtigen würde, die vierte Generation in direkter Folge von Jaroslawl bis Uppsala zu sein, die den Vater die Hauptverantwortung für ihre Kinder übernehmen ließ. Für ihre Töchter.

Zwei Jahre später begegnete ich Anders, Papa würde erneut Großvater werden.

»Klasse, Åsa! Aber danach musst du da unten alles verrammeln und verriegeln.«

Es war suspekt, viele Kinder zu haben, nur Freireligiöse schafften sich mehr als zwei an.

Papa sah Maxim zum ersten Mal kurz vor Weihnachten bei Majken und Alexej. Es war einer unserer schönsten gemeinsamen Momente. Majken nötigte uns Marmorkuchen, Marzipanteilchen, Mandelplätzchen, Kekse, Bonbons und Torte auf. Papa saß zwei Stunden mit seinem Jungen zusammen und fühlte sich in diesem Moment reich. Strich ihm über den Kopf, roch an seinem Scheitel, drückte sanft die Füßchen. Beide lächelten breit und zahnlos, als sich eine kleine Hand um das schloss, was einmal ein grober Metallvergüterdaumen gewesen war. Keiner hatte es eilig.

»Weißt du, Macke, du und ich werden beste Freunde und Kameraden. Genau wie Amanda und ich. Und deine verrückte Mama und ich.«

Sie bekamen nie die Chance, sich kennen zu lernen.

Er schenkte Amanda eine Tüte voller Schlüsselringe, da er wusste, dass sie eine Sammlerin war. An die Geburtstage erinnerte er sich nicht, aber er rief regelmäßig an, um sich zu erkundigen, was das Fußballspielen machte. Wenn sie sich trafen, sah er sie an wie mich, als ich klein war.

»Ist das wahr, Mücke?«

Er begleitete uns zur Bushaltestelle, und wir überreichten ihm eine Papptüte, die wir mit Lebensmitteln gefüllt hatten. Kohlrübenpüree, braune Bohnen im Schlauch, Presssülze, Fleischklößchen, Bullens Bierwurst, Anton Berghs Marzipan – Dinge, die er ohne Zähne kauen konnte.

Er hatte einen neuen Kühlschrank. Der alte hatte jahrelang kaputt herumgestanden, bis er es schließlich wagte, sich beim Vermieter zu melden. Noch siebzehn Jahre nach der drohenden Räumung schämte er sich so, dass er einen Umweg machte, sobald er jemanden von der Wohnungsbaugesellschaft entdeckte. Seit Großmutters Tod hatte er sich von belegten Broten ernährt. Jetzt besaß er einen Kühlschrank, aber kein Geld, um ihn zu füllen. Die Abfindung war längst aufgebraucht.

Nach fast vierzig Jahren bei den Metallwerken bekam Papa 8644 Kronen Arbeitslosenhilfe ausgezahlt. Die Hälfte ging für die Miete drauf, der Rest für Strom, Telefon, Gewerkschaftsbeitrag und Arbeitslosenversicherung. Er hatte keine Hausratsversicherung, bekam keine Zeitung und besaß kein Auto, bezahlte keine Rundfunkgebühren und rauchte nur noch sporadisch. Seine Kleider kaufte er für ein paar Zehner im Emmaus-Laden. Hagebuttensuppe und Haferbrei führten zu Mangelerscheinungen, Bauchschmerzen und Verstopfung.

Als ich ein Kind war, beklagte Papa sich darüber, dass er so schrecklich arm war. Jetzt reichte das Geld hinten und vorne nicht, ganz gleich, wie er es anstellte. Er beschwerte sich nie. Fragte ich ihn, ob er zurechtkam, antwortete er, aber ja, verdammt, irgendwie haut es jeden Monat doch wieder hin.

Ich fand, dass er in eine kleinere Wohnung ziehen könnte, aber er meinte, das gehe überhaupt nicht. Er hatte nämlich einen Zierspiegel direkt auf die Wand geklebt, der sich nicht abnehmen ließ, ohne dass die ganze Tapete herunterkam. Wenn der Vermieter das sah, würde er Schadensersatz zahlen müssen oder hinausgeworfen werden.

Er nahm die schwere Tüte entgegen und wusste nicht, wie er uns danken sollte. Ich wurde verlegen und fühlte mich ein wenig wie Michel aus Lönneberga, als er mit einem Weihnachtskorb zu den Armenhäuslern ging.

»Die haben die Miete um dreihundert Kerooonen angehoben«, rechtfertigte er sich.

»Ich weiß, die Zeiten sind hart.«

»Ja, verdammt. Und es soll noch schlimmer werden.«

Papa fand nie mehr eine tariflich bezahlte Stelle, bekam aber von Zeit zu Zeit Arbeit in einer Schreinerwerkstatt am alten Heizkraftwerk. Dort hatte man Verwendung für seine Geschicklichkeit und seine Kreativität; nach eigenen Vorstellungen mit weichem Holz zu arbeiten, war etwas anderes, als Stahl zu erhitzen und zu biegen. Er sagte, es sei der beste Job, den er jemals gehabt habe.

Er wurde keine krakeelende Gestalt in der Smedjegatan, das Alkoholgeschäft besuchte er nur sporadisch. Es fehlte ihm am nötigen Geld, und außerdem wollte er auf dem Arbeitsmarkt nicht völlig chancenlos sein – das war er allerdings so oder so. Jetzt konnte er mit mir über den Alkohol sprechen, er sagte, seit er nicht mehr zu den anstrengenden Vergütungsöfen müsse, brauche er ihn nicht mehr so wie früher. In den Metallwerken erwarteten alle von ihm, dass er mit seiner Schultertasche kam, nun begegnete er Menschen, die keine Ahnung hatten, wer er war. Es fiel ihm leichter, ungestört nüchtern zu bleiben, niemand misstraute ihm oder fand, dass er sich seltsam benahm.

Auch die Liebe zu Amanda und Maxim trug zu Papas seelischem Gleichgewicht bei. Mit ihnen, meinte er, wird alles anders werden. Mama sagte wortwörtlich das Gleiche: Mit deinen Kindern wird es anders werden. Ich fragte keinen der beiden, was sie damit meinten, denn ich hatte wie immer Angst, über uns zu sprechen.

Vielleicht fanden sie, dass sie mich im Stich gelassen hatten.

Andere erklärten, das hätten sie, jeder auf seine Art, beide getan. Besonders hart fiel das Urteil über Mama aus – wie konnte eine Frau nur ihr Kind verlassen?

Hatten sie mich im Stich gelassen?

Sie vielleicht, er jedoch nicht. Er hatte mir doch alle Liebe gegeben, die er mir geben konnte.

Er vielleicht, sie jedoch nicht. Sie war ja in Wahrheit immer da gewesen.

Wir sahen uns nicht sonderlich oft, telefonierten aber regelmäßig miteinander. Ich schickte ihm gelegentlich ein Taschenbuch mit ein paar Hunderten darin, so konnte er sich für die Bücher bedanken, ohne das Geld erwähnen zu müssen. Amanda schickte ihm Fotos von sich als Fußballverteidigerin der Vindhemsjungenmannschaft.

Meistens rief Papa an, wenn er sich über etwas aufregte, das die Sozialdemokraten gesagt oder getan hatten. Oder nicht gesagt oder getan hatten.

Auch als ich noch ein Kind war, wurde er oft wütend – jede Nachrichtensendung verwandelte sich in ein Versuchslaboratorium für neue Beleidigungen, die so witzig waren, dass er sich sogar selbst über sich wunderte –, aber die Zeiten hatten sich geändert. Sozis wie Kjell-Olof Feldt, Erik Åsbrink, Mona Sahlin, Göran Persson ... verdammt, die hatten keine Scherze mehr verdient. Alles ging zum Teufel: keine Jobs, gesenktes Arbeitslosengeld, höhere Mieten. Neunundvierzig Kerooonen für ein kleines Stück Käse – was meinen die eigentlich, wer sich das noch leisten kann? Nein, das waren Schweine, über die man nicht mehr lachen konnte.

Er vermisste Olof Palme, merkte jedoch an, dass seine Erinnerungen an ihn erstaunlich vage waren. Palme sei gleichsam zu etwas in einem Film geworden, seit er an jenem Abend ins Kino gegangen war. Irgendwie unwirklich, Papa war sich fast nicht mehr sicher, ob es den Burschen überhaupt gegeben hatte. Das Thema meiner Dissertation machte ihm jedenfalls keine Sorgen mehr.

»Nein, nein, verdammt, schreib du nur, schreib! Bündel alles und schlag sie tot!«

Er war auch von der Linkspartei enttäuscht, die nichts Vernünftiges aus der Zusammenarbeit mit den Sozialdemokraten herausholte, mochte jedoch die Parteivorsitzende Gudrun Schyman.

»In den Zeitungen steht, dass sie trinkt, und das behauptet sie selbst im Übrigen ja auch. Wenn du mich fragst, ist das alles halb so wild. Sie sieht mir jedenfalls nicht aus wie eine ordinäre Schnapsdrossel.«

Schyman war nun wirklich eine verdammt gute Tante, aber warum kam sie einem ständig mit diesem Frauengelaber? Das hatte man allmählich irgendwie satt. Konnte ihr keiner mal sagen, dass sie sich da in was hineingesteigert hatte?

In Papas Augen gab es – abgesehen von Großmutter, Majken, Mama, Sonja und ein paar anderen – drei Sorten Frauen. Es gab Tanten, verdammte Tanten und verdammt gute Tanten. Während meiner gesamten Kindheit teilten wir Leute, die wir kannten, und Leute, die wir im Fernsehen sahen, in diese Kategorien ein. Die Kassiererinnen im Supermarkt waren beispielsweise ganz gewöhnliche Tanten – die junge Blumenfrau war dagegen »dieses Glitzern bei den Blumen, verstehst du, die sich mit Sicherheit ein bisschen in mich verguckt hat«. Die Erzieherinnen in der Kita und im Hort waren verdammt gute Tanten, genau wie die Abrüstungstanten Alva Myrdal und Inga Thorsson.

Astrid Lindgren war eine verdammte Tante, die keine Steuern bezahlen wollte – wenn sie mit ihrem Märchen von Pomperipossa über die Steuerpolitik der Sozis nicht so viel Wind in der Zeitung gemacht hätte, würde Schweden nach wie vor von einem Intellektuellen regiert. Stattdessen hatte sie dem Land einen Drecksbauern mit Stummelpfeife als Regierungschef beschert. Dies hinderte Papa allerdings nicht daran, Astrid Lindgrens Bücher zu kaufen und sich mit Ephraim Langstrumpf zu identifizieren. Ein anderer Schwachkopf war Sozialministerin Karin Söder, die den freien Verkauf des mittelstarken Biers verboten und durchgesetzt hatte, dass das Alkoholgeschäft samstags geschlossen blieb. Margaret Thatcher war die verrückteste verdammte Dreckstante, die es jemals gegeben hatte. Es war so typisch für die Engländer, ihre Zukunft in die Hände einer solchen Natter zu legen.

Und dann gab es da noch die Schauspielerin Margaretha Krook. Die beste Tante der Welt.

Sie trat einmal im Fernsehen auf, als Papas Kumpel Sören zu Besuch war. Sie führten ein Gespräch, das von Papa mit der vollkommen ernst gemeinten Frage eingeleitet wurde, wie groß wohl Margaretha Krooks Möse war. Das Gespräch endete schon bald in hysterischen Albereien. Die Möse der Krook musste riesig sein, da waren sich die beiden einig und saßen da und nahmen mit den Händen auf ihrem eigenen Geschlecht Maß.

»So eine große Möse hat sie auf jeden Fall!«

»Ja genau, aber mindestens! Die Möse ist bestimmt so groß!«

Mittlerweile neigten sich die neunziger Jahre ihrem Ende zu, und Papa wollte von mir wissen, was Feminismus war. Feminismus, versuchte ich zu erklären, ist die Idee, dass wir nicht als Männer und Frauen geboren, sondern dass wir dazu erzogen werden, und dass die Frauen den Männern untergeordnet sind, ist eine patriarchalische, also männliche Machtordnung.

»Bist du eine Feministin?«, fragte er.

»Ja, das bin ich vermutlich, aber ich nenne mich nicht so. Bist du ein Feminist?«

»Ob ich ein Feminist bin? Nein, ganz bestimmt nicht!«
Er habe nichts gegen Gleichberechtigung, sagte er, er habe
nur diese Etepetete-Weiber so satt.

»Die können mir mal den Buckel runterrutschen mit ihrem Gelaber, dass sich nur Frauen um Haushalt und Kinder
gekümmert hätten.«

Für ihn war die These von der Unterdrückung der Frau
unverständlich – seine Frau hatte immerhin ihn verlassen.
Die zweite fuhr nach Mallorca und kam mit einem billigen
Zuhälter zurück. Wer war denn hier der Unterlegene?

Reicht es nicht, über die Arbeiterklasse zu sprechen?
Dazu gehören doch alle, denen es am schlechtesten geht: die
Putztanten, die Kindergartentanten, die Supermarkttanten
und die Tanten in den Krankenhäusern. Wir Männer sind
gewöhnliche Malocher oder arbeitslos, ich wüsste jedenfalls
nicht, dass wir die Schabracken in den Villenvierteln unterdrücken.

»Die unterdrücken doch uns! Uns alle!«

Sicher, natürlich sei er fähig, jede bürgerliche Tante zu
vergewaltigen. Er habe nur keine Lust dazu. Da schlage er
sie lieber tot.

Er fragte mich, ob ich wüsste, was aus dem Klassenkampf
geworden sei. Der Solidarität. Das sei alles verschwunden.

Es war lange her, dass Papa vom Kommunismus und darüber gesprochen hatte, wie gut alles werden würde, wenn es
erst einmal keine Arme und Reiche mehr gab, wenn alle einander halfen und sich niemand allein und ausgeliefert fühlen musste. Die Utopien gehörten zu einer anderen Zeit.

Papa feierte seinen sechzigsten Geburtstag, und Amanda bewunderte die vielen Schmuckgegenstände aus Porzellan und Glas. Vorsichtig berührte sie das Herzoginnenpaar auf der Kommode und tippte eine kleine Uhr an, die früher Großmutter gehört hatte. Sie wollte wissen, wer der Opa aus Ton war – Gunnar Sträng. Ich sah, dass unten, zu Füßen des alten Finanzministers, dem Großvater einmal Prügel angedroht hatte, Lisa Larson stand. Amanda würde im Herbst zehn werden und fand die Wohnung in der Rönnbergagatan so schön wie ich in ihrem Alter.

Als sie vor dem Bücherregal stand und sich alles anschaute, erinnerte ich mich an Papas dreißigsten Geburtstag. Das war 1971 gewesen, ich war damals knapp drei Jahre alt. Er hatte mit seinen Brüdern an derselben Stelle gestanden wie Amanda jetzt und ihnen einen neuen Plattenspieler vorgeführt, während man in der Küche das Räumen und Lachen der Frauen gehört hatte. Ein paar Monate später würde ihn die große Katastrophe ereilen, aber davon ahnte er noch nichts. An dem Tag waren alle fröhlich, daran erinnere ich mich.

Auf dem Plattenspieler drehte sich unzählige Male *Pippi Langstrumpf*, bis Mama eines Morgens schrie, sie halte es nicht mehr aus. Ich weiß noch, wie sie aus dem Schlafzimmer kommt und herausplatzt, dass sie die Platte nie mehr hören will. Dass sie es nicht mehr erträgt. Wir werden beide traurig – vor allem sie –, und Papa legt die Platte auf.

Damals begriff ich nicht, welche Gefühle Mama in sich

verbarg, Gefühle, bei denen es um etwas völlig anderes ging als um eine Platte, die sie über hatte. Ich nehme an, dass die Angst der beiden – Papa, der sich danach sehnt, sie berühren zu dürfen, und sie, die nicht mehr will, dass er es tut – die Laken zerknitterte, die noch die Matratze umschlossen. In einer anderen Stadt lag Lasse und fragte sich, ob sie seine Frau werden würde. Sie hatte aufgehört, über Papas Scherze zu lachen, und er verstand nicht, warum das so war. Sie freute sich nicht mehr, wenn sie ihn den Schlüssel ins Türschloss stecken hörte, und er spürte es. Fasste sie ihn an, geschah es aus Versehen.

Zehn Jahre später empfing Papa seine Geschwister leicht angetrunken auf der Samtcouch aus dem Möbelhaus Fjugesta. Auf dem Couchtisch standen große, hübsche Sandwichtorten aus dem Supermarkt, wie er sie immer schon nach Hause tragen wollte. Jeder konnte sehen, dass sie nicht selbst gemacht waren, trotzdem behauptete Sonja, sie habe die Torten gemacht. Meine Tanten begannen, Katz und Maus mit ihr zu spielen. Nicht weil sie etwas gegen Sonja gehabt hätten, aber was wahr war, sollte auch wahr bleiben. Sie wollten von ihr wissen, wie sie die Böden so dünn hinbekommen hatte. Darauf konnte sie ihnen keine Antwort geben, und Papa versuchte das Gespräch auf andere Themen zu lenken. Es war zwecklos.

»Die zweite Schicht hier, ist das Leberpastete und ...?«

Sonja brummte ablenkend, ehe sie zu sich hinunterging.

Die folgenden zehn Jahre in Papas Leben waren die schwierigsten, fast hätte er sich zu Tode getrunken. Als er fünfzig wurde, tauschte er die Samtcouch gegen eine Ledersitzgruppe aus, auf der ich kaum einmal saß, da unsere Begegnungen zu der Zeit immer in der Küche stattfanden. Es waren bei weitem nicht die englischen Möbel aus festem dunkelbraunen Leder, das mit Patina altert und gut riecht, von denen er geträumt hatte. Diese Couch war glatt und braun wie ein feuchter Regenwurm und auf die falsche Art klobig, aber es war das, was er sich zusammengespart hatte. Anderthalb Jahre lang ging er jeden Monat mit fünfhundert Kronen zu Majken und bat sie, das Geld auf die Seite zu legen, damit er es nicht ausgab. Er plante seinen fünfzigsten Geburtstag, und es waren nur noch wenige Monate, bis er arbeitslos wurde, eine neue unerwartete Katastrophe, die zu einem erstaunlichen Wendepunkt werden sollte.

Jetzt feierte er seinen sechzigsten Geburtstag und war gut gelaunt. Er hatte sich jegliche Gratulationen verbeten, die Arbeitslosigkeit machte ihn einer größeren Feier unwürdig. Außerdem fehlte es ihm am nötigen Geld, um ein richtiges Fest auf die Beine zu stellen, aber er freute sich, dass wir da waren.

»Zeig mal deine Muskeln, Opa!«, bat Amanda.

Das tat er gern.

»Solche Muckis hat nur Pippis Papa. Und dein Opa!«

Erwartungsvoll holte er eine Tafel Schokolade heraus und war enttäuscht, als er sah, dass man den Marabu auf den einzelnen Stücken durch ein M ersetzt hatte.

»Was zum Henker ist denn das? Und ich hab gedacht, ich hätte dem Mädel Schokolade mit Vögeln gekauft!«

Die schwierigen Jahre waren vorbei, aber unserer Beziehung sollte für immer etwas Gehemmtes anhaften. Unsere Begegnungen blieben kurz und wurden oft abgesagt. Aber in manchen Momenten mit Papa fühlte ich mich wie damals, als ich noch klein war. Vielleicht war dies unvermeidlich. Jetzt, da es so gut lief zwischen uns, wollte ich wieder das kleine Mädel sein dürfen. Ich wünschte mir, er würde das Halmabrett holen, sich Bier in ein verkratztes Duralexglas einschenken und sagen, ich solle anfangen.

Ich heiße nicht Åsa, wollte ich ihm sagen, denn ich bin nicht Åsa. Ich heiße Natascha, Goldklümpchen, Mücke, Schnuckelchen, Dummchen, Mädel. Du hast doch hoffentlich nicht die vielen Namen vergessen, die du mir gegeben hast?

Ich erinnere mich an dich, Papa. Was weißt du noch von all dem, was wir, du und ich, waren?

Es dauerte ein paar Jahre, meine Doktorarbeit zu schreiben, und in dieser Zeit dachte ich oft, dass ich Papa einen Anzug kaufen würde, sobald ich fertig war, damit er sich am Tag meiner Disputation unter den zahlreichen Professoren in den pompösen Räumlichkeiten der Universität von Uppsala schick fühlen konnte.

Aus dem Anzug wurde nichts. Als es so weit war, fehlte mir die nötige Lust und darüber hinaus das Geld.

Ich widmete die Arbeit »all jenen, die in Skiljebo kamen und gingen, das einst das Viertel des Kampfs, der Liebe und der Fußballträume in der Metallarbeiterstadt Västerås war«, lud ihn jedoch nicht einmal zur Promotionszeremonie ein. Ich redete mir ein, es geschehe ihm zuliebe, dass er sich erstens in Mamas und Lasses Kreis wie ein Außenseiter gefühlt hätte – ich vergaß, wie gut es damals funktioniert hatte, als ich Abitur machte. Zweitens wollte ich nicht, dass er sich für seinen zahnlosen Mund schämen musste. Dafür, eine in allen Punkten abweichende Person unter diesen gut ausgebildeten und erfolgreichen Menschen zu sein.

Und was machen Sie beruflich?

Im Moment mache ich nichts, aber ansonsten bin ich Metallvergüter.

Aha, soso, jaja.

Am Tag meiner Disputation bekam ich eine Karte mit Rosen als Motiv: »Ich bin stolz auf dich. Ich wünsche dir viel Glück für die Zukunft. Papa«.

In den Briefumschlag hatte er fünfhundert Kronen von

seiner knapp bemessenen Arbeitslosenhilfe gelegt. Es belastete mich, dass er mir so viel Geld schenkte, aber vor allem fand ich es jetzt traurig, dass er auf dem großen Fest inmitten aller Gäste nicht neben mir sitzen würde. Als ich ihn anrief und mich bedankte, hörte er mir an, dass ich traurig war. Er fragte, ob es nicht gut gelaufen sei.

»Doch, supergut.«

»Na also, dann ist doch alles in bester Ordnung! Wenn man Doktor wird, soll man fröhlich sein!«

Er wünschte mir alles Gute für das Fest und forderte mich auf, die Professoren schon bei der Vorspeise platt zu machen.

Vielleicht war ihm der Gedanke gar nicht gekommen, dass seine Anwesenheit möglich gewesen wäre, eventuell war er sogar froh, dass ihm das Ganze erspart blieb, aber wahrscheinlicher war, dass er begriff, warum ich ihn nicht eingeladen hatte. Während Lobreden für mich gehalten wurden, saß er in Viksäng und fühlte sich wie Murre aus Skogstibble aus den Büchern über Pelle Schwanzlos. Wie jener übel riechende Kater vom Land, der nicht weiß, wie man sich im gesellschaftlichen Leben zu benehmen hat, wie jener Kater, von dem er mir aus den Büchern der Viksängsbücherei vorgelesen hatte, die wir niemals zurückgaben.

Papa bekam Rückenschmerzen, die er so noch nicht gehabt hatte, und seine Füße schwollen derartig an, dass sie nicht mehr in die Gummistiefel passten. Ich beschwor ihn, zum Arzt zu gehen. Er wollte nicht. Ich schickte ihm das Geld für die Praxisgebühr. Er kaufte Lebensmittel davon.

Wir trafen uns, um Weihnachtsgeschenke auszutauschen. Unsere Unterhaltung war ein wenig bemüht. Anders und ich hatten gerade eine Wohnung für eineinhalb Millionen Kronen gekauft, und Papa erschrak. Für ihn war eine Million eine magische Grenze, jetzt so gut wie damals, als er noch ein Kind war und die Sahnebonbons für fünf Öre zentimeterdick waren. Er begriff nicht, wie wir uns das leisten konnten, und ich sträubte mich, mit ihm über unser Einkommen zu sprechen, weil ich mich schämte. In der neuen Wirtschaft gehörte ich zu den Gewinnern. Er zahlte.

Als wir gehen wollten, ging er in die Kleiderkammer und holte eine Eisfischangel. Er erzählte Amanda, sie habe früher meinem Großvater gehört, und er habe einen neuen Griff mit einem kleinen Fach für die Haken gemacht.

»Ich hoffe, dass du mit ihr genauso viele Zander angelst wie mein Papa und dass du Macke das Angeln beibringst, wenn er ein bisschen größer ist.«

Er zeigte ihr die Angel, und mir fiel auf, wie klein seine Hände nach zehn Jahren Arbeitslosigkeit und Abwesenheit von Öfen und Stahl waren. Wie konnten so große Pranken einfach verschwinden? Ich war enttäuscht, als ich mich eigentlich hätte freuen sollen, dass sie endlich ruhen durften.

Alles an ihm war klein geworden. Im Licht der roten Glaslampe im Flur sah ich, dass er Großvaters braune Wollhose und lange Strickjacke trug. Er sah aus wie ein Spatz. Ein Eichhörnchen im Winterkleid.

Papa gab Anders die Hand und umarmte die Kinder. Ich schloss ihn behutsam in die Arme, besorgt, ihn womöglich dort zu drücken, wo es wehtat.

»Ich liebe dich«, flüsterte ich.

»Und ich dich.«

Silvester sprachen wir uns zum letzten Mal. Er stand wie üblich allein auf seinem Balkon und sah sich das Feuerwerk an. Ich rief ihn schon Viertel vor zwölf an, und er klang deshalb ein bisschen enttäuscht. Jetzt würde das Telefon stumm bleiben, wenn aus dem Fernseher die Stockholmer Kirchenglocken ertönten. Ich weiß nicht, warum ich es so eilig hatte, sonst rief ich ihn immer als Ersten im neuen Jahr an. Papa war mein wichtigster Anruf, gleichzeitig wollte ich ihn jedoch auch hinter mich bringen. So war mein Beisammensein mit ihm in den letzten zwanzig Jahren gewesen.

Er hüstelte dumpf ins Telefon, hätte er richtig gehustet, wie es eigentlich nötig gewesen wäre, hätten ihn die Rückenschmerzen umgebracht. Die verdammten Schmerzen wollten nicht nachlassen, sie gingen einfach nicht weg. Er war froh, dass er wenigstens die Kraft hatte, zur Schreinerwerkstatt zu gehen, aber am liebsten hätte er sich hingelegt und geschlafen. Ich bat ihn zum hundertsten Mal, endlich zum Arzt zu gehen, er wechselte das Thema. Meinte, es sei schade, dass Margaretha Krook nicht mehr das Gedicht »Die Neujahrsglocken« zum Jahreswechsel sprach. Sie starb ja schon mit sechsundsiebzig, das war doch nun wirklich kein Alter, um den Holzfrack anzuziehen. Jetzt stand stattdessen Jan Malmsjö vor der Kamera, betrunken und aufgeblasen, und dachte, er wäre der beste Schauspieler der Welt, ja, der tollste Mensch auf Erden, nur weil er einmal mit diesem Irren Ingmar Bergman gedreht hatte. Das Leben war ungerecht.

Er erkundigte sich, wie es den Kindern ging, und bat mich, sie von ihm zu grüßen.

»Das werde ich tun. Mach's gut, wir telefonieren.«

»Ja, das tun wir. Tschüss.«

»Tschüss!«

Es war Abend, als ich erfuhr, dass Papa tot war. Ich unterrichtete zum Thema Zweiter Weltkrieg, und Anders erreichte mich in der Pause. Ich bat meine Studenten, mich zu entschuldigen, und packte meine Sachen. Auf dem Heimweg fuhr ich am Supermarkt vorbei und kaufte ein süßes Weißbrot und ein Stück Käse. Nahm mir an der Kasse ein *Aftonbladet* aus dem Zeitungsständer und sah, dass es der 14. Januar 2002 war. In einem Monat und einem Tag wäre Papa einundsechzig Jahre alt geworden.

Maxim schlief, als ich nach Hause kam. Er war zweieinhalb und sah seinem Vater zum Verwechseln ähnlich, vor allem, wenn er mit gespitzter Oberlippe schlummerte. Für ihn würde Papa nie mehr sein als eine Legende, die in der Welt der Märchen verschwand. Lasse war für ihn sein Opa. Amanda, die im Herbst elf werden würde, lag unter einer Decke auf der Couch und wollte nicht reden. Der Fernseher lief ohne Ton.

Meine Schwester Kajsa und ihr Mann Tomas kamen. Wir saßen in der Küche und stießen mit dem wenigen, was noch in einer Flasche von Weihnachten übrig war, auf Leif an. Kajsa war Papa kaum begegnet, sie konnte nicht einmal beschreiben, wie er aussah.

Ich rief Majken an, sie und Alexej hatten Papa gefunden. Er war Sonntagmorgen um sieben Uhr zu ihnen gekommen, hatte Schmerzen in Rücken und Bauch erwähnt, um eine Schmerztablette gebeten und war anschließend wieder nach Hause geradelt. Sein Bruder Rolf versuchte ihn zwei Tage lang zu erreichen und machte sich Sorgen. Majken und Alexej betraten mit dem Zweitschlüssel die Wohnung. Papa lag auf dem Rücken im Bett, die Hände ruhten auf dem Bauch. Er hatte den Gürtel gelöst und die Hose aufgeknöpft, wegen der Schmerzen oder um Luft zu bekommen. Alexej meinte, es habe ausgesehen, als würde er tief schlafen, und ich wollte seinen Worten nur zu gerne glauben.

Alexej meinte, es sei ein besonders eigenartiges Gefühl gewesen, Leif tot zu finden. Er hatte Bojan, seine zukünftige Schwiegermutter, damals auf dem Moped ins Krankenhaus gefahren, als sie gebären sollte und Mordskerl Karl zum Angeln auf dem See war. Sechs Jahrzehnte später musste er einen Krankenwagen für Bojans Jungen rufen. Der Kreis hatte sich geschlossen.

Majken sagte, Papa liege noch in seinem Bett, der Krankenwagen könne ihn erst am nächsten Tag holen. Sie würden die Männer in die Wohnung lassen. Ich bedankte mich dafür, dass mir das erspart blieb.

Ich saß die ganze Nacht allein auf der Couch und vermisste etwas Hartes zum Trinken. Sehnte mich nach einer Zigarette, obwohl ich nie geraucht hatte. Ich schaute auf die schneebedeckten Felder von Stabby hinaus und begriff, warum man in früheren Zeiten Totenwache gehalten hatte. Papa lag einsam und allein im Dunkeln in der Rönnbergagatan, und ich wünschte mir, ich hätte den Mumm aufgebracht, ihm Gesellschaft zu leisten.

Begriff er, dass der Tod nahte, als er den Gürtel löste?

Hatte er Angst? Hatte es in seinem Körper noch eine Wirklichkeit jenseits des Schmerzes gegeben?

Ich fühlte, dass ich gerne bei ihm gewesen wäre. Jedenfalls bildete ich mir das ein. Ich hätte neben ihm gesessen und seinen Daumen gehalten, wie ich es als Kind getan hatte, wenn ich einschlafen sollte. Eine Hand auf seine Stirn gelegt und ihm gesagt, wie dankbar ich dafür war, ihn kennen gelernt zu haben. Dankbar für all die unkomplizierte Liebe und alle komplizierten Erfahrungen. Dass es nicht seine Schuld war, dass die Angst vor dem Versagen und die Furcht, verlassen zu werden, zu den zentralen Themen meines Lebens gehörten.

Ich würde meinen Kopf neben seinen legen und ihm zuflüstern, dass die Utopie von einer Welt ohne Herrscher, Klassen, Nationen, Krieg und Konkurrenz nach wie vor der schönste Traum war, von dem ich jemals gehört hatte.

Ich weiß, was er antworten würde.

Er würde sagen, dass nichts wirklich so wurde, wie er es sich vorgestellt hatte. Weder das Leben noch die Jahre mit mir. Und dass ich ganz toll gewesen war. Daraufhin würde ich ihm sagen, wie es war, dass es in meiner Kindheit sicher manches gegeben hatte, was ich vermisste, ich gleichzeitig jedoch auch vieles bekommen hatte, was andere nicht bekamen. Dass wir beide ganz toll gewesen waren.

Ich wünschte mir, ihm und der ganzen Welt erzählen zu können, wie stolz ich auf meinen Papa war. Dass ich ihn vermissen würde. Ihn so verdammt vermissen würde.

Der Bestatter war jung und gut aussehend, hatte dunkle, lockige Haare und die leichte Andeutung eines Überbisses. Er fragte, wer Leif gewesen war.

»Er war der witzigste Mensch, dem ich je begegnet bin, aber mir fällt trotzdem nichts Witziges ein, was er gesagt hat.«

Das war alles, was ich herausbrachte. Meine Stimme brach.

»Ist doch toll, wenn Ihr Vater Sie zum Lachen gebracht hat!«

Er lächelte vorsichtig. Ich erwiderte sein Lächeln.

Neben mir im Beerdigungsinstitut saßen Tante Majken und Tante Nina, die für uns da gewesen waren, als für Papa und mich alles zusammenbrach. Auch wenn ich die einzige Hinterbliebene war und alles allein entscheiden konnte, tat es gut, sie bei mir zu haben.

An der Wand hingen beleuchtete Bilder, die verschiedene Sargmodelle zeigten. Ich fand alle außer dem schwarzen hässlich. Majken schlug einen weißen vor. Ich betrachtete den weißen Sarg und dachte, dass es mir vorkäme, als würde man Papa in ein Paar weißer Slipper stecken. Nach langem, qualvollem Hin und Her zeigte ich schließlich auf einen Eichensarg mit Griffen und Beschlägen aus Messing. Er war grauenvoll. Ich nahm ihn aus Rücksicht auf Papas Geschwister und wusste zudem, dass er auch Papas Wahl gewesen wäre – wenn Geld keine Rolle gespielt hätte.

Die Kosten machten mir Angst. Ich besaß kein Sparbuch,

auf dem Patte lag, mein Gehalt wurde jeden Monat ausgegeben. Der Bestatter meinte, ich solle mir keine Sorgen machen. Da Leif alleinstehend und arbeitslos war und weder Ersparnisse noch regelmäßige Einkünfte hatte oder Wertgegenstände besaß, bezahle die Stadt, solange die Kosten im Rahmen blieben. Eine Armenbestattung. Das kam zwar nicht oft vor, aber immer öfter.

»Es sind ja heutzutage für viele etwas härtere Zeiten«, meinte er.

Ich wusste, dass Papa keinen Pfarrer haben wollte, und sagte, Kenneth Kvist könne durch die Trauerfeier führen. Kenneth saß mit Mama für die Linkspartei im Parlament. Er war Vorsitzender des Bandyclubs Hammarby, und ich war mir sicher, dass Papa ihn gemocht hätte. Ich musste mich stählen, um seiner Verwandtschaft gegenüber hart zu bleiben, die fand, ein Pfarrer müsse sein, um zu zeigen, dass man sich an die Spielregeln hielt.

Nicht auffallen, abweichen, aufmucken.

Sie hatten Papa nie verstanden. Für sie war er nur eine gescheiterte Existenz, ein Mysterium gewesen, über das man bestenfalls den Kopf schüttelte, sich lustig machte oder amüsierte.

Amanda wollte, dass die Todesanzeige in der Zeitung einen Fußball als Symbol hatte. Majken schlug eine Blume oder zwei gekreuzte Bandyschläger vor. Amanda fand darüber hinaus, dort solle stehen, Papa sei Metallvergütungsmeister und ein »Kicker« gewesen. Er pflegte zu ihr und Maxim zu sagen, ihr Großvater sei »ein richtiger Kicker« gewesen. Sie war sich nicht sicher, was er damit genau meinte, doch für sie bedeutete es, dass er war, wie er war – der Mensch war, den sie so sehr mochte.

Am Abend rief Nina an und war traurig. Meine Cousine Rosita hatte sich bei ihr gemeldet und von Papas Geschwistern ausrichten lassen, es kränke sie, dass ich meinen Vater mit den Arrangements für die Beerdigung zum Narren mache. Ich rief den Mann vom Beerdigungsinstitut an und bat ihn, sowohl »Metallvergütungsmeister« als auch »Kicker« aus der Annonce zu streichen. Er fragte mich, ob ich das wirklich tun wolle.

»Ich mache nur, was Papas Geschwister wollen. Ach übrigens, nehmen Sie auch den Fußball heraus! Ersetzen Sie ihn durch einen Kristallleuchter oder einen Teller Kohlrübenpüree oder was auch immer. Machen Sie, was Sie wollen, oder rufen Sie die an und fragen sie, wie sie es haben wollen.«

Er meinte, an so etwas sei er gewöhnt und ändere am liebsten nichts – ich und niemand sonst würde Leif beerdigen. Ich schöpfte neuen Mut, überlegte jedoch auch, ob Papas Geschwister nicht trotz allem das Recht dazu hatten, sich einzumischen. Was mich und meine Kinder mit Papa verband, ließ sich letzten Endes nicht durch ein paar Worte in der Tageszeitung erklären.

In der Nacht träumte ich, meine gesamte Dissertation hätte sich in eine Todesanzeige verwandelt, Seite um Seite: *Mein lieber Papa, mein bester Freund und Kamerad, Balu, Kapitän Ephraim Langstrumpf, der Kicker und Metallvergütungsmeister Leif Andersson…* Dort stand, dass Margaretha Krook um ihn trauerte. Im Traum bedrängte mich mein Professor.

»Du musst herausfinden, wie dein Vater hieß, Åsa. Du musst entscheiden, wer er eigentlich war.«

Neben Professor Thorstendahl saß der Fußballer Nacka Skoglund und bedauerte, nicht zur Beerdigung kommen zu können.

Wir holten den Schlüssel bei Majken und Alexej.

Das Haus, in dem ich als Kind so viel Zeit verbracht hatte, war wie immer, wenn man davon absah, dass sie Papas Bilder abgenommen hatten. Sie standen entlang der Wände und Möbel im Salon.

»Åsa-Mücke, möchtest du eins der Bilder haben?«, fragte Majken.

Überrumpelt suchte ich nach dem mit den Elstern, aber das hatte meine Cousine schon mitgenommen. Ich zeigte auf das Elchbild mit dem Rahmen aus Zigarrenschachteln und fragte mich, warum.

Darüber hinaus wollte ich auch Großvaters altes Strandmädchen haben, das Papa über sein Bett gehängt hatte wie zuvor sein Vater, aber Majken wollte es mir nicht überlassen. Als Kind begriff ich nie, warum Großmutter so verbittert über die Frau war, die so einnehmend lächelte. Jetzt sah ich, wie verführerisch sie war.

Ich sehnte mich nach Großmutter und Großvater, die Lücke, die Papa hinterlassen hatte, ließ ich noch nicht an mich heran.

Papas Wohnung war so sauber und ordentlich wie eh und je, auch wenn sie mit den gähnend leeren Wänden seltsam aussah. Geblieben waren nur die Schul- und Kitafotos von mir und meinen Kindern.

Ich setzte mich auf die Couch, um das Heim meiner Kindheit in mich aufzunehmen, aber es ging nicht. Andere waren vor mir da gewesen, hatten in alle Schränke geschaut und sich überlegt, was sie haben wollten, sich gesorgt, weil der Schlüssel zum Kellerverschlag unauffindbar blieb.

Im Schrank unter der Spüle lag die Gösta-Knutsson-Sammlung aus der Viksängsbücherei. Im Schrank darüber standen eine Saugflasche und ein paar Sauger. Einer von ihnen war mit Zwirn genäht. Ich erinnerte mich, dass Mama ihn geflickt hatte, als ich mich weigerte, einen neuen zu benutzen. Der Gummi war mittlerweile braun und zerkrümelte, als ich daran zog. Ich wunderte mich auch über die Teller, die dort standen. Weiß mit einer gezackten blauen Blumenborte. Großmutters beiges Service mit den kleinen süßen Blumen war mir bis zum kleinsten Sprung und Splitter in Erinnerung geblieben, es war unser Alltagsgeschirr gewesen. Von den Tellern hatte ich zwar nicht besonders oft gegessen, aber ruckzuck hatten sie für Flusskrebse oder Penne mit Hackfleischsauce auf dem Tisch gestanden. Es waren nur noch drei, die anderen mussten kaputtgegangen sein. Einen von ihnen hatte ich fallen lassen, als ich mich in Mama, in Tanja verwandelt hatte und in Richtung Papa Entschuldige, entschuldige, entschuldige geschrien hatte, während er sich mit dem linken Unterarm auf die Arbeitsplatte gestützt und das Ganze mit einem Gesichtsausdruck angesehen hatte, den ich nie vergessen, nie deuten konnte.

Der Trauring, der während meiner ganzen Kindheit an einem Haken neben dem Radio gehangen hatte, war fort. Genau wie das Kartenspiel. Die schwarze Kodak, seine höhnische Kamera, die einst das Glück in Form quadratischer Fotos dokumentierte und dann liegen blieb, weil es kein Glück mehr gab, das sich fotografieren ließ, befand sich noch in ihrem Futteral. Ich nahm den dreißig Jahre alten Film heraus und steckte ihn in die Tasche. Dann überlegte ich es mir anders und warf ihn in den Müllbeutel.

Ich betrachtete den Couchtisch mit seiner Marmorplatte, den Kristallleuchter und das Bücherregal mit den polierten Messingleisten. Die kleine Empirekommode, die roten Samtvorhänge, die Schmuckgegenstände. Ich stand in den Überresten eines Arbeiterlebens. Außer dem, was in dieser Wohnung war, hinterließ Papa nichts.

Dreiunddreißig Jahre hatte er hier gelebt, einsam und voller Sehnsucht.

Vorsichtig kramte ich in den Sachen, fasste sie an und versuchte Papa so in Worte zu fassen, wie ich ihn bewahren wollte. Mit jedem Möbelstück, mit jedem Gegenstand, den ich aufbewahrte oder wegwarf, erschuf ich mir eine Erinnerung an ihn, die mir gehörte.

Ich strich über die Dinge aus Glas, Porzellan, Samt und Stickereien. Sie waren leicht, kühl, glatt, weich und bildeten einen wahrhaft grotesken Kontrast zu Papas wirklichem Leben.

Hatte er für die Lämpchen – das vierundzwanzigste Türchen in seinem Adventskalender – jemals Anerkennung bekommen? Er ließ sie für eine Welt leuchten, die nichts sah, für Menschen, die niemals erfuhren, dass dort ein freundlicher Mann wohnte, der jemanden haben wollte, dem er in namenlosen Nächten etwas zuflüstern, den er anlächeln konnte.

Was wollte er mit seinem Zuhause erreichen?

Warum investierte er, der nicht einmal genügend Geld für Lebensmittel hatte, die letzten Tausender seiner Abfindung in eine große Standuhr?

Gab es außer der Tatsache, dass es ihm Spaß machte, sich mit seinen Sachen zu beschäftigen, und er sich, wie wohl die meisten Menschen, in einer schönen Umgebung wohl fühlte, noch eine andere Triebfeder?

Als Historikerin versuchte ich die vertrauten Dinge aus

meiner Kindheit mit einem professionellen Blick zu betrachten. Sie zu etwas anderem zu machen, zu Gegenständen einer Analyse, die ich mit einer beliebigen Theorie über Klasse, Geschmack und Identität studieren konnte. Mein Studium ermöglichte mir ein Verständnis, das mich für kurze Zeit beruhigte, mir jedoch schon bald unzureichend und trügerisch erschien. Denn wenn ich Papas Sachen nur ein klein wenig drehte, sahen sie wieder aus wie immer.

Ich musste die Antworten auf meine Fragen in ihm suchen, in dem Menschen, der er in meinen Augen gewesen war.

Ich stelle mir vor, Papa wollte, als Mama uns verließ, aller Welt zeigen, dass man weiß Gott keine Frau sein musste, um einen Haushalt zu führen. Deshalb träumte er von den Tanten, die an seinem Fenster vorbeigingen und das tüchtige Frauenzimmer bewunderten, das dort wohnen musste, während es in Wahrheit er war, der Metallvergütungsmeister Leif Andersson, der sich einsam und allein um alles und sein Mädel kümmerte.

Dennoch musste es auch noch andere Erklärungen geben. Die Ledercouch sah man von außen ja nicht.

Im Badezimmer, wo es weder Duschgel noch Zahnbürste gab, lag auf einem Regal eine Seidenrose. Ich hatte das Bad seit zehn Jahren nicht mehr betreten, in meiner Erinnerung war es ein Ort, an dem man Trauer empfand. Ich beherrschte mich lieber, als auf die Toilette zu gehen. Als ich nun die weinrote Rose sah, traf mich Papas Einsamkeit ins Mark – er schmückte seine Wohnung, weil er sich nach Gesellschaft sehnte. Nach einem anderen Menschen.

Darüber hinaus spielte sicherlich auch das Bedürfnis eine Rolle, sich eine kleine Welt fernab des Lärms und Schmutzes in den Industriehallen der Metallwerke zu erschaffen. Etwas Erholsames, Weiches und Glänzendes. Die Möbel gaben ihm Würde, die Gegenstände ließen ihn fühlen, dass die

Welt letztlich vielleicht doch nicht so hässlich war. Möglicherweise waren es die Lampen in den Fenstern, die ihn über Wasser hielten. Er konnte es sich trotz allem nicht erlauben, sich so gehen zu lassen, dass er all das Schöne riskierte, was er sich mit so viel Mühe aufgebaut hatte.

Zwischen all dem Krimskrams wurde ich einmal mehr daran erinnert, dass Papa von einer klassenlosen Gesellschaft träumte, ohne jemals für sie zu kämpfen. Er setzte sich weder für sich selbst noch für sonst wen ein. An jedem ersten Mai betrübte es ihn, dass nicht mehr zur Kundgebung gingen, ohne dass er jedoch jemals in Erwägung gezogen hätte, selbst hinzugehen. Er hatte eine Riesenangst, seine radikalen Ansichten preiszugeben und vor seinen Arbeitskollegen verteidigen zu müssen. Er rang sich niemals dazu durch, sozialistische Bücher zu lesen, um sich die Argumente anzueignen. Von Großvater und Mamas Verwandtschaft hatte er gelernt, dass jemand, der rot war, ausgegrenzt und verfolgt werden und seine Arbeit verlieren konnte. Etwas Schlimmeres gab es für ihn nicht.

Er wäre furchtbar gerne so gewesen wie die Menschen in der Funkisgatan, die Verfolgte versteckten und ihre Stellen für das riskierten, woran sie glaubten. Er hätte sich gewünscht, dass er irgendwann die Werkzeuge weggelegt und den Hass in seinen Arbeitskollegen geschürt hätte, war jedoch nicht einmal fähig gewesen, einen Scheck mit rotem Kugelschreiber auszustellen.

Man weiß, was man hat, aber nicht, was man verlieren kann.

Die sozialistische Rhetorik feiert Helden, die in dem Kampf, der Männer aus Stahl erfordert, in den Tod gehen, aber Papa hatte etwas zu verlieren. Einen Job, ein Zuhause, ein Mädel, um das er sich kümmern musste. Die Menschen, die am meisten Grund haben, den Kampf aufzunehmen, können es sich gleichzeitig am wenigsten leisten, das bisschen zu verlieren, was sie haben.

Sooft Papa auch darüber sprach, wie es war, ein Arbeiter zu sein, als Teil der eigentlichen Arbeiterklasse fühlte er sich trotzdem nicht. Auch in seinem eigenen Kollektiv stand er am Rand. Ihm fehlten Schwiegermutter, Auto, Sommerhäuschen, Hollywoodschaukel, Grill, Zinsen, Tilgung, Internet und Payback-Karte. Er hatte nie eine Charterreise gebucht. Seine Arbeitskollegen hatte er mit seinem Humor sicher amüsieren, die Gespräche jedoch nie in die Richtung lenken können, die ihn wirklich interessierte.

Er wollte, dass sie über den Sozialismus sprachen. Wenn es mehrere gab, die davon träumten, dass die Ungerechtigkeiten ein Ende nahmen, würde auch er es wagen, Worte dafür zu finden, wie die Dinge sein sollten oder konnten. Stattdessen unterhielten sie sich über Sinnloses. Sicher, sie schimpften über die Regierung, dachten aber nicht in größeren Dimensionen. Hätte Papa wie Großvater über Lohnsklaverei und Klassenkampf geredet, sie hätten sich von ihm abgewandt – nur Blauäugige und Kommunisten glaubten, dass die Gesellschaft anders aussehen konnte. Er wollte nicht als Narr gelten, er wusste ja, wie er selbst früher über Julle und seine Vorlesungen gedacht hatte.

Als Kind hörte ich Beispiele davon, wie Papa auf der Arbeit geklungen haben musste. Er, der Majken seine Wäsche machen ließ, beschwerte sich lautstark darüber, dass die Rentner die Waschküche immer dann in Beschlag nahmen, wenn berufstätige Menschen Zeit zum Waschen hatten.

»Zwischen fünf und neun Uhr abends verwandelt sich die Waschküche in einen Kalksteinbruch, weil diese Tanten nur dann und zu keiner anderen Tageszeit waschen wollen. Nur um einen zu ärgern.«

Es war zwar Großmutter, die immer für uns kochte, aber es war Papa, der sich trotzdem darüber beschwerte, dass ich immer genau das schon gegessen hatte, was er eigentlich hatte kochen wollen.

»Schlage ich Fischstäbchen vor, hat Åsa die mit Sicherheit schon in der Schule gegessen. Und wie wäre es mit Bratwurst und Kartoffelpüree, schlage ich als Nächstes vor. Das gab es im Hort, heißt es dann.«

Er sprach über die Erfahrungen anderer, als wären es seine eigenen. Er saß daheim und probte, wie er reden würde. Kostete die Worte, damit sie ihm locker von der Zunge gingen. Glaubwürdig klangen. Wenn ich in meinem Zimmer war, hörte ich ihn in der Küche mit leiser Stimme üben.

Es war kein Zufall, dass Papa beim Warten auf Mamas Heimkehr einen Hafenarbeiter zeichnete, der etwas abseits von seinen Arbeitskollegen stand. Als Kind fragte ich mich, warum der Mann auf der Zeichnung nicht mit den anderen zusammen war. Durfte er nicht, oder wollte er nicht?

Wo war die Zeichnung jetzt? Hatte er endlich die Kraft gehabt, sich von ihr zu trennen, genau wie von Trauring und Hochzeitskleid, die ich auch nirgendwo finden konnte?

Aber warum ließ er dann das Paket Cornflakes mit dem Hahn an seinem Platz stehen?

Majken und Alexej saßen in der Küche, als Anders und ich sortierten und wegwarfen. Ich schenkte ihnen die Ledercouch, das Bücherregal, die Standuhr und zwei Kisten Bücher. Sie luden uns zu belegten Broten, Sahnetorte und Keksen ein.

Wir sprachen über die überraschend aufgetauchte Versicherung der Metallgewerkschaft, die an mich ausbezahlt wurde, weil Papa noch im arbeitsfähigen Alter war, als er starb. Sechsundsiebzigtausend Kronen.

»Den seinen gibt's der Herr im schlaf, Åsa«, sagte Majken.

Alexej fragte, ob ich die russische Teekanne nicht abgeben wolle, die auf einem kleinen Servierwagen in der Küche stand, meine Cousine Rosita habe ein Auge darauf geworfen, als sie sich in der Wohnung umgesehen hatte.

Am Nachmittag waren Majken und ich für kurze Zeit allein in der Wohnung. Sie meinte, Papa schulde ihnen noch Geld. Ich wollte wissen, wie viel sie von ihm zu bekommen hatte.

»Aberneinaberneinabernein, es ist nichts.«

»Jetzt sag schon! Um wie viel Geld geht es? Ein paar tausend?«

»Aberneinaberneinabernein, es ist nichts!«

»Jetzt sag schon!«

»Hundert Kronen.«

Ich ging in den Flur, um mein Portemonnaie zu holen. Sie lief mir hinterher.

»Ich will es nicht haben! Vergiss das Geld!«

Ich reichte ihr einen Hunderter und fragte, ob es auch

wirklich nicht um mehr ging. Eigentlich musste es das, er hatte sich sein Leben lang Geld von ihr geliehen. Sie weigerte sich, es anzunehmen. Ich beharrte darauf, aber sie wollte es nicht haben. Ich drängte es ihr auf, sie wedelte abwehrend mit beiden Armen. Ich bat sie, sie sagte aberneinaberneinabernein. Schließlich stieß ich sie mit dem Unterarm an. Ich weiß nicht, wieso. Sie hätte fast das Gleichgewicht verloren, schlug aber zurück. Sie war fünfundvierzig Kilo leicht, fast achtzig Jahre alt, bemerkenswert schön und stärker als ich.

Wir hielten inne.

Vor mir sah ich eine Frau, die sich ihr ganzes Leben um ihren kleinen Bruder gekümmert hatte. Sie hatte Papas Hausaufgaben gemacht, seine Kleider gewaschen, ihm Geld gegeben und sich um mich gekümmert. Sie hatte Badewasser eingelassen, meine Haare mit dem glühendheißen Lockenstab gelockt und mir mit brüchiger Stimme Kinderlieder vorgesungen.

Ohne Majken wären wir verloren gewesen.

Deshalb radelte Papa an einem Sommertag mit einem kleinen Orangenbäumchen zu ihr, das er mit behutsamen Händen gezogen hatte.

»Hast du gesehen?«, fragte er und zeigte ihr zwei Orangen, die so klein waren wie Weintrauben.

Ein Geschenk aus Liebe. Es ging nach ein paar Wochen ein.

Was Majken von mir dachte, weiß ich nicht. Sie nahm den Hunderter an und setzte sich wieder in die Küche.

Die Plastiksäcke füllten sich schnell: Papas Clubblazer und seine Gabardinehosen, meine alten Kleider und Grimaldisandalen, Osterläufer, Kupferschalen, Hagebuttensuppe, Haferbrei aus dem Schlauch. Die letzte Dose weiße Bohnen von Heinz, dreißig Jahre alt. Ein neues Pornomagazin, das mich ein wenig aufheiterte.

Das Cornflakespaket.

Zack, zack, rein in die Säcke.

Als Letztes legte ich den Kristallleuchter hinein, der früher in der Björkgatan gehangen hatte. Die Kerzen hatten nach wie vor nie brennen dürfen.

Wir waren fertig.

Ich schaute aus dem Wohnzimmerfenster zum Heizkraftwerk hinüber, das für Lebende und Tote so rot wie immer leuchtete. Es war noch immer das schönste Gebäude, das ich jemals gesehen hatte. Einmal hatte ich beobachtet, wie Papa zum Heizkraftwerk schaute und die Arme wie bei einem Hechtsprung über den Kopf hob. Graziös, rätselhaft. Fast unheimlich.

Der Wertstoffhof lag neben den Metallwerken in der Malmabergsgatan. Es war kalt im Auto. In den Armen hielt ich die einzige Topfpflanze aus der Rönnbergagatan, die nicht aus Plastik oder Seide gewesen war. Eine kräftige Hängepflanze mit runden, erbsengrünen, etwas gekräuselten Blättern. Sie hatte auf dem Küchentisch gestanden und auf mich gewartet, genau wie die Blumen in dem Gedicht von Nils Ferlin, das ich für die Todesanzeige ausgesucht hatte – die erst blühen, wenn der Schenker tot ist, aber dafür umso länger, meine Liebe. Für das Gedicht entschied ich mich schon als Fünfzehnjährige.

Die Sonne ging an diesem später Winternachmittag unter und zeichnete mit den geschlossenen Fabriken eine Silhouette. Der Häuserblock Kopparlunden war inzwischen ein Industriemuseum und Kulturzentrum, beherbergte Geschäfte, Zeitarbeitsfirmen und Unternehmen aus der Computerbranche.

Als wir den Kristallleuchter und das Radioweckerbett wegwarfen, entdeckte ich ein bekanntes Gesicht. Es war

Micke, ein Schulkamerad, mit dem ich mich in der dritten Klasse geprügelt hatte. Wir waren nach einem Brennballspiel aneinandergeraten und mit geballten Fäusten aufeinander losgegangen, bis er heulend und mit blutender Lippe aufgab. Die anderen Jungen waren voller Bewunderung – ein Mädchen, das einen Jungen versohlte!

Margit, die Lehrerin, war auch zufrieden, Micke durfte man ruhig schlagen. Als ich Papa von meiner Heldentat erzählte, blieb das Lob aus, das ich erwartet hatte.

»Der Junge hat es bestimmt nicht leicht.«

Trotzdem versuchte ich zwei Jahre später meine Heldentat zu wiederholen, doch diesmal blieb der Triumph aus. Keiner in meiner Klasse verstand, warum ich mich auf Micke stürzte. Was hat er dir denn getan? Nichts.

Ich hatte ihn zwanzig Jahre nicht mehr gesehen und freute mich, war ein wenig schüchtern. Als ich seinen Blick auf mich zu ziehen suchte, ließ ich den Flurspiegel fallen. Meine Hand bekam einen tiefen Schnitt ab, Blut tropfte in den Schnee und bildete glitzernde rote Lachen. Sie sahen aus wie die Steine in dem Ring, den Papa mir nach einem der wenigen Male schenkte, an denen wir uns über seine Trunksucht gestritten hatten. Ich holte Papier aus dem Wagen, um die Blutung zu stillen, und als ich zurückkam, war Micke fort.

Ich überreichte Mama den Karton mit der russischen Enzyklopädie, die Papa ihr verweigert hatte.

»Was ist das?«, fragte sie. »Ach so, ja natürlich!«

Sie nahm einen Band nach dem anderen in die Hand. Blätterte ein wenig darin. War überrascht. Sie hatte das Nachschlagewerk, nach dem sie jahrelang gefragt hatte, fast vergessen. In ihrer Erinnerung war es größer gewesen. Schwerer. Gelber.

Papa war gut sechzig Jahre alt, als er starb. Die durchschnittliche Lebenserwartung schwedischer Männer liegt bei achtundsiebzig Jahren. Ein alleinstehender Mann ohne Frau lebt selten so lange. Als Mitglied einer Industriegewerkschaft hätte Papa außerdem statistisch gesehen acht Jahre kürzer leben sollen als ein Akademiker. Trotzdem war er bei seinem Tod noch jung und wurde deshalb zur Gerichtsmedizin in Uppsala gebracht, mit dem Fahrrad nur ein paar Minuten von meinem Arbeitsplatz entfernt.

Ich hatte keine Ahnung, dass er mir kurze Zeit so nahe war, ich erkannte es erst, als der Obduktionsbericht durch den Briefeinwurf plumpste.

Der Bericht verblüffte mich mit seiner leicht verständlichen Sprache. Ich las, dass die Bauchfettschicht in Nabelhöhe 2,5 Zentimeter maß, dass der Kopf mit zirka zehn Zentimeter langen, graumelierten Haaren bewachsen war und die Rückseite des Körpers von einem ausgeprägten System blauroter, ineinander übergehender Leichenflecken bedeckt war. Es gab keine Anzeichen für äußere Verletzungen, die Beweglichkeit des Kopfs war normal, und äußere Geschlechtsorgane sowie die Stuhlgangöffnung waren ohne Befund und unverletzt. Die Schlussfolgerung lautete, dass Papa keiner Gewalteinwirkung von außen ausgesetzt gewesen war. Der Magen enthielt 600 Milliliter dünne Flüssigkeit, keine Essensreste, jedoch Spuren gewöhnlichen Paracetamols. Er war mit anderen Worten auch nicht an einer Tablettenvergiftung gestorben. Sein Tod hatte eine natürliche Ursache.

Papas Gehirn wog 1250 Gramm und war normal geformt. Die Pulsadern wiesen eine generelle, fortgeschrittene Verkalkung auf. Das Herz wog 516 Gramm, und die Herzkranzgefäße waren so von Arteriosklerose angegriffen, dass sie sich nicht einmal mehr aufschneiden ließen. In der linken Herzkammer sah man eine fünf mal vier Zentimeter große, ältere, grauweiße Narbe, Überbleibsel eines schweren Herzinfarkts, von dem er selbst nichts gewusst hatte. Wahrscheinlich hatte er starke Herzschmerzen gehabt, war aber nicht zum Arzt gegangen.

Die Leber wog 1635 Gramm und wies nur eine leicht verfettete Schnittfläche auf. Der Alkohol hatte ihn folglich doch nicht so geschädigt, wie viele wohl glaubten.

Der eine Lungenflügel wog 733, der andre 1184 Gramm. Das erklärte, warum er über starke Rückenschmerzen geklagt hatte. Monatelang war er mit einem stark entzündeten Lungenflügel herumgelaufen, der voller Eiter und Wasser war. Er hatte sich geweigert, die Entzündung behandeln zu lassen, aber sie hatte ihn andererseits auch nicht davon abhalten können, zum Arbeitsamt und zur Schreinerwerkstatt zu gehen.

Die Schlussfolgerung des Oberarztes lautete, dass Papa an einem Lungenödem gestorben war, also einer großen Ansammlung von Wasser in der Lunge, in Verbindung mit der alten Entzündung im rechten Lungenflügel sowie fortgeschrittener Arteriosklerose des Herzens.

Sie hatten ihn von Kopf bis Fuß untersucht. Jedes einzelne Organ entnommen, gemessen und gewogen, alles außer der Zunge und den Augen. Ich sah vor meinem inneren Auge Leute in grünen Kitteln mit Plastikschürzen schneiden und bluttriefende Sachen aus seinem Körper holen und in rostfreie Schalen legen, die sie ungerührt auf die Waage stellten.

Sah vor mir, wie sie sich gegenseitig dabei halfen, ihn um-
zudrehen, das Plumpsen seiner Glieder, als man sie unter
dem weißen Licht der OP-Lampen auf den Seziertisch fallen
ließ. Unsentimental berichtete sein Körper von harter Arbeit, einem unsteten Lebensstil und Einsamkeit.

Die Lektüre hätte mich anekeln können, aber ich empfand ausschließlich Dankbarkeit, weil es eine Person gab, die
sich eine Weile mit Papa beschäftigt hatte. Die ihn angefasst
hatte, auch wenn es nur ihr Job gewesen war.

Während ich auf die Beerdigung wartete, ging ich die Papiere und Fotografien in Papas Kommode durch. Ich fand unter anderem ein etwas größeres Foto der Fußballmannschaft des Sportclubs Skiljebo, das ich vorher noch nie gesehen hatte. Papa hockt da mit Elvisfrisur und sorgsam hochgeschlagenen Ärmeln eines Vereinstrikots, das eher einem Hemd ähnelt und seine gelb-schwarzen Farben nicht enthüllt, da das Foto eine Schwarzweißaufnahme ist. Er ist siebzehn, hat soeben die dreijährige Industrieschule abgeschlossen und eine feste Stelle bei den Metallwerken bekommen, wo sein Vater und seine Brüder schon seit langem arbeiten. Hinter ihm steht drahtig und fröhlich in einem grauen Arbeitsanzug sein Trainer.

Auf der Rückseite hat Papa notiert, dass sie in der Spielzeit 1958–59 Zweite geworden waren. Im Sommer des Vorjahrs hat Schweden das WM-Finale gegen Brasilien verloren. Die Sozialdemokraten ernten die Früchte ihrer Arbeit, die Abstimmung über ein neues Rentensystem ist kürzlich durchgeführt worden, und Tage Erlander wird noch weitere zehn Jahre Premierminister sein. Papa ist der Einzige, der in die Kamera schaut, und sieht so gut aus, dass ich die Augen zusammenkneifen muss, um mich seinem Anblick stellen zu können.

Papas Blick ließ mich an zwei Zeilen des Dichters Gunnar Ekelöf denken. Ich gehöre keinem, scheint er in der Gewissheit zu denken, dass sein ganzes Leben noch vor ihm liegt.

Ich gehöre keinem,
nicht einmal mir selbst.

In einer kleinen, weinroten Blechdose für Zigarillos der Marke Ritmeester Livarde lagen fünf Fotos dieser Streifen, wie man sie in Automaten in Einkaufspassagen oder am Bahnhof machen lassen kann. Ich erkannte Kryllan. Die anderen drei Männer wohnten ebenfalls in Irsta oder Kärrbo. Sie waren nett, aber es machte trotzdem keinen Spaß, wenn sie bei uns waren. Ihre lautstarke, inhaltsleere Unterhaltung übertönte den Fernseher. Schließlich schlief ich auf der Couch ein. Am nächsten Morgen lief ich in mein Zimmer und holte die Puppen, mit denen ich niemals spielte, und setzte sie im Kreis auf die Couch. Ich zeigte auf eine nach der anderen. Du heißt Ersa, und du heißt Sune, und du heißt… Ich schlug sie so fest, dass sie zu Boden fielen. Danach verschwanden die Männer und die Puppen aus meinem Leben bis zu einem Nachmittag viele Jahre später, als ich zu einem meiner zahlreichen Kurzbesuche vorbeischaute. Als ich Sune auf Papas Couch sitzen sah, machte ich in der Tür schockiert auf dem Absatz kehrt und fuhr nach Uppsala zurück. Papa rief mich am Abend an.

»Ich hab ihm gesagt, dass er gehen soll, gleich kommt das Mädel, hab ich gesagt, aber er ist sitzen geblieben, der Idiot. Ich hab mich geschämt. Und weißt du was, ich hatte uns sogar Flusskrebse gekauft.«

»Ich muss mich entschuldigen. Ich hätte nicht einfach so gehen dürfen. Das war kindisch von mir.«

Das fünfte Foto zeigte Sonja, als sie Mitte zwanzig war. Sie hatte blonde, hochgesteckte Haare mit Korkenzieherlocken um die Ohren, eine gerade, zierliche Nase, schwarzen Eyeliner. Sie sah ein bisschen aus wie Pia Degermark in dem Film *Elvira Madigan*. Papa hatte Recht, sie war wirklich atemberaubend schön. Auf dem Foto ist sie nicht allein. Sie formt die Lippen zu einem Kuss, den sie einem Mann mit langen Koteletten zuwirft. Es ist nicht Papa, sondern ein anderer Mann, jemand, der aussehen will wie der Fußballer Ralf Edström. Sonja schenkte Papa ein Foto, auf dem sie mit einem anderen Mann flirtet, und er behielt es all die Jahre.

Als ich die Rönnbergagatan verließ, sah ich, dass an Sonjas Wohnungstür endlich ein anderer Name stand. Auf seiner Telefonliste, die ich im Portemonnaie fand, gab es niemanden, der Sonja oder Anita hieß. In einer Zeile stand Veronica. Sonst nichts, keine Nummer.

Das Heft mit den Telefonnummern ließ mir keine Ruhe. Dreckfink, Schädel, Buster, Schlange, Hoffa, Babben, Blümchen, Bella und Britta mit den Titten… Wer waren diese Menschen?

Ich kannte ihn nur als meinen Papa. Über sein restliches Leben und seine Rollen wusste ich nichts. Nachdem ich auszog, waren sicher viele Dinge passiert, für die ich mich nie interessiert hatte. Nach denen ich ihn niemals gefragt hatte.

In die oberste Zeile des Telefonbüchleins hatte er meinen Namen geschrieben. Gleich darunter stand Schnaps und die Nummer eines Hehlers, bei dem man auch am Wochenende etwas bekam. Ich war bestürzt – und erstaunt –, auch wenn es schwierig war, sich anhand dieser einen Notiz zu erschließen, wie viel er wirklich getrunken hatte. Vielleicht waren seine Rückenschmerzen schuld – vielleicht gab es Phasen, in denen er rückfällig wurde. War es nur eine Nummer für den Notfall? Oder war das sein Alltag? Seit er arbeitslos war, hatte ich ihn nie mehr betrunken gesehen oder krakeelen gehört.

Dennoch war ich froh, dass mein Name zuoberst stand.

In einer Tüte lagen darüber hinaus sein Arbeitszeugnis und der Aufhebungsvertrag. Darin stand, dass die Maschinenfabrik der Metallwerke zum Jahreswechsel 1991/92 den Besitzer wechselte und der neue Inhaber nur die Hälfte der Belegschaft weiter beschäftigen konnte. Man bedauere, dass eine der Konsequenzen daraus Leifs Entlassung sei. Im Laufe seiner langen Jahre im Werk habe er alle Arten von Wärmebehandlung bei den meisten existierenden Stahlarten durchgeführt, sowohl Schnellstahl als auch Werkzeugstahl. Zu seinen Arbeitsaufgaben hätten zudem die Bedienung der Öfen, beispielsweise der Austausch von Anoden und Pyrometern, sowie vereinzelte Kundenkontakte gehört. Leif habe selbständig gearbeitet und sei ein zuverlässiger und kompetenter Facharbeiter gewesen.

Es stand nichts davon, dass er der beste Metallvergüter Schwedens gewesen war.

Papa sagte, er habe das Gefühl gehabt, sein Todesurteil zu unterzeichnen, als er seine Unterschrift unter den Aufhebungsvertrag setzte. Trotzdem scheint seine Hand ruhig gewesen zu sein. Aber sein Namenszug war anders als sonst. Ich musste lange überlegen, bis ich entdeckte, dass er Leif B. Andersson geschrieben hatte. B wie in seinem zweiten Vornamen Boris.

Ohne Arbeit, aber nicht ohne Würde. Leif B. Andersson war jemand. Vielleicht veränderte er den Namen aber auch in dem Versuch, sich selbst vorzugaukeln, dass nicht er arbeitslos geworden war. Leif B. Andersson, das war ein anderer.

Der Friedhof von Hovdestalund lag unter einer Schnee-decke begraben. Er war riesig, ließ sich nicht überblicken. Als ich aus dem Auto stieg, kam mein Cousin Martin, Rolfs Sohn, zu mir. Ich hatte ihn immer gern gehabt. Papa und er waren eine Weile Arbeitskollegen gewesen, und als Papa freigestellt worden war, hatte Martin bleiben dürfen. Er gab mir die Hand, und wir fingen beide an zu weinen. Ich sah, dass seine Fäuste auf dem besten Weg waren, so groß zu werden wie Papas früher.

Fleischerhaken.

Papas übrige Geschwister standen bereits im Vorraum der Kapelle. Vielen von ihnen begegnete ich seit vielen Jahren zum ersten Mal. Ich versuchte mich kurz zu unterhalten, sie gingen weiter. Passierten Mama, als hätte sie dort nichts zu suchen.

Als ich Mama neben Erland sah, dem Einzigen von Papas vielen Geschwistern, der Västerås verlassen hatte – um in einer anderen Stadt bei den Metallwerken zu arbeiten –, tauchte eine alte Erinnerung auf. Wir sind in einem Haus, ich weiß nicht mehr wo, überall sind Menschen. Sommer. Papa geht ins Haus, um sich mit einem Bier zu erfrischen. Mama und ich begegnen ihm mit einer Umarmung im Tür-rahmen, als Lilly, Erlands Pudel, angerannt kommt. Papa tut so, als ob er die Tür zuziehen will, damit Lily sich den Schä-del einschlägt, hält dann jedoch inne. Es war nur ein Scherz.

»Dieser verdammte Köter!«, sagt er, und Mama lacht zu-stimmend.

Ich schaue zu ihnen hoch und bin erleichtert und gleichzeitig ein wenig enttäuscht darüber, dass Papa das Tier nicht getötet hat.

Ich nahm Amanda und Maxim mit in die Kapelle, um ihnen den Sarg zu zeigen. Er war nicht so hässlich, wie ich befürchtet hatte. Er erinnerte ein wenig an die Åsa. Das Boot.

Das größte Blumengebinde kam von den »Freunden aus der Gaststätte Västerport«, und ich ahnte daraufhin, wer Buster, Blümchen, Hoffa und die anderen waren – Papa musste einen Freundeskreis gehabt haben, vielleicht Bekannte aus der Schreinerei, die er in der Wirtschaft traf und denen er, wie es so seine Art war, Spitznamen gegeben hatte. Ich hätte mir gewünscht, sie hätten sich getraut zu kommen.

»Danke für Åsa« stand auf dem Seidenband zu einem Blumenbukett mit Mimosen und Freesien, seinen Lieblingsblumen. Es war von Mama.

Rolf war der Einzige von seinen Geschwistern, der den Sarg mit einem Kranz und einem letzten Gruß bedachte. Die anderen fanden wahrscheinlich, dass Papa sie schon zu viel Geld gekostet hatte. Oder dass es nicht nötig war – es ging ja nur um Leffe.

Sie waren aufgekratzt, weil sie wieder versammelt waren, lärmten wie eine Schulklasse in der Schlange vor der Essensausgabe. Vergeblich bat die Bestatterin um Stille während des Glockenläutens. Ich saß auf einer Bank und fühlte mich verloren, im Hintergrund standen Berit und Börje und waren traurig. Sie waren seit ein paar Jahren Papas beste Freunde gewesen, aber ich hatte keine Ahnung, wie sie sich kennen gelernt hatten, und begegnete ihnen zum ersten Mal. Ich wusste, dass sie ihm wichtig gewesen waren, und begriff sofort, warum er sich in ihrer Gesellschaft wohl gefühlt hatte. Weitere Freunde waren nicht anwesend, aber der Vorarbeiter aus der Schreinerei, über den Papa so viel Gutes erzählt hatte, kam im Blaumann. So wurde die Zeremonie um den Respekt vor Papas Leben als Arbeiter bereichert.

Hinter meinem Rücken hörte ich Klagen darüber, dass Papa nicht von einem Geistlichen beerdigt wurde. Kenneth Kvist spielte »Schlafe auf meinem Arm« auf der Querflöte, und die langsamen, spröden Töne schnitten mich entzwei. Ich erinnerte mich an Papas große, sichere Schulter und die dicken hellen Haare auf seinem Arm, die ein bisschen aussahen wie das Schilf unten am Bootshafen.

Seine Geschwister nahmen am Sarg Abschied von ihm. Wie hat sie dich nur beerdigt, Leffe! Was ist nur aus deinem Mädel geworden, schienen sie zu denken. Mittlerweile ist sie genau wie Tanja. Sie schafften es, dass ich mich dafür schämte, überhaupt da zu sein.

Als Letzte ging Mama mit Maxim auf dem Arm zu ihm. Er legte ihre Blume ab. Die beiden sahen schön aus zusammen.

Es war vorbei. Die anderen machten sich auf den Weg zu den Sandwichtörtchen. Ich kehrte zu Papa zurück.

Endlich waren wir allein. Er war nicht wach. Ich hatte keine Angst.

Nichts stand zwischen uns. Kein Bierglas oder charmantes Lächeln. Kein nachdenkliches Zucken im Mundwinkel, keine Zigarette, kein Scherz. Keine unausgesprochene Sehnsucht nach Mama, keine Sehnsucht nach einem anderen Dasein, kein Traum von einem anderen Leben. Es gab nur Papa und mich.

Ich streichelte den Sarg am Kopfende. Ging zum anderen Ende und nahm den Geruch seiner Füße in mich auf.

Wir machten einen Umweg und fuhren an den Metallwerken vorbei. Die Zäune und Wachmänner waren verschwunden, heutzutage konnte jeder hineingehen und sich die flachen, lang gezogenen Fabrikgebäude ansehen, die ein wesentlich größeres Gelände umfassten, als ich mir vorgestellt hatte. Sie sahen ganz anders aus als in meiner Erinnerung. Die ältesten Gebäude – blassorange Backsteinbauten mit einer weißen Blumenborte – waren hundert Jahre alt und auf ihre Art schön. Fremd. Vielleicht wollte ich es so sehen. Papas Arbeit würde für immer zu seiner unzugänglichen Seite gehören, zu etwas, das ich nie zu erforschen gewagt hatte, weil ich fürchtete, meine Vorstellungen von ihm könnten erschüttert werden.

Hinter den Werkshallen stand das Verwaltungsgebäude. Es sah aus wie das Gutshaus einer alten Eisenhütte, ich erwartete fast, dass der Hüttenbesitzer auf die Steintreppe hinaustreten würde. Kein Mensch glaubt mir, pflegte Papa zu sagen, wenn ich erzähle, wie altmodisch alles in den Metallwerken ist. Dort ist die Zeit stehen geblieben, es sieht noch so aus wie damals, als ich ein kleiner Junge war, wie zu der Zeit, als Vater jung war.

Ich erinnerte mich, dass ich mir Papa als kleines Mädchen wie einen Drachenbändiger vorstellte. Stattdessen hatten die Drachen ihn gebändigt. Niemals hatte er sich in die Metallwerke zurückgesehnt, nachdem er zum letzten Mal seine Stechkarte abgestempelt hatte.

Wir kamen an Finnslätten vorbei, einem der größten Arbeitsplätze Europas. Dort waren Tausende von Arbeitern angestellt und montierten Platinen, Relais, Roboter, Stellwerke und Kontrollinstrumente. Anonyme Menschen, die das Auto oder den Bus nach Hause nahmen. Wusste man nicht, dass sie dort arbeiteten, wusste man nicht, dass es sie gab.

Västerås lag hinter uns. Regelmäßig wurden die Gesichter im Auto von der Straßenbeleuchtung auf der E18 in helles Licht getaucht. Draußen lagen die verschneiten Äcker Irstas, auf denen Papa und ich an einem frühen und rastlosen Sonntagmorgen einen Luchs gesehen hatten. Anders konzentrierte sich aufs Fahren, Amanda saß auf der Rückbank und schaute schweigend in den finsteren Winterabend hinaus. Maxim saß hinter meinem Rücken im Kindersitz und trat gegen den Beifahrersitz.

»Mama, ist Opa Leif jetzt tot? Warum ist er das? Warum ist er tot?«

Ich betrachtete Papas Enkelkinder und erkannte, dass sie nie verstehen würden, dass ein Lundiuslaib anders schmeckt als ein gewöhnliches Butterbrot. Wie sollte ich ihnen jemals erklären können, was für ein Gefühl es ist, neben einem abgearbeiteten Körper einzuschlafen, der Schweiß, Bier und Einsamkeit ausdünstet, aber auch einen trotzigen Traum von Solidarität und Gerechtigkeit?

In meinem Gehirn wurden zum millionsten Mal die Hintergrundbilder abgespult. Ich höre Papa die Tür zur Kita öffnen und sich die Schuhe abputzen.

»Hallo, Schnuckelchen, schön dich zu sehen«, sagt er und nimmt meine Umarmung und die Zeichnung von der Prinzessin im Hochzeitskleid entgegen.

Er setzt mich auf den Gepäckträger und radelt los. Wir wollen zu Großmutter und Großvater, um Zander aus dem Mälarsee zu essen.

Mein Papa und ich.